金子光晴——〈戦争〉と〈生〉の詩学

目次

II部

図版協力：原満三寿氏
カバー・口絵・扉写真：峠彩三氏

はじめに

一昨年（二〇〇七年）の夏、金子光晴の戦時下での手作り詩集が発見され、森三千代・森乾との共著『詩集「三人」』（講談社、二〇〇八・一）として出版された。「国家という大きな組織による思想と生活の統制に、詩人は抵抗した。その原点が「家族」であったのだ」。これはその詩集刊行を伝える新聞記事（『毎日新聞』二〇〇八・三・二五・夕刊）であるが、ここに来て金子はもっぱら〈家族愛〉の詩人として語られ始めようとしている。従来、金子と言えば〈反戦・抵抗〉の詩人と捉えられることが多かったのだが、そのレッテルの裏には〈家族愛〉という鍵が潜んでいたというわけである。アジア・太平洋戦争の敗戦から六〇余年、戦後復興の中で標榜した平和や民主主義という課題をひとまず成し遂げた時、教育の荒廃と家族の崩壊という現象が到来していたというのが今日の状況である。そういう社会情勢にあっては、金子を〈反戦・抵抗〉の詩人としてより〈家族愛〉の詩人として読み直すことの方が、時代の要請に応えられるということなのだろう。

ここから三〇数年遡り、一九七〇年代前半における金子の受け入れられ方はと言えば、党派性とは無縁の自由人としての生き方や「エロ爺さん」振りが受けて、独特の人気を博するといった状態にあった。七〇年代前半とは、全共闘運動以後の学生運動が末期的状況に陥り政治的季節の終焉を迎える頃であり、社会は混乱の解消と制御し得るシステムの構築へと向かおうとする時代であった。自ずと管理の網が市民の私的なるものを包み込み、個々人の自由は蜘蛛の巣のような管理の網の中で手足をばたつかせるだけのものに限定されていく。そういう状況にあって「シラケ」世代の若者たちを捉えたのが、全くの個人的自由を生きる金子であったのである。また、その当時一方で「べ平連」運動に関わる若者たちなどからは、東南アジア旅行の先駆者的な扱いを受け、紀行文などへの関心が寄せられるという風潮も引き起こしていた。

どうやら金子は、それぞれの時代背景と密接に絡み合いながら読まれる詩人のようである。戦争の記憶を引きずり平和を希求すべき時代状況にあっては〈反戦・抵抗〉の詩人として読まれ、また、管理社会の到来にあっては自由な個人主義者としての相貌が強調され、それに沿って詩文が解釈される。そして、ヒューマニズムや、ニヒリズムや、エロチシズムを鍵として論じられる時もあれば、自伝的要素や紀行文を中心に語られたりもする。そして、今また新たに〈家族愛〉の詩人という相貌が加味され、そういう言説の中で語られ始めたというわけである。こういう現象は文学の受容が恣意的であり、文学が社会や時代状況に牽引され解釈されざるを得ない宿命にあるということを示すもので、一人金子のみの特色ではないであろうが、金子の場合はことにその振幅は大きい。この振幅の大きさは六〇年に渡る詩業が極めて広範で多様な相貌を持つものであるという所にその理由があると思われるが、時代に即して読まれるというのは、その詩業がその時々の個別的・具体的な事例から出発しているからだろうと思われる。そして、読者は各人が各人のバイアスを通してその個別から発した詩想に迫り、各の金子を解釈するのである。

さて、一九七五（昭和五〇）年六月の死から三〇余年を経た今日、金子の詩文は総じて読者を失いつつあるように感じるのは私だけであろうか。年々、関連の著作やアンソロジーは新たに発行され続けているし、ファンとでも言える一定の読者がいることなどからは、金子を取り巻く環境は盛況であるようにも見受けられる。しかし、日本文学を中心とした研究領域で発表される論文は他の詩人を対象とするものに比べるならば多いとは言えないし、新たな読者が開拓され読者層が更新されているとも言えない。昭和四〇年代から五〇年代にかけては金子の詩は高校国語教科書での定番であり、その詩業の全体像に迫ろうとする単行書も多く刊行されていたが、現在では教科書への採用は減っているし、特定のテーマの下に個別的に論じられることはあっても、多面的に金子を究明しようとする動きはない。どうやら、金子の詩文を読むという行為の先細りと共に、研究対象としての金子の位置づけも相対的に低下してしまったというのが現在の状況のようである。

先に金子は時代と絡み合って読まれてきたと述べたが、今ひとつ、個性的な金子の人物像と作品が密着したところで読まれることが多かったというのもその特色である。詩人と読者が共有した昭和は既に去り、生身の詩人も存在しない今、金子を読むという行為とその読者が減少するのは必然の成り行きだったのかもしれない。しかし、個別の時代背景と強烈な個性に牽引されながら金子が読まれてきたということと、そのように読まれなければならないということとは別である。確かに、本書で論考の対象とした詩文も、限りなく時代に即し、具体的・個別的な場から発想されているものばかりである。しかし、実は金子の詩は具体に徹することによって、個別の時代と具体的な個人を超越し、普遍の世界へと通じているというのがその真骨頂である。金子についてよくコスモポリタンということが言われるが、その思想と詩境は、単に一国家・一民族を越えるだけではなく、特定の時代に限定されるものでもないのである。良質の民族誌《エスノグラフィ》が個別の生活・文化を記述し記録するとき、それが、人間文化の普遍性の発見にも通じるように、金子の詩的世界は具体が描かれながらも、根底には普遍が洞察されている。戦時下における金子一家の絆を描いた共同詩集が今読まれるというのは、「家族」そのものがそこにあるからだろうし、「おっとせい」の詩に共感するのは日本的な世間のありようだけに嫌悪が向けられたのではなく、人間自体が所持する大勢順応の行動様式が見透かされていたからだろう。所謂〈反戦・抵抗詩〉と言われるものも既に役割を終えた過去の詩として葬るのではなく、今それを各人が生きる場に引き込んで読むことによって、今日的な別なる読みが見えてくるだろう。詩人が去り、詩人と読者が共有した昭和が遠ざかった今、それだからこそ金子を読むということの新たな可能性が開けるのである。我々はこれからその読みを更新していく必要があろう。

先に、読者の減少ということと共に、研究領域における相対的な位置の低下を言ったが、本書の最後に付した「研究動向」を見て頂ければ分かるが、金子は十分に研究対象となっていることも事実である。そして、その研究内容は広範であり、アプローチも多岐に渡っている。しかし、昭和五〇年代の金子研究が隆盛だった頃に比し、それぞれ個別のテーマからの分析・研究は多いものの、それらが相互に共鳴し合っていない嫌いがあるように思う。本書は、このあたりで今一度、その文学的営為を整理点検する必要があるという認識に立ち、微力ながらもその詩業を種々の角度から照射し直そうと試みたものである。

論じるに当たっては、実証的なアプローチからの検証ということに重点を置き、主に次の二点に留意しながら考察した。

先ず一つには、戦時下での詩業をテクストと時代状況とに即して、冷静に読み直すということである。金子を論じようとする場合、戦時下における創作とその行動を抜きには評価出来ないというのが現実である。しかし、従来はその点に関して、〈反戦・抵抗詩人〉として称揚せんとしその金子像を固守する立場か、その作られた金子像に対する強固な反論かという、二項対立的な論じられ方に偏り、生産的な論として止揚されることがなかった。私は総体として金子の詩業を評価し、その詩に今日的な意義を見いだそうとする立場であるが、こういう二項対立の構造を脱構築するとともに、金子研究における論じられ方の質をずらし幅を拡げていく必要があると考えている。そのためにはまず、先入観を避け虚心坦懐にテクストと対峙すること、そして、社会や文化状況というコンテクストの中でそのテクストを読み直すということ、これらの作業が重要になってくると考える。そういうアプローチがどれほど徹底できたかは心許ないが、〈反戦・抵抗〉の根拠、戦時下での思想と精神のありようをそういう角度から再検討し、今日的な読みの可能性も探ってみた。

今一つは、反戦・抵抗、エロス、南方、皮膚感覚、上海……などという金子を論じる際に用いられてきた従来の鍵に加えて、新たな詩人像を提示してみるということである。戦時下での詩、及び戦後の詩の中に共通する死生観を浮き彫りにし、その死生観の中で読み直すことで〈生の詩人〉としての位置づけを試みたが、はたして新たな読みのパースペクティブを示し得ることはできただろうか。

詩趣において中原中也や立原道造との間には大きな差異がある金子であるが、とかく作者個人の伝記的要素や人間性に絡めて理解され易いという点では、これらの詩人は共通の性質を有している。しかし、本書では最低限の伝記的要素に留め、前述したようにテクストを優先することを心がけた。それはいわゆるテクスト論として読もうとするからではなく、テクスト創造の主体として作者は尊重し、その思想と意識をテクストを吟味することを通して探ったのだが、自ずとそこには人間金子が浮かび上がってくることにもなる。そして、テクストを読む主体が現在の私である以上、テクストを読むとは、論者の現在における思想・意識と作者のそれとが交差する地点においてのそれであり、そこにはまた、現在の社会情勢や世相という外部の状況も大きく絡んでくる。従って、本書はそれらが牽引し合う磁場において成立した読みから成った論考だと言えよう。

構成は三部とした。

Ⅰ部は〈戦時下詩文論〉とでも言うべき内容で、主に「十五年戦争」という戦時において書かれた詩文を考察の対象とし、戦時下における心情と思想の立脚点を中心に論じた。まずはじめに、第1章では、詩集『鮫』以降の抵抗詩で用いられることになる象徴技法に関して、その手法が獲得される経緯とその特色について考察し、第2章では、疎開中に書かれた詩の分析を通して、金子に大きな影響を与えたと思われるマックス・シュティルナーの思想との関わりについて論じた。これらは金子の詩法、及び思想の原点とも言えるものについての考察で、長年の詩業の多くの部分に関わってくるものである。続いて、第3章・第4章では、東南アジアに関わる詩文について分析し、金子の戦時下における東南アジアに寄せる意識について考察した。また、第5章では、反戦詩とされる『鬼の児の唄』に対する今日的な読みを提案し、今、金子を読むことの有効性について論じた。

Ⅱ部は〈戦後詩論〉とでも呼び得るもので、戦後の主要な作品である『人間の悲劇』『IL』などを対象として、警世家としての社会に対する眼差しと、初老から晩年にかけての

〈生と死〉の意識について考察した。第6章・第7章は、『人間の悲劇』の成立に関する経緯とそのテーマについて論及し、第8章は、『IL』に表れた〈生〉に対する意識について論じた。第9章は、ベトナム戦争さなかの昭和四〇年代初めに構想された未刊詩集『泥の本』を対象とし、反戦の論理の根拠について考察した。また、第10章は、最晩年の詩について考察し、そこで示された〈生〉に関する詩境は既に大正時代の初期詩編から続くものであり、金子には一貫した〈生命主義〉的な志向があるということを論じた。

I部とII部は、ほぼ考察の対象となる作品の成立年代に沿って配列したが、III部には〈生と死〉、及び〈嗅覚〉に関わる問題を、中原中也や大手拓次との比較の視点から考えてみる論考を置いた。

以上が本書の構成と概略であるが、もとより、首尾一貫して一つの結論を導くというものではない。各章毎で考察の方法論はまちまちであり、連関はあるものの内容は一章ごとが独立している。興味関心のある部分から読んで頂けたらと思う。詩集の出版年等の書誌事項は、煩瑣であるが各章毎に記した。最後に金子研究の近年の動向について概説したものを付したので参考にして頂きたい。

本書では多様な金子の詩業をある程度通観したつもりではあるが、六〇年に渡る詩業についてはまだまだ多くの研究の余地が残されているはずで、これらは群盲象を評すというものでしかないだろう。しかし、金子を読むということに関してわずかながらでも新たな視点が提示できたのではないかと考えている。今重要なことは、金子を読むという行為を風化させないこと。そして、その読みの可能性を広げていくことにあると思う。そのためには、何よりもまず、金子について語られ論じられることが重要になってくるはずである。「先ず隗より始めよ」。この拙い論がそのきっかけのひとつとなり、今までの金子研究と今後のそれを架橋し、さらなる進展へと繋がるものとなるならば、望外の喜びである。

凡例

・金子光晴の引用は特に記載があるもの以外は、『金子光晴全集』（中央公論社、一九七五〜一九七七年）に拠り、原則として旧漢字は改めた。
・詩集・単行書・雑誌名は『　』、詩・論文の題名は「　」で示した。詩の引用に際しては、概ねそれぞれ引用の後に題名・引用部分を記したが、本文中の記述からその必要のないものなどはその限りではない。
・引用箇所や論文の題名の中に含まれる「　」『　』等はそのまま据え置いた。

Ⅰ部

第1章　『こがね蟲』から『鮫』へ

はじめに

金子光晴については、従来「反戦・抵抗」という軸を巡っての考察が多くを占め、思想的なアプローチで捉えられることが多かった。あるいは南方やエロスというものを鍵に作品が読まれることもあったが、注釈的な研究や使用語彙の問題からの考察はほとんどなされてこなかったと言ってよい。実は、金子は『こがね蟲』[1]（新潮社、一九二三・七）にはじまり、詩集『女たちへのエレジー』（創元社、一九四九・五）や散文『マレー蘭印紀行』（山雅房、一九四〇・一〇）などにおいて、極めて多くの動植物名を詩文に使用している。また、詩集名においても『こがね蟲』・『鱶沈む』（森三千代との共著、有明社出版部、一九二七・五）・『鮫』（人民社、一九三七・八）・『蛾』（北斗書院、一九四八・九）があり、詩の題名においても「おっとせい」「孑孑の唄」「蜆の歌」「くらげの唄」「歯朶」など多くの動植物名を用いているが、このような動植物名の多用は金子の詩作の方法における一つの特色をなしていると考えてよいのではなかろうか。

　動植物名の多用は金子と同世代の宮沢賢治や西脇順三郎にも見られるが、はたして金子の使用するそれらの語彙にはどのような偏りがあり、使用する目的や方法にはどのような特色があるのだろうか。また、それは詩の創作にあたってどのような意味を持つものなのだろうか。次章以降での戦中・戦後の詩文の考察に先立ち、まずは金子がいかに自身の詩の方法を獲得するに至ったかということをたどってみたい。具体的には、動植物（名）を用いることの効果と意味を『こがね蟲』から『鮫』に至るまでの時系列に沿って分析し、それが金子独自の象徴の方法とどのように関わっていったかということについて考察してみる。

一　『こがね蟲』に使用された動植物語彙

一九二三（大正一二）年刊行の『こがね蟲』は、金子光晴の筆名による最初のもので、洋行帰りの青春のバニティが横溢した詩集であるが、動植物の名称がふんだんに散りばめられた詩集でもある。

露兜樹《タコノキ》や紅樹《ヒルギ》、紅羊歯樹《べにしだのき》の、／分光器《スペクトル》の精神錯亂の中を、／大浴槽は蒸氣し、交歡した。

（「神話」部分）

私は傲慢な空想、意圖に上衝してゐる。／花薔薇《はなさうび》、鬱金香《ちうりつぷ》、風信子《ひやしんす》の／千萬の媚が眩耀し竝んでゐる。

（「惡魔」部分）

郊外の森や、枳殼《からたち》の、紅紗の垣根に春が來た。／下萌の惱ましい春が來た。／／溫泉の如く朦朧と、地界を立騰る春が來た。／駒鳥や、鶫《つぐみ》や、草雲雀の春が來た。

（「春」部分）

一見して露兜樹《タコノキ》・紅羊歯樹《べにしだのき》・鬱金香《ちゅうりっぷ》・風信子《ひやしんす》・草雲雀など多くの動植物の名称が出て来ることが分かるのだが、これは極めて意図的にそれらを使用していると考えるべきであろう。この詩集に動植物の名称が頻出するということに関して、金子自身が『こがね蟲』を書いていた頃を回想して述べた次の文は参考になる。

『こがね蟲』という詩集を書いたとき、よく辞書をひいた。花の名でも、木の名でも、鳥の名でも辞書のなかでおなじみで、実物をしらないものがいくらもある。ことに、外国語の小説本をよむと、えにしだとか、のじこだとか、口あたりのいい花の名や、小鳥の名、水鳥名などが多く、季節感や、ローカリテが横溢しているが、さて、となると実物はしらない。

（「『三才図会』の宇宙観」）

この「『三才図会』の宇宙観」（一九六六・三）という随想での『三才図会』とは中国のものではなく、寺嶋良安の『和漢三才図会』を指すが、ここで金子は日本人を理解する上で『和漢三才図会』は有益であると説くとともに、この個性的な書物を引く事のおもしろさについて言及している。『こがね蟲』を書いていた頃よく辞書を引いたというのは『和漢三才図会』

もよく引いたということを意味するが、この証言が示すことは、実物を知ることなく辞書を通して知識として得た動植物の名称までを詩に使っていたということである。随想ではこのような創作方法に対してサトウ・ハチローなどから「字引きの詩」だと悪口を言われたという逸話が続くが、確かに『こがね蟲』の中に出てくる動植物には、狐傘蕈《きつねのからかさ》や鶏冠菜《ときかのり》など一般には馴染みのないものまでが含まれ、知識として知った名称ではないかと思われるものが多い。

ちなみに『こがね蟲』で使用された動植物の名称の中で『和漢三才図会』に項目を持つ事項には、紅雀《べにすずめ》・篠竹《しのだけ》・山樝《さんざし》・檉柳《かはやなぎ》・櫻・孔雀・牡丹・蜂・臙脂・百合・珊瑚・蔦・黄楊木《つげのき》・蜻蛉・金花蟲《たまむし》・沈香・珊瑚樹・麻・山吹・菖蒲《あやめ》・薄荷・茴香《うゐきやう》・葦・

『こがね蟲』函・表紙

薔薇・鶸《ひは》・萍《うきぐさ》・海豚《いるか》・蘆・蜉蝣・枳殻《からたち》・駒鳥・鶫《つぐみ》・雲雀・楓・金亀虫《こがねむし》・象・海棠・紫羅傘《いちはつ》・蘭・櫻桃《ゆすらうめ》・蛇・蜥蜴・蛭・草烏頭《とりかぶと》・毛莨《キンポーゲ》・狐傘蕈《きつねのからかさ》・浮萍《うきぐさ》・蜘蛛・眞珠母《あこやがひ》・蝶・芥子・蒲・水藺《ゐ》・蠑螈《ゐもり》・蛇苺・莎草《かやつりさう》・藻・河豚《まふぐ》・椚《くぬぎ》・柳・丁字・巴旦杏・鰧《をこぜ》・鶏冠菜《とさかのり》・手鞠花《てまりばな》・鯉・鴛鴦・菖蒲《しやうぶ》・杜若・紅葉・笹・家鳩・羊・紅玳瑁《べつかふ》・葡萄・章魚といったものがある。[2]「字引」で得た知識を元に実物を知ることもなく詩の中にそれらの名を取り入れることもある金子に対して、同世代の詩人である宮沢賢治や西脇順三郎の詩に現れる動植物はそうではない。

くらかけ山の下あたりで／ゆつくり時間もほしいのだ／あす〔こ〕は空気も明瞭で／樹でも艸でも幻燈だ／おきなぐさも咲いてゐやうし／きみかげさうもぎつしりだ

（宮沢賢治「小岩井農場」部分、『春と修羅』（宮沢家本）[3]）

春には／うの花が咲き／秋には／とちの実の落ちる庭／池の流れに／小さい水車《みづぐるま》のまはる庭／何人も住まず／せきれいの住む／古木の梅は遂に咲かず／苔の深く落ちくぼみ／永劫のさびれにしめる

（西脇順三郎「三〇」、『旅人かへらず』[4]）

宮沢賢治は岩手の風土の中に咲く草花を、西脇順三郎は鎌倉や武蔵野などの生活圏の身近にある草花を取り入れるが、共に散策や日々の生活の中で実見した自然を素材にしたとみてよい。また、西脇順三郎には今ひとつの用例として、古今東西の文学に典拠を持つ事項・事物を自らの詩に取り込むというものがある。一例を挙げれば、「潮の氾濫の永遠の中に／ただよう月の光りの中に／シギの鳴く音も／葦の中に吹く風も／みな自分の呼吸の音となる」（「Ⅳ」部分、『失われた時』）におけるシギや葦は、新倉俊一によればイエーツの『葦間の風』を踏まえた言及だということである。(5) 金子はイエーツについても一部訳しているし、(6) 古今東西の文学に精通してもいるが、動植物に関してこういう何らかの典拠を持つものを引いてくるということは無い。

『こがね蟲』においては、実際に目にした光景や詩の中での実景としてそれらを持ち出すというのでも、その動植物が持つ生物としての特性が必要となって引かれたのでもなく、別の観点からそれらが詩に取り入れられその動植物が選択されていると考えられる。それならば何の目的で何を基準にそれらの動植物が持ち出されたのだろうか。知識で得たものであったにしても元々よく知る動植物であったにしても、詩中にそのような動植物を引く意味は、先の随想から類推すると「口あたり」のよさを求めたり「季節感や、ローカリテ」を醸し出したりする所にあったということが先ず確認できよう。しかし、もう一点、漢字表記による字面が考慮されているということが指摘できる。これは動植物語彙のみに限ったことではなく他の語句についても同様で、意識的に画数が多く難解な漢字で記される語彙が選ばれている。

一美少女は伴《とも》を離れ、／微醺《かろいつかれ》から池亭の樓欄《ろうらん》に恍《くわう》と寄掛かる。／金銀短冊《きんぎんたんざく》の花簪《はなかんざし》は搖傾いてゐる。／手鞠花《てまりばな》は其儘、泉水に倒影する。

（「五月雨の巻」部分）

私は、禁厭婦《まじなひし》、數黶《スーサン》である。／私は、禍神《わざはひのかみ》、魯鬼である。／私は、眼鏡蛇や、襟蜥蜴や、馬蛭である。／私は、猪籠草《うつぼのかづら》や、蘭《らん》蟲《ちゆう》草《さう》、狸藻である。／草烏頭《とりかぶと》や毛茛《キンポーゲ》や狐傘蕈《きつねのからかさ》である。

（「誘惑」部分）

これらの詩における独特の語彙は明らかに漢字（あるいは漢字とルビとの組み合わせ）そのものに意味を持たせたもので、「微醺」は「軽い疲れ」ではないし、「猪籠草」は「靫蔓」でも「ウツボカズラ」でもない。そして、「草烏頭《とりかぶと》や毛茛《キンポーゲ》や狐傘蕈《きつねのからかさ》である」という時には、「草烏頭」「狐傘蕈」などの字面と「とりかぶと」「きつねのからかさ」などの音が必要であったのであり、特にそれらの植物としての特性が考慮されて使用されているわけではない。『こがね蟲』においては視覚面での字面と聴覚面での語感の快さという、二つの感覚に訴えることを意識して語彙が選択されているということが指摘できる。[7] 従って『こがね蟲』の詩に現れる動植物については、その生物としての姿や特徴が重要な意味を持つのではなく、その動植物の名称が漢字表記され発音される際の視覚と聴覚に及ぼす刺激が必要だったのである。

ルビが振られることが多いのも、一画一画の複合によって造形される形象性を持つ漢字に和語や外来語の読みを付加することによって、視覚的要素に聴覚的要素を融合させ事物の内実よりも名称だけを浮き立たせようとする戦略があるように思われる。そして、この『こがね蟲』での語彙の選択と表記は、影響関係は判然とはしないが「ゴスィック・ロオマン詩体」を標榜する日夏耿之介に近いものがある[8]ということが指摘できよう（『黒衣聖母』（アルス）が出されたのは『こがね蟲』出版より二年先立つ一九二一（大正一〇）年である）。

『こがね蟲』では、文字や用語、動植物の名称だけが際だち、用いられた動植物の生物的・生態的な特徴が生かされた描写や比喩表現に発展することはないのである。[9]

二　『こがね蟲』より後の動植物語彙使用とその方法

次に『こがね蟲』より後の大正末期から昭和初期の詩編での動植物語彙使用とその特徴について考えてみたい。この時期の詩作方法について金子自身は次のように述べている。

僕は帰朝後、一年間、デッサンの仕事に熱中した。デッサンの仕事とは、つまり、写生詩で、身辺の物象、風景その他、目にふれるものを、十六行詩にまとめて、活写する練習である。（中略）しかし、もともと練習のためのものであったから、散佚するままに任せて、現在は四、五篇位しかのこっていない。（中略）詩のエチュードの仕事は、僕の技術上のプラスがあったことだけはたしかだ。エチュードの仕事は、僕のレアリズムの傾向を延ばした。（『詩人』）

「帰朝後」というのは一九一九（大正八）年二月から一九二一（大正一〇）年一月にかけての初めての洋行から帰った後のことを指すが、この洋行はイギリス・ベルギー・フランスを巡り、その最中に『こがね蟲』の稿が成ったという旅である。この一節は、その洋行後にデッサン（写生詩）というものの修練を自らに課していたという回想で、自らが進むべき詩作方法を模索していたことを伺わせる。その時の習作とは次のようなものである。

朝からうそ寒い日だつたが、／たうとう、粉雪が降りはじめた。／かわいた土のうへの青鳩がくくう、くくう、／なきかはしてひろひあるく侘しい午後。

（「寺（習作）」第一連、『大腐爛頌』（未刊））

「青鳩がくくう、くくう」などというのはありふれた表現で活写というほどのものではないが、逆に言えば『こがね蟲』ではこの程度の描写も無かったということを意味する。つまり、『こがね蟲』では動物の動きや鳴き声などの観察から詩が紡ぎ出されたのではなく、それらには無関心で、動植物の名称が列挙され活字として刻印されればよかったのである。

この時期の金子は、『こがね蟲』での観念的で言葉だけが上滑りするような詩の言語から脱却し、「活写」「レアリズム」という所に自身の進むべき方向を見出そうとしていたと言える。「写生詩」という時、アララギ派における「写生」が思い出されるが、金子においては江戸文学・漢籍への接近は多いにあるものの、短歌創作から発した中原中也や『新古今和歌集』を受容した立原道造などとは異なり、短歌との関連は考えにくい。従って、アララギ・リアリズムからの影響ではなく、若き日は画家志望で美大にまで入ったという[10]、元々金子が興味を持っていた絵画的な領域での手法を直接応用しようとしたものであると考えるべきであろう。

このような活写の訓練をした後に、金子にとっては人生においても詩作方法についても大きな転機をもたらすような体験をすることになる。それは一九二三(大正一二)年の関東大震災であり、一九二八(昭和三)年から一九三二(昭和七)年にかけての足かけ五年に渡るヨーロッパ・東南アジアへの旅である。まず、関東大震災後の時点で詩についてどのように考えていたかを、やはり『詩人』で見てみる。

『こがね蟲』でつかったボカブラリーに、だんだん僕は嫌気がさしはじめた。たくさんの漢字の色彩感覚は、象眼細工のようにふるびた趣味に変ってきて、その頃書く作品では、つとめてその表現を避けるように、変ってきた。(中略)詩集『水の流浪』の作品は、その過渡期のもので、多くこの名古屋滞在のあいだに作られた。(『詩人』[11])

一回目の洋行からの帰朝後に行ったデッサンの練習は、詩の技術を伸ばし金子の詩におけるレアリズムの傾向を延ばしたのだが、ここではその傾向を一層押し進め、ボキャブラリーに頼り虚飾的な気分ばかりが漂う『こがね蟲』的世界ではなく、実体を正確に伝達させる写実に根ざした詩をより強く求めはじめていることがわかる。

巨きな翻車魚《まんばう》が、大砲《ほづゝ》の彈丸のやうに、／ふかい海水の霧色《みるいろ》の層を貫く／／赤ヅボンのやうな岬の突端の岩礁の熱湯が覆へる。／惡鬼貝《あくきがひ》に、遠い遠い雷鳴。

（「海の夏」部分、『水の流浪』）

白い鳥糞と枯葉、甍の間の鼬と、甍の蒲公英《たんぽぽ》。／すたれゆく軒材のみぞの澤山な袋蜘蛛。

（「莫愁湖」部分、『鱶沈む』）

金子本人が過渡期と位置づけているように、「翻車魚《まんばう》」「惡鬼貝《あくきがひ》」というような種の選択や表記にはまだ『こがね蟲』での特色は残っているが、ここでは『こがね蟲』とは異なり翻車魚の茫洋とした独特の生態と姿が比喩を使って描写されたり、岬の形が独創的な直喩を使って説明されたりしていて、読者には明瞭な映像として伝わるように工夫されている。そして後者の詩では、南京の莫愁湖で時の過ぎゆくのを悲しみ「生きるものなべてのいぶせさ」に沈み込む「私」が眼前にした、うら寂れた光景が描写されている。ここでの動植物は先の『こがね蟲』でのそれとは異なり、それぞれを実際にその場で見たことを元に記しているはずであるので、それらの動植物の名が記されるには必然性がある。

> 丘のうへには、禿筆を並べたやうな椰子。雲は流れる。（中略）／／路ばたの紅芋《カラジウム》のなかに鞄を下し、景色をもつと鮮かにうつすため眼鏡を拭き、海や、風や、遙かにとどかぬ自由をのぞむやうにかなしげにみあげる。／／一つの國の引越してゆくパノラマのやうな空を。／／郵便切手の赤繪の港。／古めかしい税關。／鶏卵を据ゑたやうな回教寺院《ムスケ》の塔から、むくむくと湧く入道雲。風景の心臓をそよがせてすぎる驟雨の前ぶれ。背すぢを走るうそ寒さ。
>
> （「旗」部分、「南方詩集」『女たちへのエレジー』[12]）

これは放浪のような旅での見聞の中から生まれた詩である。「椰子」が「禿筆」によって比喩されているが、『こがね蟲』であるならば椰子は単なるローカリティを醸し出すための一例としてのみ使われたはずであるが、ここではそれを単に椰子という単語だけで提示するのではなく、遠くの丘に見える椰子の林を諧謔のこもった直喩を使って表現している。また、「鶏卵を据えたような回教寺院《ムスケ》」という直喩もモスクの形を鮮やかにすくい取りよく特徴を伝えていて、一回目の洋行後に自らに課したデッサンのエチュードの成果が出ている。そして、この詩の中には図らずも、金子が自らに課す詩作の方法について言及したことになる箇所がある。「景色をもつと鮮やかにうつすため眼鏡を拭き」とあるが、これはまさに事物を具に見て事物の形象からその本質までを「見る」ことによってつかもうという金子の目指す方法論が顔を出してしまったと言えるのである。

関東大震災以降昭和初期における までの詩に現れた動植物の用いられ方は、ローカリティを醸し出させるものとして例示的に名称を引くという方法は依然として残るものの、『こがね蟲』での語彙だけが浮いてしまうような使用法からは脱却し、「見る」という行為から得た写実的描写が加わり、それぞれの生物が持つ属性や生態を生かした表現へと変化しているということが指摘できよう。また、動植物の描写に限らず、事物の形を表現する際、金子らしい独創的な比喩が見られるようになるというのもこの時期の特徴である。

三　『鮫』にみる〈写実的象徴主義〉

以上のような過渡期を経て、詩集『鮫』に至って一つの方法が確立したと考えられる。

そのいきの臭えこと。／くちからむんと蒸れる、／／そのせなかがぬれて、はか穴のふちのやうにぬらぬらしてること。／虚無《ニヒル》をおぼえるほどいやらしい、／おゝ、憂愁よ。／／そのからだの土嚢のやうな／づゞぐろいおもさ。かったるさ。／／いん気な弾力。／かなしいゴム。／／そのこゝろのおもひあがってること。／凡庸なこと。／／菊面《あばた》。／おほきな陰嚢《ふぐり》。

（「おっとせい」冒頭部分、『鮫』）

ここでは「そのいきの臭えこと。くちからむんと蒸れる」というように、嗅覚という感覚を通して「おっとせい」が捉えられる。『こがね蟲』では動植物の名を提示し記載することが重要であったのであるが、ここでは「おっとせい」の名称が必要なのではなく、その動物的な特性を引き出し「おっとせい」のイメージを作り上げることが重要になってくる。従って、「菊面《あばた》」「おほきな陰嚢《ふぐり》」というような外見や「弾力」「ゴム」というような触感など、様々な角度から「おっとせい」が捉えられ、その像は記述が進めば進むほど鮮明になってゆくのである。

次の「鮫」も同様の手法が用いられている。

鮫は、ごろりごろりとしながら、／人間の馳走をいくらでもまってゐる。／／奴らの膚はぬるぬるで、青っくさく、／いやなにほひがツーンと頭に沁る。／／デッキのうへに曳ずりあげてみると鮫の奴、／せとものの大きな据風呂のやうに、／頭もない。／しっぽもない。

（「鮫」部分、『鮫』）

『鮫』函・表紙　表紙字は郁達夫

『鮫』に載る田川憲一（田川憲）の木版　南シナ海に「鮫」が跋扈している。

鮫の怠惰さ、食い意地の悪さ、生理的嫌悪感などが、言われてみればなる程と首肯できるような表現で記述されていく。詩集『鮫』で特筆すべき手法は、この「おっとせい」「鮫」に顕著であるように、それぞれの生物が持つ特徴を引き出し形象化する際に、鮫の肌を「ぬるぬるで、青っくさ」いと捉えたり、首の縮んだような鮫の頭部などを「頭もない」「しっぽもない」と形容したりするように、醜悪でグロテスクな負の属性に着目し、そういう部分を意図的に強調して捉えようとすることにある。「おっとせい」にもある種ユーモラスでかわいらしい面もあるだろうし、「鮫」にも颯爽とした敏捷性があるのだろうが、そういう面は意図的に切り捨てられ取り上げられることはない。このようにして金子独特の皮膚感覚や嗅覚が「鮫」や「おっとせい」の見苦しく醜悪な面を引き出す方向に発揮され、読者には「おっとせい」や「鮫」の醜悪なイメージばかりが定着させられてしまうのである。

従来、この二編の詩は「鮫」は帝国主義批判、「おっとせい」は俗衆批判として読まれ、金子の権力への抵抗姿勢と批判精神が現れたものとして評価されてきた。しかし、これは詩という表現自体に向けられた評価ではない。これらの詩が読者に帝国主義批判・俗衆批判として伝達されたとするならば、「帝国主義」や「俗衆」というものを「鮫」や「おっとせい」によって象徴させたのが有効に機能したということであるが、それをなし得たのは「鮫」の醜悪さや「おっとせい」の凡庸な様を的確に活写し、それらが持つ負のイメージを読者に植え付けることに成功したからであろうと思われる。権力への抵抗姿勢や批判精神だけではなく、詩的レトリックの手法の問題としても評価すべきではなかろうか。

金子は「象徴」という方法について後年次のように述べている。

象徴的方法は、（中略）詩人のむずかしい、手にもおえないような複雑な現実の種々相を、適確に表現するための一つの方法として使用されるのでなければイミはないことになる。（中略）詩人は、強靭な精神と、偉大な常識と奔放な感受性と、根本の是正、人間のモラルを修正する、とらわれざる人間として、権力を否定する大いなる精神とをもって、もう一度現われようとしているのだ。象徴は、他の多くの手法と同列に並んで、そういう詩人を助ける時にだけ、光彩を放ちうるのだ。象徴は単なる技法として、僕らの伴随者でありうるのみだ。

（「詩における象徴」）

金子によれば、象徴とは意味を「適確」に読者に伝達するための手段であるというわけである。そして続けて「象徴自身のもつ、芸術至上主義的意義は僕らにとって三文のねうちもみとめられない」とも言い放ち、「芸術至上主義的意義」即ち、それが手段ではなく目的となるような象徴主義を否定している。[13] 日本への象徴主義移入の嚆矢たる上田敏は、『海潮音』（本郷書院、一九〇五・一〇）の序で、象徴の働きとは作者が想起する概念と同一の概念を読者に伝えようとすることではないと述べ、象徴とは解釈のズレをきたす曖昧さを持つものであると理解しているが、金子はそうではなく、読者に概念をビビッドに明瞭に伝達せんがための手段が象徴の持つ役割だと考えているのである。つまり、「権力を否定する大いなる精神」を発揮させるために象徴という手法はあり、芸術至上主義的な象徴の為の象徴という方法論は否定されるのである。「権力否定」という目的のために「鮫」を〈象徴〉として用いるという手段が使われるのであるが、それが成功するか否かは、ひとえに「鮫」の持つ外見・性質・イメージをいかに正確に明瞭に活写出来るかどうか、即ち〈写生〉の力にかかってくるのである。

このメカニズムを一般化すれば以下のようになる。Aという事項をaという事物で〈象徴〉させながらAを批判しようとする際、aという事物がぼんやりしたままではA自体が持つ特徴を顕在化できない。従って、aという事物を明瞭に具体化させる必要が出てくるのであるが、その時、aという事物を色・形・匂（臭）いなど様々な角度から的確に描写するために〈写生〉という方法が採用されるのである。詩集『鮫』の場合ではａにあたるのが鮫やおっとせいという動物であり、その生物としての動きや生態を具に描写することが必要になってくるのである。金子は、自然や物象を活写する修練と、事物と事象を具に「見る」眼を獲得した旅行体験とを経て〈写生〉という技術を獲得し、〈象徴〉という方法をより有効に機能させるためにこの〈写生〉という方法を生かしたのであるが、その二重の方法・手続きを〈写実的象徴主義〉と名づけてみたい。

おわりに

『鮫』においては〈写実的象徴主義〉は、特に権力批判・俗衆批判という形で現れ、批判を強固にするよう作用したが、これは抵抗・批判という側面だけに使用されるものではない（Ａという事項の持つ性質を鮮明にするためであり、Ａが批判の対象であるとは限らない）。詩集『鮫』の後には「蛾」「歯朶」「くらげ」などという動植物を詩に取り込んだが、それらの動植物の生態をうまく生かし描写することによって、それらによって象徴される事項のイメージをより深化させることに成功している。そこではもう『こがね蟲』のそれとは異なり、動植物の名称が必要だったのではなく、動植物の持つ生物としての特性が必要だったのであり、詩人にはそれを描写しきる〈写生〉の力が必要であったのである。

本章では、動植物語彙が多用されている『こがね蟲』と『鮫』との間ではその使用方法は性質を異にするものに変質したということを考察したが、使用される語彙は相対的に海（水）に関わるもの、及び、一般には不快で忌避されるようなものが多いという特色が見受けられた。これらの特性からの分析は金子独自の感覚を浮かび上がらせることだろうが、これは今後の課題としたい。

注

（1）本章の内容に鑑みて『こがね蟲』は『こがね虫』ではなく、『こがね蟲』という旧漢字に拘りたい。また、詩の引用についても本章に関しては概ね旧漢字のままに据え置いた。

（2）無論、『こがね蟲』の中で用いられる動植物語彙はすべてが辞書を頼りにし、『和漢三才図会』ばかりが参考にされたわけではないし、『こがね蟲』での記述が『和漢三才図会』の内容に拠っているという痕跡もない。また、『こがね蟲』と『和漢三才図会』とでは表記や読みに若干の相違があるので、この列記（登場順）はあくまで概略を示すものである。

（3）『新校本宮澤賢治全集』（筑摩書房）に拠る。

（4）『増補西脇順三郎全集』（筑摩書房）に拠る。以後の西脇の詩もこれに拠る。

（5）新倉俊一『西脇順三郎全詩引喩集成』（筑摩書房、一九八二年）、二四六頁。

（6）金子光晴・尾島庄太郎『イェイツの詩を読む』（野中涼編、思潮社、二〇〇〇年）がある。

（7）戦後の詩集には部分的に活字の大きさや書体を変えるということが行われているものがあり、金子は詩における視覚性には自覚的な詩人であったと考えられる。

（8）河上徹太郎は、「私は学生時代に日夏耿之介の『黒衣聖母』と金子光晴の『こがね虫』を最も愛誦していた」（『日本のアウトサイダー』新潮文庫、一九六五年、七八頁）と述べて二つの詩集を併置したが、このことは両者が近似のポエジーを有しているということの傍証となろう。

（9）「常夜燈を廻る金龜子の如く／少年は、戀慕し、嘆く。」（「金龜子」）というような極めて常套的な直喩があるにはある。

（10）金子は一二歳の時、浮世絵師小林清親に日本画を習っているし、二一歳の時にはわずか三ヶ月で退学するものの、東京美術学校日本画科へ入学もしている（『金子光晴全集』第十五巻、年譜）。

（11）『詩人』（平凡社）は一九五七（昭和三二）年に刊行された後、改訂に改訂を重ね、都合、三種類が出版されている。先の引用箇所は初めから同じであるが、この箇所は若干の書き換えがあり、一九七三（昭和四八）年版での記述である。

（12）『女たちへのエレジー』は一九四九（昭和二四）年の刊行であるが、その序によれば、「大方、まだ、中華事変のはじまらない以前の作品でいまから年代にして、十五六年前のものが多い。僕が四十歳になつたばかりか、それ以前の詩である」とある。また、その中の「南方詩集」は、ヨーロッパ・東南アジア旅行におけるマレー半島やジャワ島などでの体験の中でなったものであり、『女たちへのエレジー』の一部も帰途立ち寄ったマレー半島で書かれたものである（『金子光晴全集』第十五巻、年譜）。

（13）ここで言う芸術至上主義的な象徴詩が何であるかは具体化されてはいないが、『こがね蟲』から出発しながらも、『こがね蟲』での日夏耿之介ばりの用語と絢爛たる美的世界から脱却し、独自の象徴詩を目指そうとしたことから考えると、芸術至上主義には日夏耿之介が仮想されていたのではなかろうか。

＊　本章は平成一八年度第三八回解釈学会全国大会（於、二松學舎大学）における「金子光晴の博物誌――動植物語彙の使用方法と写実的象徴主義への道――」と題して行った研究発表に基づいている。

第2章　〈連合〉への夢

はじめに

アジア・太平洋[1]戦争下で書かれた金子光晴の詩は、戦後になって『落下傘』(日本未来派発行所、一九四八・四)『蛾』(北斗書院、一九四八・九)・『鬼の児の唄』(十字屋書店、一九四九・一二)にまとめられたが、一九四四(昭和一九)年一二月の山中湖疎開後の発表のあてもなく書き続けられた詩は、主に『落下傘』と『蛾』に収められている。それらの詩には検閲に抗するための晦渋な修辞はなく、戦時期の金子の率直な思いが吐露されていると見てよい。そこでは「戦争の狂愚に対する絶望と歎き」(「あとがき」、『蛾』)と日本社会に対する批判が表明されたが、単に絶望と批判とに終わることなく、あり得べき社会構築への夢が込められていたと読むことができる。本章は疎開中に書かれた詩の考察をふまえつつ、マックス・シュティルナーの思想がいかに金子に影響を与えたかを検証し、「反戦・抵抗詩」と評されることの多い金子の一連の詩は、戦争という状況と時代に限定されない、普遍的な意義を有しているという視点を提示しようとするものである。

一　戦争詩の三つの位相……詩集『蛾』の位置

『蛾』は作者自身が跋文で「僕の皮膚の一番感じ易い」ところに相当すると位置づけたように、戦争状況下での金子個人の「弱々しい心」を顕わにしている。その中にあっても、ことに「三人」という題で括られた一連の作品は、戦争末期の偽らざる心境を素直に直截に表現している。

戸籍簿よ。早く焼けてしまへ。／誰も。俺の息子をおぼえてるな。／／息子よ。／この手のひらにもみこまれてゐろ。／帽子のうらへ一時、消えてゐろ。

（「富士」部分）

三本の蝋燭の／一つの焔も消やすまい。／お互のからだをもつて、／風をまもらう。風をまもらう。

（「三点──山中湖畔に戦争を逃れて」最終連）

ここでは、日本国民の命を奪うものとしての戦争批判ではなく、あくまで、作者の属する「三人」家族の平和な営みを消さないことを希求するという点において戦争が忌避されている。他人の家族をも含めた日本人の家族一般に関して幸福を求めるという発想ではなく、自分が属しているその個別の家族の幸福が念願されるというところに金子の面目躍如たるものがある。結果として、それは戦争に反対するという思想にも繋がるのだが、同じ反戦を説くにしても、国民全体の生命の安全を祈り、国家の将来を憂うというのではないところにこれらの詩の特徴はある。金子は戦後、反戦抵抗詩人として評価を高めるが、これらの詩から見えてくるのは反戦という思想であるよりも、一億一丸の国民という迷妄から逃れ、「私」や「私の家族」という場に立脚しているという、そのエゴイスティックなまでの思想の出発点である。他の詩人達が、国家に所属する国民の一人としてしか自己を捉えられなかったことと比較するとき、その特異性は一層明瞭になる。

世界の富を壟断するもの、／強豪米英一族の力、／われらの国に於て否定さる。／われらの否定は義による。／東亜を東亜にかへせといふのみ。

（「十二月八日」部分）

元帥山本五十六提督の遺骨／いま国葬の儀によつて葬らる。／元帥の勲功めもあやに、／同胞もとより之を熟知す。／（中略）／国民喪に服していま元帥を送り奉り、／心武者ぶるひして元帥に祈る。／元帥の成したまはんとせしところ、／われら必ずこれを遂げん。／元帥叱咤して遠くわれらを導きたまへ。

（「山本元帥国葬」部分[2]）

このように戦時下の高村光太郎にとっては、個人とは常に国家の一員としての属性を持つ〈われら〉の一部として理解されていた。北川透は、このような光太郎の戦争期に入ってからの詩に多用される〈われら〉は、〈ひとり〉の複数形ではなく、国家や〈国民〉、民族などに肥大した集団を意味しているとし、戦争詩を量産しえたのも個人の位相に立たなかったからだと論じた。[3]また、萩原朔太郎の「南京陥落の日に」を引いて、光太郎との違いについて言及している。

歳まさに暮れんとして／兵士の銃剣は白く光れり。／軍旅の暦は夏秋をすぎ／ゆうべ上海を抜いて百千キロ。／わが行軍の日は憩はず／人馬先に争ひ走りて／輜重は泥濘の道に続けり。／ああこの曠野に戦ふもの／ちかつて皆生帰を期せず／鉄兜きて日に焼けたり。／／天寒く日は凍り／歳まさに暮れんとして／南京ここに陥落す。／あげよ我等の日章旗／人みな愁眉をひらくの時／わが戦勝を決定して／よろしく万歳を祝ふべし。／よろしく万歳を叫ぶべし。

（「南京陥落の日に」[4]）

北川はこの詩を〈戦争協力詩〉であることは免れないと評しながらも、〈行軍〉が描かれてはいても〈皇軍〉が描かれていないことは象徴的であると指摘した。同じ一九三七（昭和一二）年一二月に発表された「昔の小出新道にて」を引き、「兵士の行軍の後に捨てられ／破れたる軍靴《ぐんくわ》のごとくに／汝は路傍に渇けるかな。」という、時代からはじき出され戦争に同調できない〈破れたる軍靴《ぐんくわ》〉に自らをなぞらえたような個人的位相からは、本来、南京陥落を祝う詩を書くことなどできないはずだと言うのである。そして、この詩の中には国民という集団を〈戦意高揚〉に導くようなリズムはなく、個人の弱々しい孤独な抒情のみがあると言い、翻って、朔太郎の詩の中には、〈国民〉の概念は一度も登場せず、詩の中の朔太郎は常に〈ひとり〉であったと論じた。また、その〈ひとり〉と〈国民〉の乖離こそが、晩年の神経衰弱の正体であるとし、〈ひとり〉に徹し切れなかった所にこの詩人の戦争期のスタンスを見ている。

この北川による二人の詩人の戦争に対する位相の違いを、〈国民〉にまで肥大した〈われ〉……高村光太郎の場合、〈ひとり〉と〈国民〉との乖離……萩原朔太郎の場合、と捉えるならば、今ひとつ〈われ〉〈ひとり〉の徹底、というありようを付け加え、戦争詩の三つの位相として考えることができるのではないだろうか。

例えば、秋山清は山本元帥の国葬の一日を次のように書いたが、同じく山本元帥の国葬を題材にした先の光太郎の詩と比較するとき、その相違点ははっきりする。

> 元帥国葬の日に／私は辞書を引いていた。／南方樹種の名称と学名と用途。／ニューギニアの／モロベ高原には／松林が繁茂するという。／その針葉樹をせんさくしながら／南の島々と／その空とぶ飛行機が脳裏を去来した。／／風やみ／竿頭黒布垂れた弔旗を／麦畑のむこうにみた。
>
> （「国葬」[5]）

ここには、山本元帥の国葬の日にあっても、それとは無縁の一日を過ごす個人が描かれている。国家により演出される儀式を意識的に無視するかのようにも読みとれるが、そういう国家と対峙する姿勢を消したところにこの個人を置いた方が、山本元帥と「私」の差異が鮮明になる。

このように戦争詩の位相を三種類に分けて捉えるとき、金子も秋山と同様に〈われ〉〈ひとり〉の位相からその詩を成り立たせていたと区分することが出来る。「個的ニヒリズムにたてこもって反戦詩をかいた」（吉本隆明[6]）、「反体制のための戦いや組織化とは「鬼の児」である金子はまったく無縁であった」（鶴岡善久[7]）、「金子光晴のそれ（抵抗詩——引用者）は単独者としての反抗」（石黒忠[8]）などという指摘は、金子の戦争詩の位相が、この分類に該当するところからの評であろう。

このように、「日の丸」の下にある「国民」として状況を憂うのでも、観念としての「人間一般」から悲惨な戦争に否を言うのでもなく、私の命や息子の命を奪われたくはないという具体的な〈われ〉の位相から戦争に対しての嫌悪を訴えたのが、金子の所謂「反戦詩」というものであった。そして、今ひとつ確認しておきたいのは、金子の戦争に反対するもうひとつの理由が、人間を画一的な状況に導くという点に対してであったということである。

戦争とは、たえまなく血が流れ出ることだ。／そのながれた血が、むなしく／地にすひこまれてしまふことだ。／僕のしらないあひだに。僕の血のつゞきが。／／（中略）／／反省したり、味つたりするのは止めて／瓦を作るやうに型にはめて、人間を戦力としておくりだすことだ。／十九の子供も。／五十の父親も。／／十九の子供も／五十の父親も／一つの命令に服従して、／左をむき／右をむき／一つの標的にひき金をひく。／／（中略）／／十九の子供も／五十の父親も／おなじおしきせをきて／同じ軍歌をうたつて。

（「戦争」部分）

端的に「戦争」と題されたこの詩（『蛾』所収）は、金子が戦争に反対する二点の理由をはっきり言明している。

二　「寂しさの歌」……「ほんたうに寂しがつてゐる寂しさ」

『落下傘』は作者自身が「この詩集は僕の背柱骨だ」と跋文で宣言するように、『鮫』（人民社、一九三七・八）で示した抵抗精神を最も強く継承していて、金子を代表する詩集と見なしてよい。その内容は、晦渋なレトリックを使用してまで発表に拘泥した詩編と、山中湖に籠もってからの詩編とに大別することができるが、後者の詩は、冷静に時代状況を読み解き、戦争末期の金子の深い思索を反映させたものになっている。そこでは、戦後のテーマの一つともなる日本人の精神を問うことが既に始まっていて、なぜ戦争を引き起こしたのか、なぜそれを終結させられないのかという問いが、自らを含めた日本人の問題として提示されている。

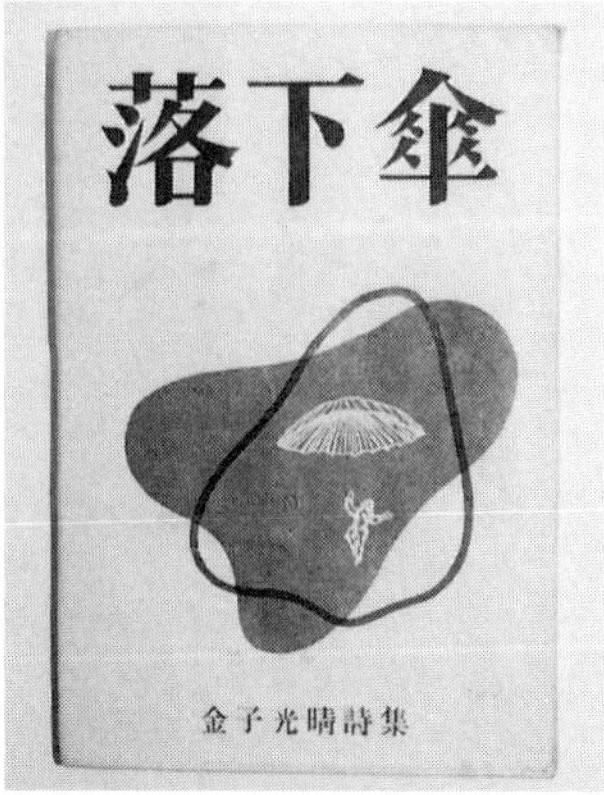

『落下傘』表紙
表紙絵は田川憲一(田川憲)

次の「鷹」は「昭和二〇・五月。特別攻撃隊のニュースをきいて憤懣やる方なく。」と注され、人間の手で空へ放たれた鷹に特攻を暗喩させた詩である。

なすところをしらない人間よ。／怖れる馬鹿があるか。もともと、／おまへたちがはじめたことぢやないか。／ふるへるな。みつともない。／おまへたちが加担して、／人の夫を、人の子を戦争に追ひやつたんぢやないか。／おまへたちの手で空へ放たれて／すでに戻ることのできないのを／気づかないもの。／いたいけなもの。／／酸乳のやうに空をかきにごす／鵟《のりす》だ！／隼《はやぶさ》だ！

（「鷹」最終部分）

二度と戻ることが出来ないことを知らずに、空高く飛翔する猛禽の哀れと悲惨を表現すると同時に、「じぶんの放した猛鳥の影に脅え」る人間達に、「おまへたちが加担して、／人の夫を、人の子を戦争に追ひやつたんぢやないか」と言い放ち、特攻にまで至らせた人間達の責任を追及する。しかし、この時作者たる金子は、自分自身もその「おまへたち」の一員であることを自覚していたはずである。そのことは『鮫』所収の「おっとせい」の詩を思い起こせばわかる。そして、自らへの忸怩たる思いと責めも感じていたはずで、憤懣とは特攻の愚に対するものであると共に、自分に向けてのものでもあったのではなかろうか。柳条湖事件に端を発した満州事変から一五年近い歳月が流れたのに、いっこうに戦争は終結できず、いつ終わるともわからぬ時、なぜ人間は、日本人はそれを止めることが出来なかったのかという問いが増幅するのである。そして、そもそも、なぜ戦争が引き起こされたのかという問いが生まれ、その思索の結果創作されたのが「昭和二〇・五・五　端午の日」と制作日が付された「寂しさの歌」である。

寂しさに蔽はれたこの国土の、ふかい霧のなかから、／僕はうまれた。／／山のいたゞき、峡間を消し、／湖のうへにとぶ霧が／五十年の僕のこしかたと、／ゆく末とをとざしてゐる。／／あとから、あとから湧きあがり、閉す雲煙とともに、／この国では、／さびしさ丈けがいつも新鮮だ。

（「寂しさの歌」第二章冒頭）

長い詩の前半部は、このように日本の風土の中で生まれ生きていくことの寂しさと孤独が次々に描写される。そして、第四章の冒頭で戦争を引き起こす原因が歌われる。

遂にこの寂しい精神のうぶすなたちが、戦争をもつてきたんだ。／君達のせゐぢやない。僕のせゐでは勿論ない。みんな寂しさがなせるわざなんだ。

（「寂しさの歌」第四章冒頭）

先の「鷹」とは一転して、戦争を引き起こした根源は人間達ではなく、その人間達を生み出した日本という国の精神風土にあるとして、人間の責任を棚上げにしている。しかし、日本という国の精神風土を作り出すのもまた自分たち人間の行為だとするならば、もう一度それは人間達の取ってきた行為への責任へと回帰する。

約一五〇行にも及ぶ長い「寂しさの歌」は次の連で結ばれる。

僕、僕がいま、ほんたうに寂しがつてゐる寂しさは、／この零落の方向とは反対に、／ひとりふみとゞまつて、寂しさの根元をがつきとつきとめようとして、世界といつしよに歩いてゐるたつた一人の意欲も僕のまはりに感じられない、そのことだ。そのことだけなのだ。

（「寂しさの歌」第四章最終連）

首藤基澄はこの部分に触れ、状況詩が突如個人的感懐となり、既にそれまでの描写で暗に示されたことの繰り返しで蛇足だと評しているが[9]、確かに詩として見るならばこの散文的な言い方は唐突であるし、言い過ぎのくどさが気になる。しかし、まさにこの部分があることによって、極めて明確に作者金子の個人的な思いが確認できるのであって、この部分を書きたいが為に、日本を戦争にまで追いやってしまった寂しさという文化的風土的宿命を描いたのではないのかと思われるのである。首藤の言うように、「光晴の内面を直接に伝える」、「モチーフを明らかにした詩行[10]」であることははっきりしている。ここで金子は、「零落の方向とは反対に、／ひとりふみとゞま」るという同類の出現を切望していることを、詩の中で初めて宣言したことになるが、それが現れないことを寂しいとまで言う程に、自身の心情を吐露していることに注目したい。「零落の方向とは反対に、／ひとりふみとゞま」るという行為に同調を求める姿勢には、金子が影響を受けたと思われる一人の思想家の影を見る。

三　マックス・シュティルナーの『自我経』と金子光晴

金子は「自伝」には、「震災のために僕は、東京をあとにして、名古屋、京都、西の宮《ママ》とさすらいあるいた。その時、手にもっていた本は、スチルネルの『自我経』だった[11]」と書き、『どくろ杯』（中央公論社、一九七一・五）では、「私の若さにとどめを刺した論理と言えば、いっさいの剝脱者マックス・スチルネルであった」と書いている。

はたして、金子に影響を与えたというこのスチルネルとは、いかなる者なのだろうか。

Max Stirner（1806~1856）は、今日ではマックス・シュティルナーと呼ばれ、そのように表記されているが、ヘーゲル左派に属する思想家でヘーゲルからマルクスに至る思想を考える時、フォイエルバッハと共に鍵を握るものとして哲学史の中に位置づけられる人物である。

一八三一年のヘーゲルの死後、その一派は、師の考えを継承する右派（老ヘーゲル派）・学史的研究に専念する中央派・師の説を修正発展させる左派（青年ヘーゲル派）の三派に分かれ、左派においては右派批判のみならず左派同士での批判が相次ぎ、フォイエルバッハ、ブルーノ・バウアー、マックス・シュティルナーらが相互に批判をしあった[12]。そういう百家争鳴の中で、一八四五年、*Der Einzige und Sein Eigentum* が出版された[13]。そして、この著者とこの著書は、刊行後数年で急速に忘れ去られ、世紀末になって再び脚光を浴びることになった。「ニーチェの流行が無限の自己意志を崇拝するよう読者を準備した後になって[14]」、やっと『唯一者とその所有』は普及したというのである。

日本におけるシュティルナー受容も、この世界的な流れの一環としてあったと捉えてよい。その初期の紹介として、一九〇二（明治三五）年に煙山専太郎の『近世無政府主義』があり[15]、続いて一九〇六（明治三九）年に久津見蕨村の『無政府主義』がある。前者はスチル

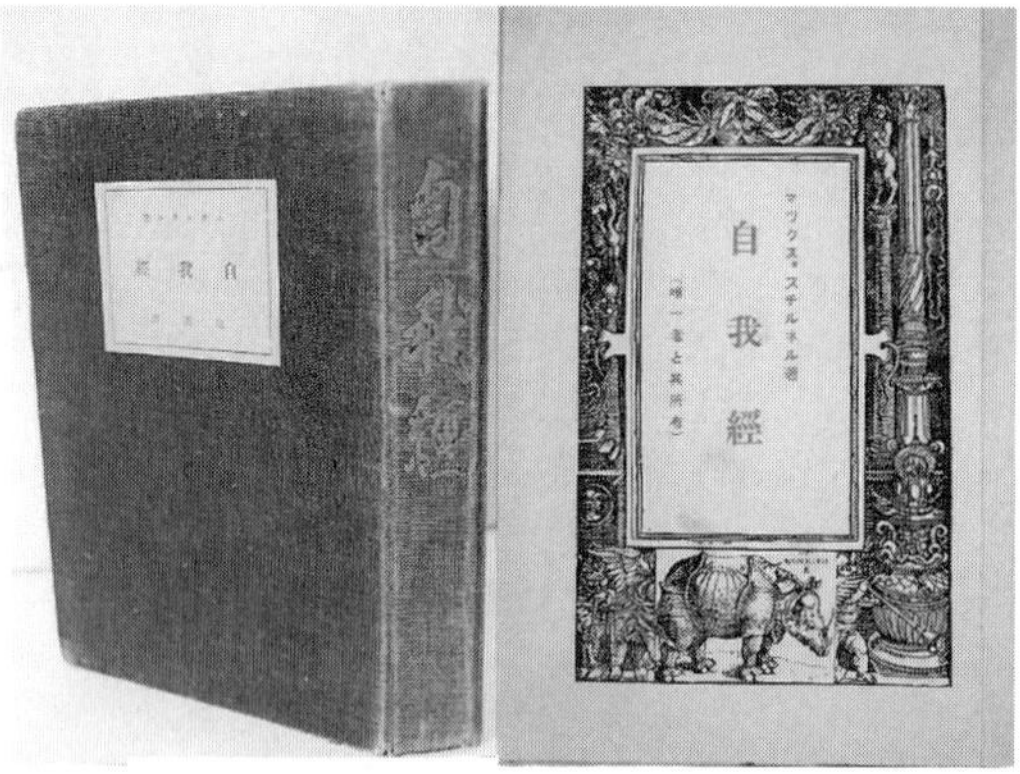

『自我経』表紙　　『自我経』扉

ネルに一節を割き、『個人及其財産』の要点を極めて的確にまとめている。*Der Einzige und Sein Eigentum* の日本語訳は、一九一五（大正四）年、辻潤が英文からの重訳を始め、一九二〇（大正九）年、『唯一者とその所有（人間篇）』（『唯一者とその所有』の第一部）を出版したことに始まる。翌一九二一（大正一〇）年、全訳が成り『自我経』と題されて冬夏社より出版された。(16) 辻潤が逐語訳を避け、宗教を連想させ、一つの生き方の指針を示すような「自我経」というタイトルにしたのは、その内容を端的に示していると同時に、訳者自身の自我に寄せる強い思い入れが

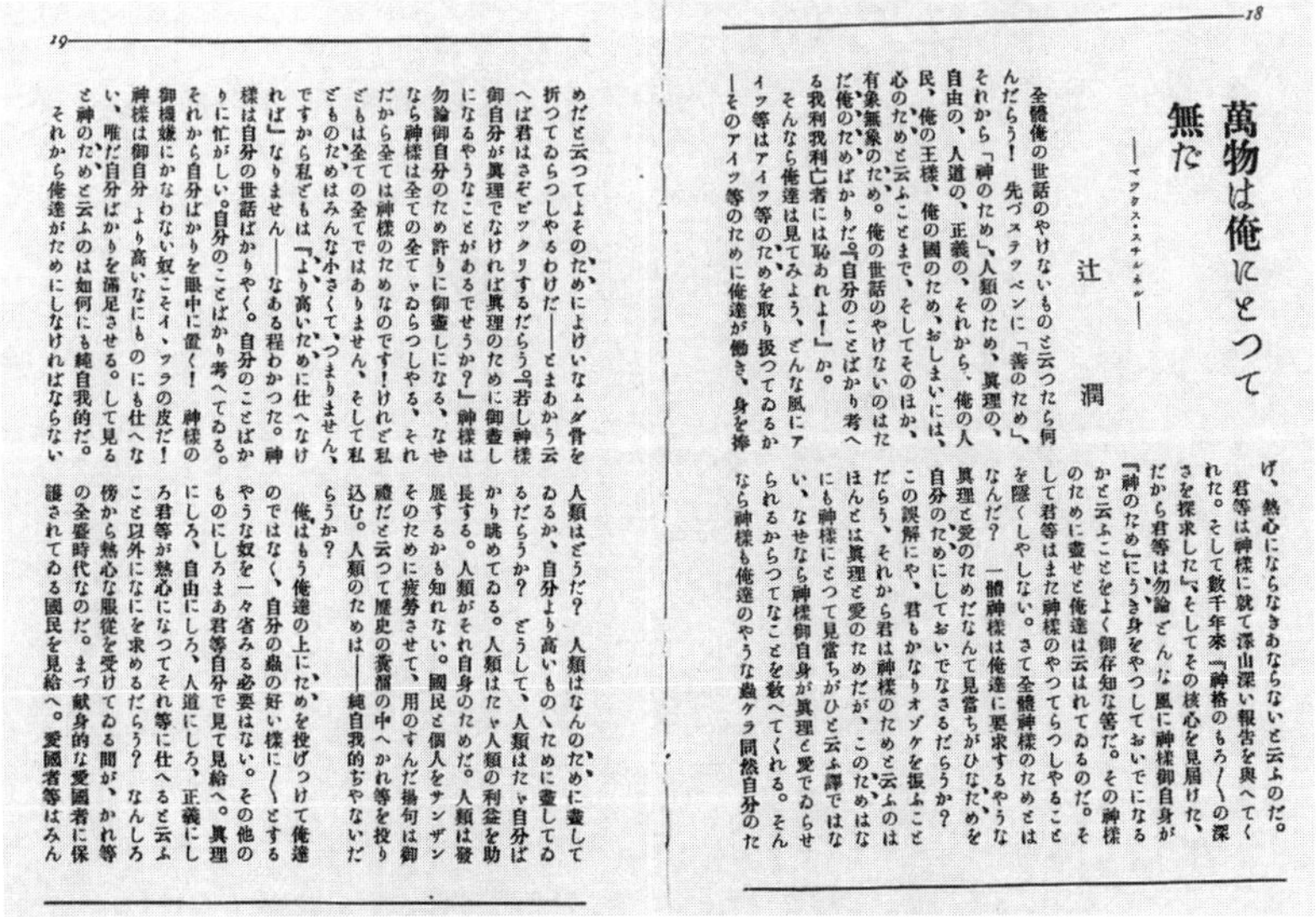
18

萬物は俺にとつて無だ

――マクス・スチルネル――

辻潤

全體俺の世話のやけないものと云つたら何んだらう！　先づステツペンに「善のため」、それから「神のため」、人類のため、眞理の、自由の、人道の、正義の、それから、俺の人民、俺の王様、俺の國のため、おしまいには、心のためと云ふことまで、そしてそのほか、有象無象のため。俺の世話のやけないのはただ俺のためばかりだ。『自分のことばかり考へる我利我利亡者には恥あれよ！』か。

そんなら俺達は見てみよう、どんな風にアイツ等はアイツ等のためを取り扱つてゐるか――そのアイツ等のために俺達が働き、身を捧げ、熱心にならなきあならないと云ふのだ。

君等は神様に就て澤山深い報告を與へてくれた。そして數千年來『神格のもろ〳〵の深さを探求した』、そしてその核心を見屆けた、だから君等は勿論どんな風に神様御自身が『神のため』にうき身をやつしておいでになるかと云ふことをよく御存知な筈だ。その神様のために盡せと俺達は云はれてゐるのだ。そして君等はまた神様のやつてらつしやることを隱くしやしない。さて全體神様のためとはなんだ？　一體神様は俺達に要求するやうな眞理と愛のためだなんて見當ちがひなためを自分のためにしておいでなさるだらうか？　この誤解にや、君もかなりオゾケを振ふことだらう、それから君は神様のためと云ふのはほんとは眞理と愛のためだが、このためはなにも神様にとつて見當ちがひと云ふ譯ではない、なぜなら神様御自身が眞理と愛でゐらせられるからつてなことを敎へてくれる。そんなら神様も俺達のやうな蟲ケラ同然自分のためだと云つてよそのためによけいなムダ骨を折つてゐらつしやるわけだ――とまあかう云へば君はさぞビツクリするだらう。『若し神様御自分が眞理でなければ眞理のために御盡しになるやうなことがあるでせうか？』神様は勿論御自分のため許りに御盡しになる、なぜなら神様は全ての全てゞゐらつしやる、それだから全ては神様のためなのです！けれど私どもは全ての全てではありません、そして私どものためはみんな小さくて、つまりません、ですから私どもは『より高いために仕へなければ』なりません――なある程わかつた。神様は自分の世話ばかりやく。自分のことばかりに忙がしい。自分のことばかり考へてゐる。それから自分ばかりを眼中に置く！　神様の御機嫌にかなわない奴こそイ、ツラの皮だ！　神様は御自分より高いなにものにも仕へない、唯だ自分ばかりを滿足させる。して見ると神のためと云ふのは如何にも純自我的だ。

それから俺達がためにしなければならない人類はどうだ？　人類はなんのために盡してゐるか、自分より高いもの丶ために盡してゐるだらうか？　どうして、人類はたゞ自分ばかり眺めてゐる。人類はたゞ人類の利益を助長する。人類がそれ自身のためだ。人類は發展するかも知れない。國民と個人をサンザンそのために疲勞させて、用のすんだ揚句は御禮だと云つて歴史の糞溜の中へかれ等を投り込む。人類のためは――純自我的ぢやないだらうか？

俺はもう俺達の上にためを投げつけて俺達のではなく、自分の蟲の好い樣に〳〵とするやうな奴を一々省みる必要はない。その他のものにしろまあ君等自分で見て見給へ。眞理にしろ、自由にしろ、人道にしろ、正義にしろ君等が熱心になつてそれ等に仕へると云ふこと以外になにを求めるだらう？　なんしろ傍から熱心な服從を受けてゐる間が、かれ等の全盛時代なのだ。まづ獻身的な愛國者に保護されてゐる國民を見給へ。愛國者等はみん

19

辻潤「万物は俺にとつて無だ」（『生活と芸術』1915年12月号）
『唯一者とその所有』の冒頭部分が訳された。

伝わる。

「自伝」によれば、金子は『自我経』出版の二年後に起こった関東大震災後のさすらいの中で、この書に出会ったということであるが、これは当時「スティルネリアン[17]」という呼ばれ方がされるほどの現象を引き起こしたことからもわかるように、この書に寄せる時代的な期待と社会主義に対する世間一般の興味が背後にあり、金子のマックス・シュティルナー受容も、そういう風潮の中での出会いであったと捉えた方がよい[18]。しかし、金子のそれは流行の一過性のものではなかったという点に他との違いがある。金子は自著の中で常に『自我経』と記し、正式名である『唯一者とその所有』とは書かないことから、辻潤による翻訳からその思想に触れたことと思われる[19]。以下、シュティルナー思想の概略を振り返り、金子が掴んだシュティルナーとは何だったのかを探ってみる。

ヘーゲルの哲学は、すべての根本原理は特殊な主体ではなく、絶対精神=神に存在すると

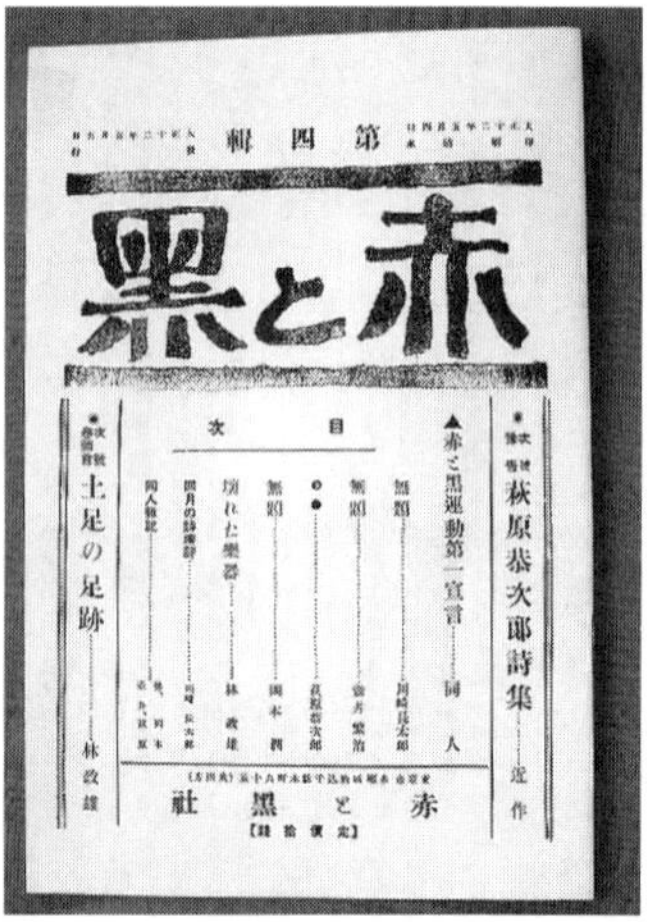
第四輯
赤と黒
萩原恭次郎詩集……近作
目次
赤と黒運動第一宣言……同人
無題……川崎長太郎
無題……壺井繁治
●●……萩原恭次郎
無題……岡本潤
壊れた楽器……林政雄
四月の詩簿録……川崎長太郎
同人雑記
土足の足跡……林政雄
赤と黒社

『赤と黒』第四輯（1923年5月）
「赤と黒運動第一宣言」にはスチルネルが引用された。

する体系の学であるが、ヘーゲル左派たちは、まずこの絶対精神の批判から始める。フォイエルバッハは、「私は神学を人間学まで引き下げることによって、むしろ人間学を神学に高めているのである[20]」と述べ、神の述語とされるものはすべて人間の述語であり得るとする。そして、ヘーゲル哲学はあまりにも神学的であると批判し、人間こそが至高の存在だとする「人間主義」を唱えた。シュティルナーはそれに対して、神を批判したつもりでいても、フォイエルバッハの「人間」は類的な存在としての人間であり神と同義でしかないと批判する。ヘーゲルの「神」をフォイエルバッハは「神＝人間」と捉え直したのだが、シュティルナーは、それはまた、「人間＝神」に過ぎないと差し戻しをするのである。類的存在としての人間観では、個々の人間は「人間なるもの一般」の中に解消されてしまい、それでは新たな別の宗教の成立に他ならないとシュティルナーは考える。普遍なるもの・理念なるものに重きを置き、特殊・具体を軽視するヘーゲルとは、全くの対極にシュティルナーは位置することがわかる。

やがて、ヘーゲル左派たちの論争の争点は、宗教批判から社会のありようを巡っての議論へと変化し、プロイセン政府の反動性に抗して、自由な社会実現のために「政治的自由主義（ブルジョア自由主義）」「社会的自由主義（社会主義・共産主義）」「人道的自由主義（批判的自由主義)」が提案された。シュティルナーの攻撃目標は、プロイセン政府に対して以上に、その政府に対して国家公民としての諸権利保障を強く要求していた自由主義運動の陣営に対してであった。シュティルナーにとっては、それらの自由主義は、個人が国家公民に回収されてしまう(政治的自由主義)、「人間と云う観念」に対しての自由にすぎない(人道的自由主義)などと理解され、「唯一者」たる「かけがえのない私」に立脚した自由主義ではないとして斥けられる。そしてさらに、エドガー・バウアーの、いかなる国家であれ自由とは両立しない、真の自由と万人の共同は無政府状態に求めるより他にないと説く無政府主義までもが、「国民」概念で捉えていて個々人の自由を配慮していないと批判される。シュティルナーは、「自分はまた民衆の専制主義によつて支配されないだらうか、そして自分が君主の専制によつて従属させられる自分自身を見るのと所謂、『世論』と称する民衆の専制によつて従属せしめられる自分自身を見るのと、其処に自分にとつて何等かの差があるだらうか?」(四〇八頁)[21]と述べ、無政府主義とは、政府を持たない国民(民衆)が「世論」を通して自己自身を自己管理するシステムだと捉えるのである。[22]こうして、個人の自由のために無政府主義までもが否定される。

マルクスからは、シュティルナーはブルジョワとプロレタリアの階級による対立という観点を欠き、人間の関係を個人レベルでしか考えていないと批判を受ける。(23) マルクスによれば、何人も社会的諸関係に従属させられているのであって、いかなる個人も社会関係と無縁に独立して主体が成立するわけではないというのであるが、シュティルナーには人間を集団として括る発想がない以上、階級として人間を捉える概念はない。しかし、個人の主体を重視するシュティルナーとて、人間のありようは社会とは別な場に孤立して存在するのではなく、社会の中でそれぞれの個人の存在があるということは熟知している。シュティルナーは、はっきりと「孤独、即ち独りであることは人間本来の状態ではなく、社会が人間本来の状態なのである」(五四八頁)と言い、人間にとっての社会の意味を認めているのである。そうでなければ、個人の唯一無二の固有性を発揮する場自体が存在しないことになる。シュティルナーは、無責任な個人主義者であったのではなく、先の三通りの自由主義が目指した社会のあり方を斥けた代わりに、個人が社会と拘わっていくモデルとして、「連合(Vereinigung)」という概念を提唱するが、ここにシュティルナーの理想がある。それによれば、一人の人間の他との関わりは、まず母との共生の関係から始まり、次に自分と同等の仲間達との交わりへと移行していく。こうして、その連合の輪は拡大し、個我を保持しながらも孤立することなく、個人と個人の交わりを広げていくという発想が提示される。しかし、このような「連合」は固定されるものではなく、次々に新しい「連合」へと移行し、絶えず更新されていくべきものだと考える所に、この思想の要諦はある。シュティルナーは、社会とは一つの状態に静止するものなのではなく、常に動態的なものであると捉えていた。「連合」とは継続を意味するのではなく、あくまでもその時々の連なりであり、「不断の自己結合」（五四九頁）が滞り固定されれば、それは「連合」の死屍であると捉えられ、その好例が党派だとして否定された。つまり、「連合」自体に目的が置かれるのではなく、不断の「自己」実現の過程として「連合」は想定されているのである。はじめに党派ありきという団結とは別であり、「連合」の構成員も常に流動するということに注目せねばならない。[24]

以上、概観したように、「人生において個人の意志を圧倒し破壊するあらゆるものに反対して極端な叫び声をあげたシュティルナー」[25]だったが、結局、その説くところは「アナキズムの理論の、であって、運動の、ではな」かった。[26]しかも、「エゴイスト」の「エゴイスト」による「エゴイスト」のための「連合」は、各人の自発的な行為を前提とするものである以上、その行為が連なることは、理論上偶然を待つしかないことになる。「連合」を唱えながらも、それを呼びかける相手を持たない以上、それは運動にはなりえない。それ故、シュティルナーは何ものからも犠牲にならない「唯一者」を実現させた後、自らの殻の中に閉じこもるしかなく、ニヒリズムの中に自己を封印した。

金子は、シュティルナーの『自我経』に出会うことで「唯一者」への共感を募らせたが、最も関心を抱いたのは、「唯一者」同士が連なる「連合」という概念にあったのではなかろうか。

四　「抵抗詩」の本質と今日的意義

「寂しさの歌」の「零落の方向とは反対に、／ひとりふみとゞま」るという行為は「唯一者」たる人間にしてはじめて可能になるが、このような個人の意思に基づき「ひとりふみとゞま」るという精神の重要性は、シュティルナーの思想の出発点である。しかし、このような精神のありようは、金子がシュティルナーを愛読する中で培ったものではない。既に『鮫』の「おっとせい」で強く個我意識が表明されていたし、第一詩集『赤土の家』（麗文社、一九一九・二）以前の習作である「反対こそ、じぶんをつかむことだ」と宣言する「反対」という詩にまで遡ることが出来る。従って、自我主義とでも名付け得るようなものがシュティルナーからの影響であったというのではない。

おゝ。やつらは、どいつも、こいつも、まよなかの街よりくらい、やつらをのせたこの氷塊が、たちまち、さけびもなくわれ、深潭のうへをしづかに辷りはじめるのを、すこしも気づかずにゐた。／みだりがはしい尾をひらいてよちよちと、／やつらは氷上を匍ひまはり、／……………文学などを語りあった。／うらがなしい暮色よ。／凍傷《しもやけ》にたゞれた落日の掛軸よ！／／だんだら縞のながい影を曳き、みわたすかぎり頭をそろへて、拝礼してゐる奴らの群衆のなかで、／侮蔑しきったそぶりで、／たゞひとり、／反対をむいてすましてるやつ。／おいら。／おっとせいのきらひなおっとせい。／だが、やっぱりおっとせいはおっとせいで／たゞ／「むかうむきになってる／おっとせい。」

（「おっとせい」第三章）

この引用部分では、当時の文学者という俗衆を批判した後に、そういう時流に精神を売り渡し鈍感でいられる俗衆とは一線を画す自らを、「反対をむいてすましてるやつ」とし、何ものからも拘束されない個の確立を宣言しているが、「おいら」自身も「おっとせい」であるということを強く自覚し、「おっとせい」の集団への拘りを見せている。この「おっとせい」が何故「おっとせいのきらひなおっとせい」であるかは、端的に言えば、「みわたすかぎり頭をそろへて、拝礼してゐる」という他のおっとせいの主体なき集団性に対してである。この「おっとせい」が、そういう嫌悪すべき群衆になおも所属し続けようとするとき、自分以外のもう一頭の「むかうむきになってる／おっとせい」を求めたくなるのは必然である。シュティルナー的に言うならば、「唯一者」たる他の「おっとせい」の出現を「唯一者」たる「おっとせい」が待ち受けることになる。(27) このような心情を直接訴えたのが、アジア・太平洋戦争末期の「寂しさの歌」ではないだろうか。

「寂しさの歌」で「ひとりふみとゞまつて、寂しさの根元を」つきとめようとする人間が自分以外にはいないことを寂しがるというのは、自分以外の「唯一者」の出現を期待し、それらとの関わりを強く希求しているということである。「唯一者」の「連合」を構想しながらたどり着くことができず、結局はニヒリズムの極地に沈み込むしかなかったシュティルナーだったが、金子は自分がそのような「唯一者」を待ち受ける陥穽から逃れ、孤独を甘受しながらも、あくまで「連合」の成立を夢見ていたのではなかろうか。金子がシュティルナーを読むことで得たものとはこの「連合」という概念であったはずである。先に、金子は〈われ〉〈ひとり〉の徹底という位相にその思想の根拠を置いたということを確認したが、理想として、そのような〈われ〉〈ひとり〉を確立させた者同士が連なるという社会を思い描いていたと言える。「おっとせい」ではその密かな夢を潜在させたに過ぎなかったが、「寂しさの歌」ではその夢をはっきり示すと共に、それが実現しづらい状況を嘆いている。

金子の従来言われてきた「反戦詩」「抵抗詩」というものは、「十五年戦争」の初期から順を追って作品を見ていくとき、戦争の深化は詩や散文の表現に大きな影響を与え、必然的にその抵抗詩は限界を持たざるを得なかった。具体的には二点の瑕疵を持つ。一つは、時流への抵抗の精神を持ち続けたにせよ、天皇の赤子達への思想の変化にいかほど関わったかについては、疑問符を付けざるを得ないということである。今ひとつは、検閲との苦闘の中でレトリックを駆使して表現された詩も、年次を経るにつれ真意の韜晦を増し、同時代の中でのメッセージ性を薄れさせたことである。しかし、それらの欠点も、今日にあっては意義を持つものに転化すると評価したい。即ち、金子が時代と社会に対しての孤独の中、一人営々と詩作し、その精神の在処を記録し続けたことは、時代精神に組み込まれることなく「唯一者」を保持し続けたことを証することであり、その態度は現在に生きる我々への指針を提供するからである。書き続け自らの意思を確認し提示するという行為は、「唯一者」が〈世論という権力〉〈世間というまなざし〉に抗するための方途であり、現在にあっても少数者《マイノリティ》がいかなる態度で社会に向き合うべきかを教えるものになっている。いかなる時代にあっても、まずは自らの存在を示すことから自らと他者や社会との交わりは始まる。各人が各人そのような行為を取った後、シュティルナーが提唱した「連合」の可能性は生まれるのであり、金子はその第一歩を自らで踏み出しそれで終わりとするのではなく、それに続く多くの者の出現を期待したのである。

自由な言論を保証されたのではない金子の戦時下の詩は、戦略として多義的な読みを許容する暗喩が駆使され、風刺・反語も多用された。次章において触れるが、その詩を真の反戦詩と見るか見ないかという近年の論争が起こる原因もそこにあるが、元々多義的な表現を一義的に収斂させようとするとき、そこには読者の恣意が大きく介入せざるを得ない。金子の文学にあって、この戦時下の「反戦・抵抗詩」を巡る問題が一つの鍵を握ることは間違いないが、今その観点を変え、もう一つの恣意的読みとして、戦時下の一億一心の構造を越えることへのヒントと、今後それと同じ道のりを歩まないための、我々の精神と行為のあり方の提示があるものとして、金子の戦時下の詩を現在に再生させることが出来るのではなかろうか。

判沢弘は、辻潤を論じるに当たって、辻は「組織論」否定の「組織論」を持っていたとし、「辻の提出した組織論の中心命題は、「日本社会の内部から発する陰湿なねん液によって身心を腐蝕させせないためにつねに社会の圏外に立つ」というラディカルな断絶の精神であった」と述べ、その「少数派《マイノリティ》」の視点を評価している。[28] この「組織論」否定の「組織論」とは、辻の訳したマックス・シュティルナーの『唯一者とその所有』の中心テーマたる、「唯一者の自由を最大限に尊重しうる共生の形態としての連合[29]」と同一の概念であろう。組織を否定しつつ、組織を否定した者同士の組織の模索がある。これはまた、「むかうむきになってる／おっとせい」の世界でもあり、自分の息子の徴兵忌避のみならず、それが広がることを期待する金子の連帯への志向とも連なるものである。『唯一者とその所有』の筆者たるマックス・シュティルナーとその訳者たる辻潤とその読者たる金子光晴の希求する「連合」とは、固定化した「組織」的な集合から社会に向き合うのではなく、「その時々の目的や利害関心の共有のみに基づけられた暫定的な一致[30]」による連合として、社会に対峙するのであり、それは、「絶えず分解と分散への可能性を内に蔵し[31]」ているものである。このような「少数派《マイノリティ》」の位置から、絶えず社会に対して更新を求めていく、その行為の絶え間ない連続こそが、人間集団を盲目的な群衆へと堕さしめる道から救い、自律者の連合体としての群衆を形成させる方途となり、健全な社会成立の根拠ともなる。

吉本隆明は、戦後一五年の時点で『中央公論』誌上において、「この優れた詩人が、本当の孤独と絶望をかんじたのはじつに戦後だった。日本の社会は、ファシスト↑↓コミュニスト、戦争↑↓革命、進歩↑↓保守、独裁↑↓民主、こういう循環を破壊しないかぎり駄目ですよ。そうではないか、金子さん[32]」と呼びかけるようにして「落下傘」の詩論を結んだが、最早戦後でもない今日にあっても、国民全体が同一歩調をとって総転換を引き起こしかねない「寂しさ」を日本社会は引きずっている。総転換の構造からの脱却のために、各人がそれぞれの状況の中にあって、各人の意思として絶えざる否を発信し続けることの重要性を金子の詩は示している。戦時下とはまた異質な同質化を進める管理社会の中を生きる我々にあって、却って今日こそ、金子の詩を読むことの意義があるのではなかろうか。

注

（1） 今時、「アジア・太平洋戦争」という呼称が広がりつつあるが、これは「「太平洋戦争」という名称は、もっぱらアメリカの立場から太平洋上の戦闘を主戦場と考えて附せられた名称である」、「科学的に必ずしも正確な名称とはいえないところがある」と家永三郎が『太平洋戦争』（岩波書店、一九六八年）を出版する際問題提起したことに答えたことにもなり、今後流布していくものと思われる。家永はその序に、「柳条溝《ママ》事件から降伏にいたる」一連不可分の戦争を指すものとして、厳密には「十五年戦争」（この呼称は鶴見俊輔の提唱によるものである）と呼ぶべきものであるとしながらも、その当時はまだ通用性を欠くという理由から、次善の方法として「太平洋戦争」を書名に用いたと記した。その時家永は、日本帝国主義によるアジアへの侵略行為を視座とする呼称の必要性を感じていたわけであるが、その際、一九三一（昭和六）年から一九四五（昭和二〇）年までの長期に渡る侵略行為をとらえ、「十五年」という年数を優先した呼称を選んだ。しかし、これは侵略対象や戦場の場としての「アジア」を喚起させる呼称ではない。一方、「アジア・太平洋戦争」という呼び方は、「十五年」という期間を示したことによって後景に追いやられてしまった、中国戦線や東南アジアの占領地の問題という側面を前面に打ち出す呼称ということになる。共に、日米戦争のみにとらわれることを避けるという趣意であるが、一方は地域的な軸を一方は時間軸を欠くような印象があり、共に完全ではない。双方を補うならば「アジア・太平洋・十五年戦争」とでも言うしかないのが実状である。確かに『岩波講座　アジア・太平洋戦争』では、「戦争の時代だけではなく、戦後を積極的に対象化することを意図」して「十五年戦争」という呼称に対して慎重な姿勢を示すと共に、満州事変以降の一連の戦争、及びその前後の時期も射程に入れて「アジア・太平洋戦争」という概念を提唱することを目指していて、「十五年戦争」どころか、もっと長期的な視座で考えようとしている。しかし、現時点の段階では、吉田裕が『アジア・太平洋戦争』（岩波新書、二〇〇七年）で「本書では、四一年一二月に始まり、四五年九月の降伏文書調印で終わった戦争を「アジア・太平洋戦争」とよぶことにする」と定義づけるしかなかったように、「アジア・太平洋戦争」はまだ広義の概念として一般化されてはいない。本書における戦争の呼称については、概ね、満州事変以降の長期にわたる侵略行為を含んで戦争を捉える場合は「十五年戦争」を、主に「一九四一・一二・八」以降の戦争を言う場合には「太平洋戦争」を、今日の時点において戦争及び戦後を対象化するような視点においては「アジア・太平洋戦争」を用いることとする。また、限定的には「満州事変」「日中戦争」（金子は『鬼の児の唄』の「あとがき」では「華日事変」と呼称した）を使用する。あくまで概ねにおける使い分けで厳密さを欠くが、その点はご寛恕願いたい。なお、既に新しい概念が提唱されつつある今日では蛇足でしかないが、備忘として記すと「十五年戦争」命名のいきさつについては、鶴見俊輔『戦時期日本の精神史』（岩波書店、一九八二年）に詳しい。

（2）高村光太郎の詩は『高村光太郎全集』（筑摩書房）に拠り、一部漢字を改めた。

（3）北川透「萩原朔太郎の戦争」（『詩的90年代の彼方へ』（思潮社、二〇〇〇年）五七頁。以後の北川の論もこれに拠る。

（4）萩原朔太郎の詩は『萩原朔太郎全集』（筑摩書房）に拠り、一部漢字を改めた。

（5）秋山清『秋山清詩集〈増補版〉』（現代思潮社、一九七三年）に拠った。なお、その「初出覚え書」では、初出は『林業新聞』（一九四四年）とある。

（6）吉本隆明「高村光太郎」（『高村光太郎』講談社文芸文庫、一九九一年）一六六頁。

（7）鶴岡善久「ニヒリストの極地——金子光晴における反戦」（『太平洋戦争下の詩と思想』昭森社、一九七一年）八八頁。

（8）石黒忠『金子光晴論——世界にもう一度Revoltを！』（土曜美術社、一九九一年）八一頁。

（9）首藤基澄『金子光晴研究』（審美社、一九七〇年）一二四～一二五頁。

（10）首藤、前掲書、一二五頁。

（11）金子光晴「自伝　第四回」（『ユリイカ』一九五七年一月号）四九～五〇頁。金子はこの「ユリイカ」連載の「自伝」を元に増補改訂して『詩人』（平凡社、一九五七年）を出したが、そこではこの箇所は削られている。その事に関して、首藤は「後の自分の生き方、思想に深くかかわる部分を、ひとたびは書きながらなぜ削除したのだろう。光晴は削除したけれども、削除した部分は真実を語っているように思われる。さらにいえば、真実を語りすぎているように思われる」（前掲書、四七頁）と述べている。その後、この著書はさらに二度改訂が行われた。
（12）以下、ヘーゲル左派の動向については、廣松渉『ヘーゲルそしてマルクス』（青土社、一九九一年）、良知力・廣松渉共編『ヘーゲル左派論叢　第一巻　ドイツ・イデオロギー内部論争』（お茶の水書房、一九八六年）などを参考にした。
（13）マックス・シュティルナー（片岡啓治訳）『唯一者とその所有　下』（現代思潮社、一九八七年）の解説では出版年は一八四五年と記されているが、他の解説書では一八四四年とするものもある。原著書には出版年が誤って記されているようで、そこに混乱の理由がある。
（14）ジョージ・ウドコック（白井厚訳）『アナキズムⅠ　思想篇〈復刊版〉』（紀伊国屋書店、二〇〇二年）一三七頁。
（15）東京専門学校出版部から出されているが、現在『明治文献資料叢書Ⅴ　近世無政府主義』（明治文献、一九六五年）として復刻されている。そこでの絲屋寿雄による解題によれば、ロシアの革命運動史研究の邦語による唯一のガイドブックとして、当時幅広く読まれた書物のようである。
（16）『自我経』は冬夏社版（青表紙）以外にも改造社版（赤表紙）があり、従来、この二種は同時に出版されたと思われていたが、佐々木靖章の「辻潤の著作活動――明治・大正期を中心に――」（『辻潤全集』別巻、五月書房、一九八二年）での考証に拠れば、冬夏社版が数版を重ねた後、一九二五（大正一四）年に改造社が冬夏社から版権を譲り受け、版数を引き継いだようである。金子の読んだのが何れであるかは特定できないが、表紙を除き造本・頁数などは同じである。
（17）佐々木の前掲書には、日本におけるシュティルナー初期受容の概説と書名の考証があり、『自我経』は「大正十年代から昭和の初めにかけて若干のスティルネリアンを生む導火線にもなった」とある。また、書名について「唯一者とその所有」という訳語が与えられたのは、森鴎外「食堂」

（『三田文学』一九一〇年一二月）が最初ではないかとの説を提出している。このことについて附言すれば、森鷗外は *Der Einzige und Sein Eigenthum* を既にレクラム文庫で読んでいた節があり、大逆事件にからむ「食堂」の中で、「スチルネルは哲学史上に大影響を与へてゐる人で、無政府主義者と云はれてゐる人達と一しよにせられては可哀想だ」「鋭い論理で、独創の議論をした」（『鷗外全集』第七巻、岩波書店、一九七二年、四二〇〜四二一頁）とアナーキズムの系譜を語る中で記し、他の思想家とは別の評価を与えている。また、この小説の中で *Der Einzige und Sein Eigenthum* を『唯一者と其所有』と訳し、レクラム版の存在にも触れている。

（18）例えば、林芙美子『放浪記』（改造社、一九三〇年）には、描写された場面の年代は特定できないが「一番今流行《はや》る本なの、ぢき売れてよ」「へえ……スチルネルの『自我経』ですか、一円で戴きます」（九四頁）などとのやり取りが書かれているし、中原中也の「日記」には一九二七（昭和二）年の読書記録として『自我経』が記されている（『新編中原中也全集』第五巻、角川書店、二〇〇三年、四一頁）。また、『自我経』出版二年後の『赤と黒』第四輯（一九二三年五月）冒頭の「赤と黒運動第一宣言」では、「『万物は俺にとつて無だ』とスチイネル《ママ》は言つた。それも又屁のやうな言葉だ！」（三頁）と直接『自我経』が引用されている。これらの事例からも、大正末期から昭和初期にかけて『自我経』は知識人の間に広く流布し、大きな反響を呼んでいた書物であったということが確認できる。なお、寺島珠雄は『赤と黒』の宣言の内容そのものにスチルネルの影響がはっきり出ているということを指摘している（『南天堂　松岡虎王麿の大正・昭和』皓星社、一九九九年、一〇七〜一〇八頁）。

（19）船木満洲夫は、シンガポール滞在中の読書に触れ「金子が読んだシュティルナーは、おそらく英訳本であろうか」（『金子光晴・吉田一穂論』宝文館出版、一九九二年、三九頁）と述べ、その根拠として辻潤訳の改造文庫『唯一者とその所有』出版が一九二九（昭和四）年であることを挙げているが、それ以前の辻潤訳には触れていない。
(20) フォイエルバッハ（船山信一訳）『キリスト教の本質』上、岩波文庫、一九六五年、三三頁。
(21) スチルネル（辻潤訳）『自我経』（冬夏社、一九二一年）。以下、スチルネルの引用はこれにより、本文中にページ数を記す。
(22) 「世論」というものは民衆の最大公約数的なる意見であり、個々人の個別の意思の総計ではない。しかし、「世論」には権力が強制したものではなく民衆の意向であるという錯覚があるので、各人はその個別の考えを棚上げにしてそれに従うのが民主的だという考えに陥り易く、結果的に「世論」は強制力を持つことになる。シュティルナーは、このような「世論」の欺瞞性を批判し、「世論」によって統括される形態は、政府による統治を民衆（国民）が代替するものに過ぎないと考えるのである。シュティルナーには、「世論」とは民主化された権力そのものであると理解されていたに違いない。
(23) マルクス・エンゲルス（古在由重訳）『ドイツ・イデオロギー』（岩波文庫、一九七八年）二二一頁。
(24) シュティルナーはまた、「革命（Revolution）」と「叛逆（Empörung, insurrection）」を峻別して、「前者は種々なる状態、既成状態、若しくはstatus, 国家或は社会の転覆である、そしてそれ故に政治的若しくは社会的行為である。後者は実際、その避けがたき結果としての境遇状態の変移である。（中略）革命は新規の組織を目的にして起る。叛逆は最早何等我々自からをして組織に齎らさないのである」（五六六～五六七頁）と述べ、革命は組織のためのものであって、個人の発揚とは無縁なものとして評価せず、叛逆の行為を評価する。シュティルナーがカミュによって注目される所以であり、マルクスによって批判される所以である。しかし、カミュは反抗的人間の系譜として、ニーチェ、シュティルナー等に着目して論じてはいるが、カミュはシュティルナーの理論を専断的であるとし、詰まるところ、その自我は国家と国民に対して根源的に有罪であり、生きることは違犯だと認めることになるとする。カミュにとっては、シュティルナーは、「破壊に陶酔しながら、極限まで突走る」テロリズムを容認するものと理解される（カミュ（佐藤朔・白井浩司訳）『反抗的人間』新潮社、一九七三年、五八〜六一頁）。

(25) ジョージ・ウドコック、前掲書、一四六頁。

(26) 注(25)に同じ。

(27) 新谷行は、金子とシュティルナーの相違点として「何物も無関心だ」とするシュティルナーに対して、「光晴の自我《エゴ》は「むかうむきになっている」が、同じ「おっとせい」であるというところで他の人間との連帯性をもつ」と指摘している（『金子光晴論――エゴとそのエロス――』泰流社、一九七七年、七九頁）。しかし、シュティルナーは最後に結果として「万物は己にとつて無だ」（『自我経』六六〇頁）という境地に陥ったのであり、元々は「唯一者」同士の「連合」を唱えていたはずである。新谷はシュティルナーのこの「連合」には触れていない。金子の「おっとせい」の詩に連帯を見ることについては首肯できるが、むしろそれはシュティルナーの「連合」の考えとの類似であると捉えるべきであろう。

(28) 半沢弘『土着の思想〈復刻版〉』（紀伊国屋書店、一九九四年）三七〜三九頁。

(29) 住吉雅美『哄笑するエゴイスト　マックス・シュティルナーの近代合理主義批判』（風行社、一九九七年）二六二頁。

(30) 注(29)に同じ。

（31）注（29）に同じ。
（32）吉本隆明「金子光晴「落下傘」」（『吉本隆明著作集』5、勁草書房、一九七〇年）四五七頁。

第3章　『エムデン最期の日』を読む

一　「抵抗詩人像」の形成

金子光晴の六〇年に渡る広範な詩業にあって、戦後「抵抗詩人」として評価が高まっていく様は周知のことである。一体、その評価に関して本人はいかに考えていたのであろうか。金子は自らの抵抗詩人像に対し、「戦争に就いて」(『コスモス』一九五〇・二)で次のように述べている。「戦争に協力しなかったということを僕の名誉のように押しつけられるのは少々困りものだ。それが僕の不名誉だった日々の長さの無限をしか考えられなかったことを誰もが忘れているわけはないと思うと、白々しさしか感じられない。僕らのうえに英雄のいることも、僕らが英雄になることも望むことではない。僕が、反戦詩を街頭に立って読みあげなかったことで、僕は戦争に協力していたと同じだったのだ。戦争に加担しなければ生きていられなかったのだ」(『日本の芸術について』春秋社、一九五九・一二、所収)。ここには、過剰に反戦詩人としての評価が語られることに対する戸惑いと同時に、戦時中の詩作への自負と反戦行動に打って出られなかった自分自身への反省とが率直に語られている。また、櫻本富雄などの手で戦時下の様々なテクストが発掘されている今日これを読むと、金子の微妙な心理までを読んでしまうのは穿ちすぎだろうか。「戦争協力のことなど」(『コスモス』一九四六・一二)では、「壺井や岡本が戦争中、どんなものを書いたか知らんが、戦争中、僕は時々彼らとあって、戦争についての感想を述べあったこともあり、彼らから戦争協力的な言辞は聞かなかった。彼らに一時的な敗北はあったかもしれないが、僕は僕と話した話の方がおそらく本音であったことを信ずる」(『日本の芸術について』所収)と、壺井繁治・岡本潤に対して擁護的な見解を述べている[1]ことを考え合わせると、金子の側にある種の後ろめたさもあったのではないかと勘ぐってしまうからである。

とまれ、戦中の反応ではなく、戦後になって「名誉のように押しつけられ」たというありように釈然としないものをその当時の金子が感じたということは確かで、そういう反戦詩人像への過剰で一辺倒な評価を、本人は歓迎していたわけでも、自分自身の価値をそういう位置に置いていたわけでもないようである。周囲がそういう詩人を必要とし、周囲からそういう詩人像が形成されていったと考えられる。

この時期に、ことさら抵抗詩が語られたのは、時代的背景があったと考えられる。一九五〇（昭和二五）年という年は、単に数字的区切りの年というのではなく、戦後の一つの岐路ともなるような社会情勢をはらんでいた。一九四九（昭和二四）年の中華人民共和国の成立というアジア情勢の変化は、アメリカの反ソ反共政策を促し、結果として日本の占領政策にも影響を与えた。レッド・パージや労働組合への弾圧は新たなファシズムと理解され、マッカーサーによる戦後の占領体制を一旦は受け入れた民衆も、認識を変えざるを得ない社会状況へと変化していき、新たなるファシズムとどう向き合うかが課題となるような時代状況を迎える。(2)

そのような状況に対し、石黒忠は「日本の場合、レッド・パージと五十年分裂とがかさなり二重の非公然・非合法化状況が進行し、さし迫った行動様式としてレジスタンスが戦術モデルとなった。〈抵抗詩の概念〉の成立と、こうした戦後左翼の状況とは切り離して考えることは困難である(3)」と述べ、日本の抵抗詩として金子が語られ始めることの社会的背景を説明している。

ナチス・ドイツに対し「外国の軍事占領に対する祖国解放のいのちがけのたたかい」（石黒忠）[4]をしたフランス人の地下抵抗に対する関心は、左翼陣営の置かれたこのような一九五〇年的状況に関係すると同時に、戦時下において日本には抵抗運動はあったか否かという観点から、日本とフランスを対比して考える脈絡の中からも関心を持たれる。

加藤周一が『抵抗の文学』（岩波新書）を出し、河野與一・加藤周一訳でヴェルコールの『海の沈黙・星への歩み』（岩波書店）が出版されたのは、一九五一（昭和二六）年のことである。それは先に見たように、軍国主義と絶対主義から一旦は解き放たれ、民主的自由によって可能性が開けると日本国民が思い始めた矢先に、またもや急転回するやもしれぬという時代状況の頃である。外国の軍事占領に対して戦い、自らの手でフランスの解放を勝ち取ったというレジスタンスは、確かに知識人にその時代の一モデルとして受け入れられたと思われる。また同時に、フランスの解放はフランス人自らのレジスタンスという国民運動によって成し遂げられ、その体験から新しい文学が生まれたとするこの著書は[5]、翻って、日本の戦時下の文学の抵抗の有無とその質を問うということにも通じたのではなかろうか。澤村光博が、フランスのレジスタンス活動が紹介される戦後の状況をふまえて「詩人アラゴンやエリユアールの地下活動があきらかにされていった。そういう抵抗・反戦にみあう日本の詩人として、金子光晴が注目された[6]」と指摘したのは正鵠を射ていると思われる。戦犯を追及したい心理と裏腹に、日本にも戦争に対する抵抗があったのだと思いたい日本人の心性を動かし、「抵抗」を探し求める心理が形成された時、『落下傘』（日本未来派発行所、一九四八・四）・『蛾』（北斗書院、一九四八・九）・『鬼の児の唄』（十字屋書店、一九四九・一二）の詩人がクローズ・アップされて来たのである。[7] これらの詩集が戦後三、四年という時期に続いて出版されたことも時代の要請に合致したと考えられる。金子の抵抗姿勢は、日中戦争勃発直後に出された『鮫』（人民社、一九三七・八）によって既に反帝国主義・反天皇制などが示されているが、この詩集が受容され多くの読者を得ていたとは言い難く、[8] その時点で抵抗詩人像が形成されていたわけではない。従って、今日この詩人の一般的な評価として定着している「抵抗詩人」としての像の定着は、今見たような背景の下、一九五〇年頃から始まり年を追う毎に増幅していったと考えてよい。戦後の言動を見てみると、当の金子は「名誉のように押しつけられ」たそのレッテルを半ばは自負し、半ばはその重責故にそこからの解放を願っていたようにも見受けられる。

過剰に抵抗詩人として持ち上げそういう像のみが定着するのは、その詩文を一元的に理解し多様な詩の世界を見誤ることになりかねないが、金子が戦時下で軍国主義や帝国主義に対抗し戦争状態と対峙する姿勢を持ち続けたというのも、精神の持ちようという観点から見れば紛れもない事実である。一九七五（昭和五〇）年の全集発行当時は、飄々とした風貌と自由人振りがマスコミに喧伝され金子受容の一つのピークがあり、[9]「反戦詩人」としての評価が自明とされていく過程であった。しかし、それと同時に全集から漏れていた新たなテクストがいくつか発見されるという事があり、今日、金子の抵抗詩人像を巡ってはその細部については検討すべき点も出てきている。

二　櫻本富雄による「抵抗詩人像」批判

戦後定着していった反戦・抵抗詩人像に対し、戦後の詩句の書き換えや新たに発見された資料を根拠として、金子の反戦詩人としての評価は虚妄だとする説が、一九七四（昭和四九）年、櫻本富雄によって提出された。[10]その後の著書によっても引き続き金子批判が繰り返され、今日、この櫻本の金子批判を受け入れる言説は広がりを見せている。また、近年、田中均も新資料「見よ、不屈のドイツ魂」（『少年倶楽部』別冊付録、一九三八・一〇）を元に反戦詩人像の見直しを唱えた。[11] 櫻本説に対しては、あくまで反戦・抵抗詩人として評価しようとする中野孝次・中島可一郎・原満三寿などが反論し論争されてきた。双方の主張の対立軸を最も鮮明に比較できるのは、櫻本富雄「金子光晴論の虚妄地帯　ルビンの盃と戦後の詩人たち」（『空白と責任　戦時下の詩人たち』未来社、一九八三・七）と原満三寿「時代で読む　金子光晴の戦時下抵抗詩」（『こがね蟲』第4号、金子光晴の会、一九九〇・三）とであろうかと思われる。また、柴谷篤弘は、金子の詩は「落下傘」の例に見るように戦争推進と反対のいかようにも読めるような「ルビンの盃」であって、そのようなものを反戦詩と評価するわけにはいかないという櫻本の見方に対して、そのような金子の「隠蔽の表現」を積極的に評価した。[12] 柴谷には、被抑圧者や表現の自由を奪われた者が、抵抗の姿勢を表現し続けるにはどのような手段を持ち得るのかという点に関し、極めて狭い選択肢の中から金子が選び取った方法への共感がある。このような視点は、金子の詩の中から現在にも通じる「少数者」「弱者」の行動原理を見いだすことにも繋がり、結果的に金子を狭い反戦詩人像から解放し現在に蘇らすことにもなる。従来の反戦詩人か否かという対立軸をずらし、新たな視点から金子の現代的意義をも評価する見方であり、私もこの考えを支持する者である。

いずれにせよ、戦後流布した金子評価の先入観にとらわれることなく、今一度テクストに立ち戻り、その詩業を振り返る作業を続けていくことが求められるが、最近、櫻本の金子批判を鵜呑みにし、金子の反戦・抵抗詩人という評価は全くの偽りであるという言説が出つつあることには注意を要する。以下では櫻本説を検証すると共に十五年戦争下で出版された金子の著作（翻訳）について考えてみたい。

櫻本は、基本的に金子の戦争非協力は『鮫』出版時までであって、「戦争の暴風は反戦詩集の金字塔である『鮫』の詩人・金子光晴すらも巻き込[13]」んだという認識を持っている。様々な著書で展開された櫻本の金子批判の要点は次のようなところにある。

①戦後出版された詩集に収めらた詩と戦時下の初出時には異同があり、初出時では好戦的な詩句であった箇所が戦後作為的に書き換えられている。例えば、後に『落下傘』に収められた「抒情小曲　湾」（『文芸』一九三七・一〇）には、「戦はねばならない／必然のために、／勝たねばならない／信念のために、」という詩句が挿入されていたし、「タマ」（『戦争詩集』東京詩人クラブ、一九三九・八）には「タマは　銃口をとび出すと／すぐ、小鳩になつて羽ばたく。／／東洋平和のために戦つてゐるのだ。」という戦争肯定ともとることができるような詩句が配置されていた。

②戦時下で発表された金子の詩は、検閲に抗するための韜晦な表現として反語や皮肉が使

われている。しかし、そのような修辞としての反語を多用した詩は、反戦・好戦いかようにも読める「ルビンの盃」であり、そういう意図の元に詩作する金子の精神はオポチュニズムに過ぎない。

③児童書『マライの健ちゃん』（神保俊子画、中村書店、一九四三・一二）や詩「ビルマ独立をうたう」（『日本少女』小学館、一九四三・一〇）など、大東亜共栄圏構想を賛美するような作品や、『エムデン最期の日』（昭和書房、一九四一・七）のような戦争文学の翻訳などがある。

以上が櫻本による金子の抵抗詩人という評価に対する反論の主たる要素であるが、①や②については、表現の解釈の問題として、中野孝次(14)・中島可一郎(15)・原満三寿(16)・暮尾淳(17)などによって反論が提出されているし、②については、先に記した柴谷篤弘のように言論統制という戦時下での表現手段として積極的に評価すべきだとする論などが提出されているので、ここでは③の問題点に関して、今までほとんど顧みられなかった『エムデン最期の日』を対象に検討してみたい（『マライの健ちゃん』については次章で考察したい）。

三　『エムデン最期の日』を読む

櫻本は「稀覯本と呼ばれる書物がある」[18]の中で金子の『エムデン最期の日』について論じている。櫻本は、戦争文学者のT[19]から、「翻訳の当否を原本にあたる必要があるだろうが、それにしても、反戦詩人と呼び名の高い人が翻訳するものかね」と金子光晴訳『エムデン最期の日』の存在を教わり、それから一〇年後に神田の古書店で発見するという逸話を交えてその稀覯本を紹介していくのだが、その論調には読者を意図的にある方向へ導こうとする作為が見受けられる。「金子光晴の『エムデン最期の日』も古書市場に出現しない珍本である。限定本ではないが、いろいろな事情であまり現存していないのである」などと書き、金子側がこの書物を回収したかのようにも受け取れるように記しているのである。しかも、その発行所である昭和書房の肥田正次郎は、敗戦後『現代日本政治講座』が戦犯書の指定を受け公職追放されたということまでを記し、昭和書房から出された『エムデン最期の日』を、その脈絡の中において考えさせるような流れを作り出している。櫻本はこの翻訳書にまつわる周囲のことの記述に多くを割き、肝心の『エムデン最期の日』の中身に関しては、「さて金子訳書の内容だが、題名どおり「エムデン」がイギリス巡洋艦「シドニー」との海戦に敗れ座礁する最期までを三部構成した、軍人精神を謳歌するたぐいの「戦記」ものである」との一文で済ませている。確かに「軍人精神を謳歌するたぐいの「戦記」もの」には違いないが、前述の他の事項との印象を絡めてみると、いかにも好戦的で軍国主義の精神を高揚させるような内容かと錯覚しがちである。『エムデン最期の日』は翻訳ものであるので現在の中央公論社版全集には未収録であり、稀覯本でもあることから、なかなか読者の目に触れることがない。それ故、櫻本の著作での概略のみが手がかりとなり、その評価を鵜呑みにする

『エムデン最期の日』表紙

『エムデン最期の日』扉

ことになる。即ち、櫻本の著書の読者は『エムデン最期の日』に対して、エムデンに立ち向かうイギリス軍人の勇ましさ、沈没していくヒロイックなエムデンの姿、最後までエムデンと生死をともにする軍人たちの姿の賛美、そういったものが扇情的な文体を駆使し軍国美談的に語られるのではないかという印象を持つことになる。そして、『エムデン最期の日』という作品は、「大東亜戦争」下で国民を軍国の民として再編していくときの格好のプロパガンダ小説に違いないという思いこみになり、金子がそういったものを訳していたとなれば、世評言われる反戦・抵抗詩人という像も偽りにすぎないのではないかと短絡的に考えることに繋がる。はたして『エムデン最期の日』は、櫻本が金子批判の根拠とするような好戦的・軍国主義的な著作の翻訳なのだろうか。櫻本の金子批判の当否を判断するには、まずは『エムデン最期の日』というテクストにあたり、その作品内容を知ることから始めなければならない。

『エムデン最期の日』は、クロード・ファレル、ポール・シャックによる共著の翻訳で、第一次世界大戦下においてドイツの巡洋艦エムデンが連合国側の攻撃に合い撃沈する様と乗組員のその後の行動をしるした戦記である。一九四一（昭和一六）年七月一〇日、昭和書房から発行され、B６判で二二八頁。奥付に初版の発行部数の記載はなく、どれほどの版を重ねたかなどの情報もなく、どの程度の読者を得たかは不明である。また、原作に関しての書誌情報も全く記されていないので、原作の出版年・発行所などは不明である。原作者は共にフランスの軍人であるが、一八七六年生まれの海軍将校出身の異色作家であるクロード・ファレルは、屢々日本にも遊び東洋学者としても名をなし、日露の大戦を描いた『ラ・バタイユ』を著している。これは多様な登場人物による国際小説で、明治三〇年代の日本を描き、改造社による「世界大衆文学全集」の一冊として一九三〇（昭和五）年一二月に発行されているので、多くの読者を得たことと思われる。一九二三（大正一二）年には早川雪洲によって映画化されたり、化粧品会社ゲランから主人公美都子にちなんで「ミツコ」という香水が発売されたりしていることからもわかるように、フランスをはじめ世界的な知名度のある小説であったと言ってよい。『エムデン最期の日』が金子の翻訳によって出版された当時は、まだ日本の読者にクロード・ファレルと『ラ・バタイユ』の記

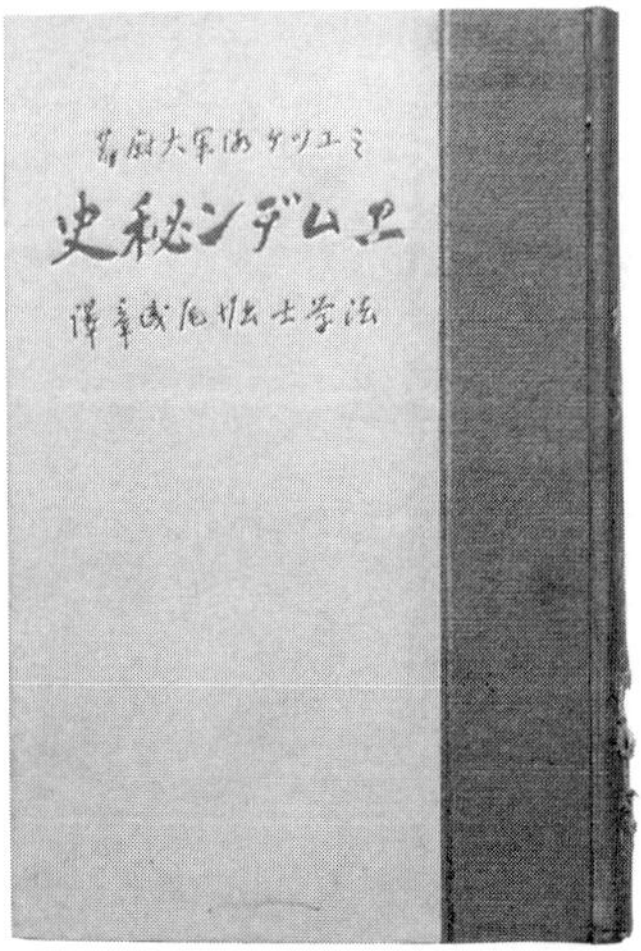

フォン・ミュッケ著『エムデン秘史』
(1917年４月）表紙

憶が残っている頃であり、そういう点からも関心が持たれたに違いない。しかし、インド洋の魔王と恐れられたドイツ巡洋艦エムデン号の活躍とその悲劇的な最期、及び、艦長フォン・ミュレルの指揮官振りとココス島でエムデン号から見放されたフォン・ミュッケらのその後の逃避行は、第一次世界大戦時における有名な英雄譚として世界に流布していたよう[20]で、一九四一（昭和一六）年の時点でも、エムデンに纏わる史実への関心と興味からこれが読まれたと考えた方がよい。

以上が『エムデン最期の日』の出版を取り巻く状況であるが、内容に関して櫻本は「金子光晴論の虚妄地帯」の中で、「海軍魂を、ひたすら謳歌する、いわゆる戦記物（戦争への反省や批判などのない、やっつけた、やられた、といったもの）の内容が、およそ推察できるだろう」と述べ、その根拠として『エムデン最期の日』の目次を転記しているが、随分乱暴な論の展開ではなかろうか。また、「稀覯本と呼ばれる書物がある」では、なんら比較検討することもなく、吉田満の『戦艦大和ノ最期』とは同列のものではないと結論付けているが、その『戦艦大和ノ最期』の章ごとの見出しを抜き出して見ても「作戦発動」「突撃前夜」「出撃の朝」などといったものなのであるから、目次のみで内容を読みとること自体に問題があることがわかるはずである。目次ではなくテクストをこそ読む必要がある。

『エムデン最期の日』は「タヒチ」「ピナン（檳榔島）」「エムデンの死」の三章から成立する。

第一章「タヒチ」は、一九一四年九月のフランスとドイツ東方アジア艦隊（シュペー）とのタヒチでの攻防をフランスの側の目を通して描いたものである。幽霊艦隊としてその神出鬼没を恐れられるドイツ東方アジア艦隊を蹴散らせた砲艦ゼレ号の活躍と、海軍中尉デストルモの見事な指揮振りを描いている。この章の末尾に記された「タヒチ戦の覚え書き」には「この書は単に史書である」（八三頁）とあるが、まさにここにこそこの著書の意図があると思われる。「タヒチ戦の覚え書き」によれば、当時、フランスではフォーティなる人物による、ゼレ号の乗組員水夫や機関士の無能・不熟練の批判と、それを巡っての国内論争があったようで、これはそういう事情を背景に生まれた戦記文学と位置づけられる。フランス海軍の賛美や、エムデン号沈没後のフォン・ミュッケらの冒険的逃避行を英雄的に描くことを目的としたのではなく、様々な資料をふまえて客観的な史実描写を目指すこと、即ち史書を執筆しようとする意図があったと考えられるのである。

この「タヒチ」という一章の特筆すべき点の第一は、このように「史実の検証」という点に目的があったということであるが、もう一つ忘れてならないのは、楽土たるタヒチへの憧憬と自然描写についてである。第三節「楽土、タヒチ」がまさにそれであるが、そこではピエル・ロティがマオリの娘ララフと出会い、愛を育む中で島の自然風土に親しんでいった（『ロティの結婚』）のと同じような、楽土への愛を込めた描写がなされる。たとえば、「ひとりでに親愛の情の湧いてくる、褐色の肌の男たち」（二〇頁）というようにタヒチの人々へ親愛と敬意を表したり、原初の自然を持つタヒチに文明を持った人間がやってきたがタヒチの静謐と清澄を乱すことはできなかったということを、戦記の合間に書き記したりするということは、この著書の一つの特色として指摘してよい。そして、それは金子がなぜこの著書を翻訳したかを考えるときの一つのヒントを提供しているように思われるのである。

第二章「ピナン（檳榔島）」は、一九一四年一〇月二七日から二八日のピナンにおけるドイツとフランスとの攻防を描く。ヨーロッパと中国を結ぶ航海を考えるとき、マラッカ海峡は要衝である。当時、この海峡の拠点となるピナンは英国が支配していたが、そこは「英国にとって、シンガポールの殿《しんが》りの拠点」（九三頁）であり、通商・軍事における重要な基地であった。フランスとの間には、いざ戦争となったら、サイゴンにいるフランスの水雷艇がピナンとダイヤモンド岬の間を封鎖するという協定ができていた。一〇月一二日以降姿を消していたエムデンが、二七日にイギリス巡洋艦ヤムトーシュを偽装しジョージタウンへ向かってくる。このピナン沖の攻防で、フォン・ミュレル率いるエムデンは、フランスのムスケ号・イギリスのヤムトーシュ号・ロシアのゼムチュータ号などを撃沈させ勝利を収める。このピナンでの攻防を描く際の特色は、簡潔明瞭な文体で戦況を刻々と書き留めていくという臨場感に富む筆致である。また第一章同様に、ニューヨーク・タイムズ紙の現地記事の虚を検証してみたり、戦況には関わらない細部の動向を書き記したりするなど、なにが起こったかの事実を克明に記録しておこうという意図が伺える。そして、ムスケ号撃沈時のフランス人をエムデン乗組員は救命艇で助け捕虜として収容したことや、その後の攻防で犠牲となったフランス人の遺体を大切に扱ったこと、ドイツ人水夫は捕虜としたフランス人水夫を手厚く看護したということなどが記された。あるいは、エムデンの艦長たるフォン・ミュレルの態度を紳士的だと評する箇所もある。また、ムスケ号が沈む際、艦船と共に運命を共にした四〇人の乗組員が、フランス当局から一年後に彰賞されたという事後の史的事実も付記している。総じて、フランス側・ドイツ側の区別によらず、軍人としてのフェアな行動に対しての原作者による賞賛的な見方がかいま見られる。そういう点では、「海軍魂を、ひたすら謳歌する、いわゆる戦記物」という櫻本の評は当たっているようにも見えるが、櫻本の言う海軍精神は、このような敵味方を越えた海軍兵同士の心的交流を指すのか、無謀な戦闘精神を意味しているのかは不明である。

第三章「エムデンの死」は、インド洋の魔王と恐れられたドイツ巡洋艦エムデンの最期が描かれる。ピナン沖でフランスのムスケ号などを沈没させたエムデンは、南下してスマトラの南西一一〇〇キロにあるココス島に向かう。ココス島はもともと何の役にも立たないインド洋まっただ中の離れ島にすぎなかったのだが、英国がいつもながらの先手を打ち、軍事拠点としていた島である。とりわけ、一九〇〇年に英国の東方発展電信会社が、インド洋と太平洋を海底電線で結んで以来、単なる珊瑚礁の島は俄然意味を持つ島に変じた。エムデンのねらいはこの海底電線の破壊にあり、物語はエムデン号の作戦と動向を克明に描く。このあたりの筆致は、各国の艦の動きをそれぞれ時間を記しながら詳細に記すと共に、攻防における心理面を文芸的な叙述によってうまく表現している。この著作はきわめて記録的な色彩を強く持つ作品であることは間違いないが、単なる事実描写に終わらせることなく、小説へと昇華しようとする作者の姿勢が強く感じられる。

電線破壊の命を受けたフォン・ミュッケらは、ココス島に上陸後海底電信発信所へ乱入し、電信記録・暗号帳・重要書類を引っぱり出す。そこに、連合国側の動きを知ったエムデン号から「急げ」の信号が入るのだが、エムデンは遁走し上陸者は取り残されることになる。そして、エムデン号はイギリスの巡洋艦シドニーによって大砲一門が撃ち込まれ舵の操縦機関が動かなくなり、最後には沈没していく。このココス島での攻防の後、エムデン号側の一一人の士官・二〇〇名の水兵・フォン・ミュレル艦長は、シドニーの乗組員による救助により、その舷門をくぐる。そして、シドニー号の乗組員は、海に消えた七人の士官と一〇八名の水兵のために国旗を揚げて追悼の意を表した。このように、第二章の最後と同様、海で戦う軍人同士の国家を越えた心の交流を描くことも本書の意図の一つである。

その後、話はココス島に取り残されたフォン・ミュッケらの動向に移る。フォン・ミュッケは岩礁の帆船を見つけアイシャ号と名付けココス島から脱出するのだが、その時の様子、アラビアまでの苦労の航海、トルコ治下のホダイダへの上陸、陸・水路での逃避行の後のコンスタンチノープル到着、それらの冒険行がビビッドに記されていく。フォン・ミュッケらの逃避行を描写する原作者のスタンスは、勇敢なドイツ海軍の軍人達に対しての賛美的な筆致にあるが、記述に際しての文芸性も指摘できよう。

以上、一般には目に触れない小説なので概略をまとめてみたが、総じて、この『エムデン最期の日』は、記録文学的な色彩が強い。同一の事項を複数の視点から描写したり、戦後になってから検証された事実を加味して書き記したりするように、緻密に事項を検証する態度が目に付く。また、原作者は同盟国側・連合国側のいずれの立場に荷担するというのでもない。職務に忠実で敵に対する友情をも持つ、海軍精神を讃えるというスタンスはあるものの、その物語の意図は、戦いの動向と軍人達の心理の逐一を躍動的かつ文芸的な筆致で記録しようとするところにある。『エムデン最期の日』の翻訳出版は、太平洋戦争開戦間近の時期であったが、この作品は、日本の読者を軍国の民に導き、その戦闘精神を鼓吹させるような性格の著作とは、性質を異にするものだと言ってよい。

四　金子光晴とマレー

戦記ものとして一括して捉えるのではなく、テクストの内容自体を見なければならないという意図の元に、『エムデン最期の日』の中身を概観し、その特色を探ってみた。確かにそれは日本国民を軍国主義に牽引するような好戦的なプロパガンダに組みする内容のものではなかったが、太平洋戦争開戦間際の一九四一（昭和一六）年七月という時期に、金子が戦記物を翻訳するというのは、櫻本でなくとも気になるところである。このテクストの翻訳は金子の詩業全体にあって、他作品との関連でなんらかの意味を持つものなのだろうか。あるいは、金子の反戦・抵抗の系譜とは全く異質で、『鮫』『落下傘』などの評価された詩業を貶すことになる仕事だったのだろうか。

十五年戦争の期間中の金子の出版物は、『鮫』・『マレー蘭印紀行』（山雅房、一九四〇・一〇）・『馬来』（アンリ・フォコニエ著、昭和書房、一九四一・四）・『エムデン最期の日』・『マライの健ちゃん』の五作品である。代表詩集と目される『鮫』と、近年紀行文学の傑作として評価が定まった『マレー蘭印紀行』(21)以外の三作品は、金子の仕事の傍流と見なされるような作品であるが、次章において考察するように、全てに共通しているテーマが「マレー」であるということは、偶然として看過できない。『鮫』のタイトルポエムたる「鮫」

『馬来』表紙　装幀は原正治郎

『馬来』扉

は、足かけ五年に渡るアジア・ヨーロッパ放浪の旅の途次、マラッカ海峡で想を得たものであるし、今見たように『エムデン最期の日』の第二章「ピナン（檳榔島）」もマレー半島ピナン島沖での攻防を描いたものである。「見当外れな斜視《すがめ》。隠忍で、もぎ道な奴。／鮫は、馬拉加《マラッカ》や、タンジョン・プリオクの白い防波堤《なみよけ》のそとにあつまってゐる。」（「鮫」）という一節は、『エムデン最期の日』でピナン島沖を巡航する各国々の艦船に連なるのではなかろうか。「鮫」の詩において鮫は帝国主義の暗喩であったが、直接的には「からだにはところどころ青錆が浮いてゐる」、「あちらこちらにボツボツと、／銃弾の穴があいてゐるものもある」というように、軍艦の比喩としても用いられている。『エムデン最期の日』というテクストに「鮫」を並置すると、そこに登場した軍艦は、同盟国側・連合国側を問わず、帝国主義という大口を開いた鮫そのものであることが見えてくる。その時、ドイツ対連合国という構造の中で読んでいたこのテクストは、帝国主義における宗主国と被植民地という構図の中で読まれるべきテクストへと転じ、作品の舞台となったタヒチやピナンの意味が明瞭になってくる。

一九四一（昭和一六）年における『馬来』『エムデン最期の日』という二つのテクストは、前者はマレーへの興味関心を喚起し、結果として大東亜共栄圏構想の一翼を担うことにもなりかねないテクストであり、後者は軍事色を帯びた時代状況にマッチしたテクストである。これらのテーマは当時の出版状況が求めた素材であり、金子はある程度時代に迎合する形でこれらの出版に関わったことになる。それらを翻訳した動機の一つには、卑近な問題として経済的な問題があっただろうことは推測がつくが、全くの受動的な仕事でもなかったはずである。金子の思想形成には、一九二八（昭和三）年からの足かけ五年に渡るアジア・ヨーロッパ旅行での体験が大きく関わっているが、ことにその往路復路の途次に寄った東南アジアでの見聞は決定的な意味を持ったと言っても過言ではない。自伝である『詩人』（平凡社、一九五七・八）で、往路のシンガポール滞在時での心境を「僕は、スチルネルを再読し、レーニンの『帝国主義論』を熟読して、僕はいつのまにか、ふるい植民地政策を批判する手がかりをつかんだ。搾取と強制労働で疲弊した人間のサンプルには、事を欠かなかった」と回想したように、マレーや蘭印での体験は反帝国主義・反植民地主義の思想と理論を体験面から補強するものとなった。金子がマレーを対象とした書物やペナン・タヒチなどを舞台とする戦記を翻訳したのも、そのような搾取される側としての東南アジア（南洋）への積極的な関心があったと考えることができる。[22]そのような観点から見る時、この『エムデン最期の日』というテクストは戦記物としての意味を転じ、金子のアジア認識と帝国主義批判の脈絡からも捉えられるべき書物へと変貌する。なぜ、金子が戦時下において軍記を訳したのかという問いも、その軍記が『エムデン最期の日』というテクストであり、その舞台の場が「鮫」のような各国の軍艦が行き来する南洋だったということを抜きにしては論じられないものとなる。

この『エムデン最期の日』は翻訳という性質もあり、金子を論ずる場合ほとんど看過されてきたテクストだが、『馬来』と共にそのような観点から読み直すと、詩集『鮫』から『落下傘』『蛾』などの所謂「反戦・抵抗詩」の系譜と接するものが見えてくる可能性を秘めている。本章は『エムデン最期の日』という稀覯書の梗概を記すことと新たな読みの可能性の一端に触れ得ただけだが、十五年戦争下で書かれた（翻訳された）作品は、金子の東南アジア・南洋観というものを鍵として読み解く必要があるということが言えそうである。次章では今少しそのことについて考えてみたい。

注

（1） 吉本隆明による「前世代の詩人たち——壺井・岡本の評価について——」が書かれたのは、一九五五（昭和三〇）年一一月の『詩学』においてであり、これはそれを受けてのものではなく、北川冬彦が『東京新聞』（一九四六年九月一三日）紙上で指摘したことを受けてのものである。ここで北川は、壺井・岡本が『辻詩集』に愛国詩を寄せていたにもかかわらず、自らを柵に上げ高村光太郎の戦犯性を追及したことを批判した。

（2）遠山茂樹『戦後の歴史学と歴史意識』（岩波書店、一九六八年）七三〜九一頁。

（3）石黒忠『金子光晴論――世界にもう一度 Revolt を！』（土曜美術社、一九九一年）二八六頁。

（4）石黒忠、前掲書、二八六頁。

（5）加藤周一『抵抗の文学』（岩波新書、一九五一年）では、「抵抗こそは、占領下のフランスの真に国民的な運動であったといえる。（中略）知識人の努力が人民のなかにあり、人民とははなれがたくむすびついていた。（中略）新しい文学がおこった理由も、そのほかにはない。抵抗が、決して、階級の運動でも、知識人の運動でもなく、国民的目的を追求する国民の運動であったということは、どれほど強調しても、強調しすぎるということはないだろう」（七〜八頁）とあり、占領下のフランスのレジスタンスが国民運動であり、そこから文学が生まれたことを説いている。

（6）澤村光博「金子光晴試論――『鮫』と『落下傘』を中心として」（『四次元』第9号、一九八一年八月）六七頁。

（7）文学者の戦争責任についての論議は、二段階あったと考えてよい。一九四六（昭和二一）年、新日本文学会が小田切秀雄の提案を受け、「文学者の戦争責任の追及」として、二五人を名指しした事に端を発するのが第一段階だとするなら、約一〇年後の昭和三〇年代初めの吉本隆明・鮎川信夫・武井昭夫らによるそれは、第二段階と位置づけられる。この第二の論争の時期には、戦後直ぐに戦犯文学者を告発した側の新日本文学会側の文学者の責任が問われた。そして、小田切秀雄によって評価された壺井繁治・岡本潤などが批判の対象となっていく。この二段階目の「文学者の戦争責任」論争があったが故に、無傷であった金子の位置が相対的に高まり、その後「抵抗詩人」としてまつり上げられていく状況が出来上がっていったと考えてよい。

（8）「鮫を書いた頃」（『金子光晴詩集』旺文社文庫、一九七四年）には、「『鮫』は、まだ戦争突入期のせいか、人民文庫という本屋で二百部だした丈だとおもうが五十冊位はどうにかしたのだろうが、のこりの百五十冊をどうしようということになり、僕の家に引きとった」とある。

（9）『大宅壮一文庫　雑誌記事索引総目録　人名編』（財団法人大宅壮一文庫、一九八五年）に載る記事数は、一九六五年から一九七一年までが年数件であったのに対し、一九七二年一〇件、一九七三年一三件、一九七四年一一件、没年の一九七五年三五件（死去する六月三〇日以前一〇件、以後二五件）、一九七六年八件である。

（10）櫻本富雄「金子光晴論の虚妄地帯――戦後の詩人たち」（『花・現代詩』19号、一九七四年八月）。この稿を書き改めたのが「金子光晴論の虚妄地帯　ルビンの盃と戦後の詩人たち」である。

（11）前田均「全集未収録・「反戦詩人」金子光晴の戦争翼賛文――『少年倶楽部』別冊付録所収「見よ、不屈のドイツ魂」――」（『天理大学学報』第百八十六輯、一九九七年七月）。

（12）柴谷篤弘「「表現の隠蔽」と「隠蔽の表現」――金子光晴の「反戦・抵抗詩」の意義」（『文学史を読みかえる4　戦時下の文学』インパクト出版会、二〇〇〇年）。

（13）櫻本富雄「戦争責任と戦後責任　歴史を捏造する文化人たちの表現責任」（『ぼくは皇国少年だった　古本から歴史の偽造を読む』インパクト出版会、一九九九年）一八二頁。

（14）中野孝次『金子光晴』（筑摩書房、一九八三年）。

（15）中島可一郎「詩「抒情小曲湾」について」（『こがね蟲』第4号、金子光晴の会、一九九〇年）など。

（16）原満三寿「時代で読む　金子光晴の戦時下抵抗詩」（『こがね蟲』第4号、金子光晴の会、一九九〇年）、『評伝金子光晴』（北溟社、二〇〇一年）など。

(17) 暮尾淳「戦争下の詩と真実――「金子光晴論の虚妄地帯」反論」（『文芸展望』一九七七年一月）など。

(18) 櫻本富雄「稀覯本と呼ばれる書物がある」（『探書遍歴　封印された戦時下文学の発掘』新評論、一九九四年）。

(19) 特定はできないが高崎隆治が思い浮かぶ。しかし、高崎は本文中で触れた「タマ」の詩に対して、「戦時下の詩は個々の字句からのみ判断してはならず」イロニーを読み取らねばならないとし、『戦争詩集』の中で「今日なお読みに耐え得る」のは「タマ」の詩だけであるとの見解を示している（『戦争詩歌集事典』日本図書センター、一九八七年）。

(20) フォン・ミュッケは、みずからその体験を著書としてまとめ『アヱーシャ』を出版した。日本では、堀尾成章訳により『エムデン秘史』（千章館、一九一七年）として出版された。その序には、原著はベルリンにおいて発売以来、一七万部の売り上げを記録したことが記されている。

(21) 開高健は「不穏な漂泊者――金子光晴」の中で、「昭和の日本知識人の書いたもっとも優秀な紀行文」であると高く評価している（『人とこの世界』中公文庫、一九九〇年、一四六頁）。

(22) 原満三寿は「時代で読む　金子光晴の戦時下抵抗詩」の中で、「戦時下に書かれた二六編のじつに二十編のエッセイのほとんどがいわゆる南洋物であ」ると指摘している（『こがね蟲』第4号、金子光晴の会、一九九〇年、二一頁）。

第4章　「鮫」から『マライの健ちゃん』へ

はじめに

十五年戦争の第二段階とも言える一九三七（昭和一二）年七月の日中戦争勃発から一九四五（昭和二〇）年の降伏に至るまでの期間における金子光晴の著作には、明らかな特色が一つある。この期間に出版された翻訳を含む著作は次の五つであるが、それらが全て「マレー」に関わっているという事実である。

『鮫』（人民社、一九三七・八）……詩集
『マレー蘭印紀行』（山雅房、一九四〇・一〇）……紀行

『馬来』（アンリ・フォコニエ著、昭和書房、一九四一・四）……翻訳

『エムデン最期の日』（クロード・ファレル、ポール・シャック共著、昭和書房、一九四一・七）……翻訳

『マライの健ちゃん』（神保俊子画、中村書店、一九四三・一二）……絵物語

代表詩集と目される『鮫』と近年紀行文学の傑作として評価が定まった[1]『マレー蘭印紀行』以外の三つの著作は児童向けの絵物語や翻訳物であり、金子の仕事の傍流と見なされるような作品であるが、それらもマレーや蘭印との関わりの中から成っているということは偶然として看過できない。これらのうち『鮫』と『エムデン最期の日』はタイトルだけからではマレーとの関わりは見えてこないが、詩集『鮫』のタイトルポエムたる「鮫」はアジア・ヨーロッパの旅の途次、マラッカ海峡で想を得たものであるし、『エムデン最期の日』も前章で論じた通り、その第二章は第一次世界大戦時におけるマレー半島ピナン島沖でのドイツ軍と連合国軍との攻防を描いたものである。こうしてみると、日中戦争の始まりから敗戦に至るまでの時期のこれらの著作には、一九二八（昭和三）年から一九三二（昭和七）年にかけての足かけ五年に渡る旅の往路と復路に立ち寄ったというマレー半島やジャワでの見聞と体験、あるいは旅の思い出が大きく関係していると考えるのが妥当であろう。

しかし、そのマレー体験がどのように作品に反映したかについては、「鮫」と『マライの健ちゃん』との間には懸隔があると言わねばならない。なぜなら、「鮫」はアジア諸国に植民地政策を進める西欧の帝国主義を批判する内容であったのに対して、『マライの健ちゃん』は〈大東亜共栄圏〉という国策に迎合的な作品だとして反戦・抵抗詩人という金子像への異議申し立ての材料とされるような内容であるからである。[2] 本章は昭和初期から一九四三（昭和一八）年に至る金子の体験と作品を検証し、「鮫」から『マライの健ちゃん』に至る間で通底するものと変質したもの、及び変質に至る経緯についてを考察するものである。

一　金子光晴のマレー蘭印体験

まず最初に、その後の金子に大きな影響を及ぼすこととなったマレー蘭印体験とは如何なるものだったのかを振り返ってみたい。金子は二度ヨーロッパに旅したが、それぞれの旅がもたらしたものには極めて明確なものがあった。一九一九（大正八）年から一九二一（大正一〇）年の第一次洋行ではフランスの象徴詩を学び、また、ベルギー滞在時に読んだヴェルハーレンから大きな影響を受けるというものであった。その成果が帰国後『こがね蟲』（新潮社、一九二三・七）となって結実した。それに対して、一九二八（昭和三）年から一九三二（昭和七）年にかけてのそれは、ヨーロッパでの経験ではなく、往路と復路に立ち寄ったマレー半島やジャワでの見聞と体験の方が、その後の思想形成に大きく関わったと見なければならない。

今橋映子は金子のパリ体験について、日本人共通のパリへの憧憬自体を否定し、乖離でも内面化でもない方法でパリと向き合い「徒花」と認識していたと総括している[3]が、事実、金子本人は、晩年に書かれた『ねむれ巴里』（中央公論社、一九七三・一〇）の中では、パリを「偽善の街」だとか、「よい夢をみるところではない」などと突き放して回想していて、パリでの経験が徒労であったという認識をしている。ここには過剰な自己演出があると考えられるが、『マレー蘭印紀行』でも一章を設けているバトパハについては、「他の人には、あんなところのどこがそんなに気に入ったのかとふしぎがられるが、僕にとっては、あんなに

バトパハの旧〈日本人クラブ〉（1992年８月撮影）
金子はここで旅装を解いた。

手がるで、気のおけない、そのうえしずかなところはなかった」（『西ひがし』中央公論社、一九七四・一二）と愛惜をもって回想しているところなどから見ると、その旅において金子の情調を捉えたのは東南アジアでの体験とその自然風土であったと言えよう。もともとこの旅は止むにやまれぬ夜逃げの延長線上の上海行が起こりで、生活苦からの逃避と妻森三千代と美青年のH（当時、新進の美術評論家であり、アナーキストでもあった土方定一）との恋愛事件を清算するという二つの意味があった（『詩人』平凡社、一九五七・八）というが、現実世界と日本社会のしがらみから精神を解き放ってくれた東南アジアの自然風土は、いわば「治癒の場としての南方」[4]の意味を持ち、旅立ちのいきさつを忘れさせたのである。そして、「心を解放」（『詩人』）されたと同時に金子が見なければならなかった東南アジアの現実が、帝国主義に生活を奪われるアジア民衆の姿であった。後年、「僕は、スチルネルを再読し、レーニンの『帝国主義論』を熟読して、僕はいつのま

バトパハ滞在時、金子が毎日のように朝食をとった
旧〈岩泉茶室〉（1992年８月撮影）

にか、ふるい植民政策を批判する手がかりをつかんだ。搾取と強制労働で疲弊した人間の目前のサンプルには、事を欠かなかった」（『詩人』）と旅の途次を振り返って書いたように、レーニンの理論と共にマレーや蘭印での体験は金子に強く反帝国主義・反植民地主義の考えを根付かせたのである。そして、帰国後、同一の体験と見聞を元に書き上げた詩集と紀行文が『鮫』と『マレー蘭印紀行』であり、この二つの作品のモチーフが兆した現場は同じだったのである。(5)

しかし、金子の東南アジアに対する意識は、西欧によって抑圧される東南アジアの民衆に対するシンパシーから来る帝国主義と植民地主義に対する反感ばかりではなかった。日本から離れ他郷の自然風土に触れたところに兆した心の解放と表裏となる心情として、ある種のオリエンタリズムが存在していたことも指摘できよう。たとえば、「バタビアの酷暑の一日が傾くと、ふたりは日没の街を、晩方まであるくのが常であった。（中略）どこへ行っても、蝙蝠がいた。軒下にも官衙《やくしょ》の尖屋根のうえにも、どこにもいた。馬糞くさい辻馬車のたて場にも、支那市場の人のちりつくした広場にも、また、野天のおどり場にもいた」（「蝙蝠」、『マレー蘭印紀行』）と書くように、バタビア旧港の夕暮れをそぞろ歩く箇所には、南方の異国趣味に旅情を慰められる心情がかいま見える。金子には、オランダ人の傲慢さを憎み自らを非西欧の位置に置きながらも、その反面、東南アジアの後進性を異国趣味を通して眺める眼差しが潜在していたのである。そのときの金子の位置は、西欧に対する非西欧の側に立脚しながらも、決して東南アジアそのものに属するものではなかった。即ち、マレー蘭印体験が金子にもたらした意識は、東南アジアは西欧の帝国主義・植民地主義から解放されるべき場であるという認識と、東南アジアに対する親和とオリエンタリズムとがない交ぜになった意識であった。

二 「鮫」「エルヴェルフェルトの首」における立脚点

帰国した金子は、一九三五（昭和一〇）年から一九三七（昭和一二）年にかけて、後に『鮫』に収録されることとなる詩七編を種々の雑誌に発表した。この七編の詩の中でもマラッカ海峡で想を得たという「鮫」（『文芸』一九三五・九）は、マレー蘭印の旅からの影響を最も直接的に受けているものである。ここでは「鮫」は極めて多様な比喩の様態で示され、その象徴性を一元的に把握することは不可能であるが、「奴は、総督クリッフォードのつらつきをしてゐた」などという箇所からは、「鮫」はアジア諸国に植民地政策を進める西欧の帝国主義てにむなしく壮圖を抱いて亡びていつた蘭人官民の幽魂は、うかぶ瀬がなからう。エルエルフェルトの梟首のある場所から、電車道と岐れて、ほとりつぽいじやがたら街道が、行人絶えてつづいてゐる。街道の両側が、じやがたら市のあとなのだ。强烈な日の光が、驟雨のやうにふりそそぎ、みわたすかぎりのもののうへにはびとり、色彩といふ色彩をうばつて、白一色に還元しようとする。すでに、人家はない。繁茂する雑草の叢は、いきれ、いきれて、毒蟲のやうに挑みかゝり、われ先に立ちあがつてくるのかとおもはれる。その叢のなかからココ椰子が、血みどろになつた闘鶏のむれのやうに、てんでに首をおし立ててゐる。時に、太陽を脊負つて、逆像になつてみえる椰子の葉は、悪蝎《さそり》が炎天に反抗するやうに、尻のさきを彎《ま》げ、毒刺《とげ》をふりたててゐる。荒廢した、しかし、殺氣にみちた風景だ。その道を歩くたびに私は、口が乾き、頭が闇《くらやみ》となり、硝煙にむせんでいく度か倒れさうになるのであつた。収穫する男たちはその叢のなかに立つて、人の頭に似た重たいココの實を、投げわたしにして順々に、車に積んでゐる。ココの實は割つてコプラを採る。コプラは、土人達の食用となり、事業としては椰子油原料として、世界に市場をもつてゐる。古城砦のみえる、くろいみどろのういた腐れ水のなかで、百姓女たちが名物の水浴《マンデ》をやつてゐる。彼女らはその水のなかで、汗を流し、口を嗽ぎ、衣服を洗ふ。

アモクとよぶ一種の精神錯亂の狀態がある。爪哇人は、これを最後と觀念すると、自ら食を斷ち、アモクの狀態になつて、大鎌《パラン》なり、鉈《ゴロク》なり、短劍《クリス》なり、ありあふ兇器をもつて手あたり次第に殺傷をつづけながら、仇家に走る。アモクのために生命を落した和蘭人もすくなくないので、蘭人は極度にこれを懼れ、アモクとみたらば射殺してもよい法令までつくつた。元來爪哇人は、それでなくても向つ腹立ちな人間である。今日でこそスポイルされ盡して、言ひ甲斐のない人間におもはれてゐるが、彼等の祖先、マタラム王朝の剽悍な武士達は、弓矢と短劍をもつて百年あまり、和蘭の砲門に對抗しつづけたものだ。

特徴的な爪哇の男は、俗に宮家面《くげづら》といふ長い顔をしてゐて、おそろしく不潔で、糞尿くさいとをのぞいては、癇癪もちなところや、ものごとに恬淡な性格が、我々に身近いものを感じさせられる。宵越しの錢を持たぬのが彼等の氣風で、全島三千萬の爪哇人は、ほとんど無一物であると

金子光晴「無憂の国（爪哇素描）」（『中央公論』1938年７月号）より

(本欄501)　――無憂の國――

いつてよい。大金をつかむ才覺や、貯蓄する辛抱は彼らに適してゐない。家も妻子もなく、友人の家の食客をしてあるくものが多く、回敎徒の同宗門はそれを拒むことができない。祭禮のふるまひに家產を蕩盡し、借錢の償ひに我身をボルネオ、セレベスの奥地の强制勞働にうる無鐵砲、無思慮のものもゐる。强制勞働はほぼ三ヶ年、主としてゴム園の栽培、原始林開拓に從事して、日給十五錢乃至二十錢で最大限の勞役を課せられる。むかしは和蘭官憲が、全爪哇民に强制勞働を課し、彼らの親も、その親も、又その祖先も、牛馬のやうに使役されて、身も、家も顧ることを許されなかつた。わづかに稼ぎためた金も、狡猾な華商のためにしぼりとられ、たまたま身をけづつて一生がかりで作りあげた金も、聖地メッカを巡禮して、ハヂの白いトルコ帽をかぶつて、鄕黨の尊崇をうけるためには、をしげもなく捨てられる。船會社は、この機を逸せず、年一回アラビヤゆきの臨時巡禮船をしたて、荷物同樣に彼等を滿載して、莫大な運賃を捲きあげるのである。多くのハヂ達をのせて歸航の途についた船が、印度洋上にさしかかつたとき、皮肉にも、彼等のあひだからコレラ患者が發生し、衛生設備の皆無だつたために全乘客船員六百何十人が大半罹病し、

エルゴルフェルの首

当時のエルヴェルフェルトの首

を端的に象徴していることが読み取れる。この詩では未だそういうものに対する批判と反感に留まっているが、これが未完詩集『老薔薇園』の一編である「エルヴェルフェルトの首」（『コスモス』一九三五・一二）[6]というテクストになると、オランダへの敵愾心という攻撃的な心情が詩に現れてくる。「鮫」の二ヶ月後に発表されたこの「エルヴェルフェルトの首」もジャワでの見聞から成った詩編であって、成立事情と内容から見ても「鮫」に並べて詩集『鮫』に収録されてもよいような詩である。『鮫』とは別の詩集として構想されたのは、オランダとジャワの関係の細部にまで触れ、植民地主義に対する抵抗の意思を明確に示したこの詩の具体性は、象徴的な手法による詩で編まれた『鮫』にはそぐわなかったからであろうか。以下は長い散文詩「エルヴェルフェルトの首」の冒頭である。

バタビヤの第一の名物は、総督クーンの銅像でもない。凱旋門でもない。それはピーター・エルヴェルフェルトの首だ。／全くそれは一寸よそに類のないみせものである。／ピーター・エルヴェルフェルトといふ男は、生粋な謀反人であつた。彼は混血児で、奸佞な男だつた。十八世紀の頃和蘭政府を顚覆し、和蘭人をみなごろしにする計画をたて、遂行のまぎはになつて発覚し、蘭人側のあらん限りの呪ひと、憎しみのうちに処刑され、その首が梟首されたまゝ、今日までさらしつゞけられてゐるのである。

ピーター・エルヴェルフェルト（一六七一〜一七二二年）とは、一八世紀初めオランダ植民地政府の圧政に抗議して反乱を企てた人物であるが、反乱は失敗に終わり逮捕され斬首された後、見せしめのために梟首にされたという人物である。金子は一九二九（昭和四）年八月、コタのジャガタラ街道沿いにあるエルヴェルフェルトの宅地跡の工場の塀の上に晒されていたこの首に出会い、この梟首に解釈を施し新たな意味を付け加えて、その思いを長詩として表した。当時のバタビア名物は観光名所として「博物館」「旧式大砲」「梟首」の三つがあり、[7]金子が挙げた三つの事柄とは異なっているが、この点に関して加茂弘郎は、総督クーンの銅像・凱旋門・エルヴェルフェルトの首の三つを挙げるのは意図的で、前者二つを否定する書きぶりに作者の視点がいずれにある

現在のエルヴェルフェルトの首
ジャカルタ、プラサスティ（碑文）公園（2002年７月撮影）

かを示していると指摘している。(8) 総督の銅像・凱旋門は宗主国オランダの権威の象徴であるが、エルヴェルフェルトの梟首は宗主国の権威を示し謀反者を出させないようにするための戒めであると同時に、ジャワの人民にとっては屈辱の象徴となる。このジャワにとっての屈辱の象徴たる梟首のみを第一の名物として持ち上げる金子の心情は、イギリスからの非人道的であるという忠告を受けて、早晩取り払われるかもしれないという記述に続け、「この首自身が、謀反の敗北を勝利にするのをながめてゐたいとおもつて、とりのけられることを大きに迷惑がつてゐるかもしれない」と書くことにはっきりと表れている。即ち、謀反人ピーター・エルヴェルフェルトは、やがて来る民族独立の日をこの眼で見届けようとして、自らの意思でジャガタラ街道に首を晒していると積極的に解釈し、屈辱としての梟首から反逆の紋章へと意味を反転させようとしているのである。この発想には、屈辱を屈辱と解さないでそれを反骨のばねにしようとする「反対」好きな金子の天邪鬼精神が表れているが、重要なのは、アイロニカルであると同時に、抵抗の対象に直接的な行動として真向かいに向き合うのではなく、その抵抗の対象より精神のレベルで優位性を示そうとする余裕ある心的ありようが提示されている点である。

詩は第二連で、オランダによって征服された時点からの歴史を以下のように整理している。

狡智と武器をもつて和蘭政府は、マタムラ王朝を追ひつめた。彼らは土民を奴隷として、ながい強制労働に疲憊させた。笞と牢獄の脅しで、彼等土民の最後の一滴の血までをすつた。三百年の統治のあひだに、爪哇は和蘭の富の天国となつたが、土人たちの心も、からだも、みわたすかぎり荒廃した。

ここでの金子の視点はインドネシア民衆の側にあり、宗主国オランダの強圧的な支配を糾弾していることは明らかだが、次の第三連に至るとあたかも自らがオランダに対して立ち向かうかの如くの高揚を見せている。

次々にきたるすべてのタブーにむかつて叛乱しつゞける無所有の精神のうつくしさが、そのとき私の心をかすめ、私の血を花のやうにさわがせていつた。私はエルヴェルフェルトの不敵な鼻嵐をきいたのだ。／（中略）／私は目をつぶつて、胸にゐがいた。剣に貫かれた首の紋章。ピーター・エルヴェルフェルト。

エルヴェルフェルトの首に対して、ここまで解釈を施すジャワの民衆がはたしているだろうか。これは自らをエルヴェルフェルトに同化させた金子の「謀反の敗北を勝利に」変える日に対する期待の表明であり、ここにはインドネシアのオランダからの独立をジャワの民衆以上に切望している金子がいる。こうして、ピーター・エルヴェルフェルトの首は、インドネシア民衆にとっての見せしめとしての梟首なのではなく、オランダへの抵抗を示す勇気を喚起させるシンボルとしての意味を持ち、インドネシア民衆にとってのバタビヤ一の名物として誇るべき物に転じるのである。

このような虐げられる側に自らを擬するスタンスは、東南アジア民衆への共感としてばかりではなく、中国人民に対しても発揮された。『鮫』の中の一編である「泡」(『文学評論』一九三五・六)では、満州事変後の日本軍による中国侵略という非人間性を批判し、中国人民に寄り添う側から詩作した。また、一九三七(昭和一二)年暮れから翌年にかけて日中戦争の実相を見るために中国へ出向き、その見聞から「犬」(発表紙誌不詳、未発表か)・「洪水」(『中央公論』一九三八・六)・「太沽バーの歌序詩」(『日本学芸新聞』一九四〇・一二)を書き(三編共に『落下傘』日本未来派発行所、一九四八・四、所収)、日中戦争のさなかの日本軍の残虐さを批判した。マレーや蘭印の旅から時代が下った日中戦争の時には、日本はオランダやイギリスと紛れもない同一の場にあったのであり、その場合は、金子の批判は自らの祖国にも向けられることになったのである。こうしてみると、「鮫」「エルヴェルフェルトの首」からこれらの詩作品までの金子の立脚点がどこにあるかがわかり、その反感の根拠が帝国主義・植民地主義なるものにあることが明確となる。

三 『マレー蘭印紀行』と出版を巡る情勢

マレー蘭印体験から得た思想が大きく反映した『鮫』の刊行から三年後に『マレー蘭印紀行』が出版されるが、元々この紀行は一九三七(昭和一二)年の段階で一度出版が計画されていて、書名が「南洋紀行(別名鉄とゴム)」と予定されていた[9]ということは意味深い。この「鉄とゴム」という題名の内容に相当する部分は、『マレー蘭印紀行』では「鉄」「開墾」という一部の章になって引き継がれているようであるが、全編を総括する題名として「鉄とゴム」を予定していたということは、元々の構想では、プランテーションによって原野が開墾されたり鉱山が開発されたりすることからくる人間と自然の関係秩序の崩壊や、外国資本の導入による新たな人間関係の発生などという状況下に展開される人間模様を描こうと意図していたことがわかる。しかし、『マレー蘭印紀行』の跋文に「一部を書直さなければならなくなった」とあるように、当初の内容からは変更を余儀なくされたようである。一九章から成る『マレー蘭印紀行』のうち一二章は雑誌発表が元となっているが、加茂は初出から出版に至る間の削除や異同について、「侵略国家」という語句や「ゴム園を開墾するためには、（中略）どれだけの人間が死んでいったろう」などという箇所が削除されていることを指摘し、その原因に南進の国策化、国内の政治情勢の変化を挙げた[10]。この理解は全くその通りで、『マレー蘭印紀行』はスリメダンの「石原鉱山」や日本人が経営する「ジョホール護謨園」という固有名が具体的に登場するので、侵略国家やその先兵

『マレー蘭印紀行』〈A判限定版〉表紙

〈B判普及版〉表紙

としての外国資本を批判する文脈の記述は、日本の国策批判につながりかねないという配慮、いわば自己規制から書き直しが行われたと思われるのである。

即ち、元来の「南洋紀行（別名鉄とゴム）」は帝国主義・植民地主義なるものに対しての批判が随所に込められたものであったのを、『マレー蘭印紀行』では国家の方針に配慮してその性質を極力削り取り変更を加えたものだと考えることが出来る。当初準備されていた内容に変更を加えてまで一書を編み直した背景には、先述したマレー蘭印体験に起因するこの地への拘り、郷愁を込めて南方を回想する気持ちがあったからだろうが、この『マレー蘭印紀行』の出版には今ひとつの要素が関わっていることを見逃すべきではない。それはこの時期、日本国家が標榜する建前としての〈大東亜共栄圏〉構想を国民に啓蒙させるための手段として「大東亜」ものの出版が要請されていたという事情である。即ち、この書物はマレーや蘭印について言及する著作を書きたいという金子側の論理と、「大東亜」ものを出版したいという国家及び出版界の思惑とが合致したところで出版されたわけである。そもそも、公の場で〈大東亜共栄圏〉という文言を使いその構想を表明したのは、一九四〇（昭和一五）年八月の松岡洋右の声明が初めだとされているが[11]、『マレー蘭印紀行』の出版は奇しくもその二ヶ月後であり、〈大東亜共栄圏〉というスローガンの広まりと軌を一にしていた。矢野暢によれば、東南アジア地域にはもともと地域主義的な一体感はほとんどなく、日本軍が関与した地域こそがその後の「東南アジア」という概念の形成につながったというが[12]、『マレー蘭印紀行』は作者の意図がどこにあったにせよ、日本軍の関与と同じように地域的運命共同体の意識形成の一翼を担うテクストとしての側面を持つことになるのである[13]。

四　「エルヴェルフェルトの首」『マレー蘭印紀行』における自然描写

さて、『マレー蘭印紀行』はこのように書き直しを余儀なくされたものであるが、それならば帝国主義・植民地主義に対する反感という内容ではなく、このテクストに書き込まれたものとは何だったのだろうか。これについては、金子自らが跋文に「自然を中心とし、自然の描写のなかに人事を織込むようにした」と記しているように、人間の営みを自然を背景に描くことに目的があったと言える。この「自然の描写のなかに人事を織込む」という方法が採られたことには、東南アジアの人々の生活が自然から独立して存在するのではなく、自然風土と絡み合いながら営まれるものであるという金子の思いがあったからであろうが、この手法は『マレー蘭印紀行』のみならず、明瞭なテーマのある「エルヴェルフェルトの首」においても同様であった。たとえば、先に引用した、目をつぶって梟首の紋章を胸にえがくという最終箇所に至る直前には次のようなスコールの描写がある。

遠雷がなりつゞけてゐた。私の辻馬車《サード》は、じやがたらの荒れすさんだ路をかけぬけようとあせつてゐた。うちつゞく椰子林のなかの光は鈍く、反射し、てりかへし、あたかも、天地のすみぐ〳〵に、いたるところにしかけた火薬がふすぼりだして、いまにも爆破しさうな瞬間のやうにおもはれた。そして遠方にならんだ椰子の列は、土嚢をつんだやうな灰空の下で、一せいに悲しい点字の音のつゞくやうに機関銃をうちはじめた。

宗主国オランダが支配し外国資本が搾取する蘭印の生活とは、このように南方の自然の日常であるスコールの中において展開するが、その豊かな雨量が注がれる椰子林という場は植民政策の最前線の現場であった。蘭印のスコールはこのような人事との交錯の中で降るものであるが故に、金子は「機関銃」のように凄まじい雨音をなおいっそうの哀切を持って聞くのである。このスコールの場面と、サマセット・モームが「雨」において描いた、南方の降りしきる雨と蒸し暑さによって神経をイライラさせる宣教師たちの反応を比較すると、金子が蘭印の自然をいかに違和感なく受け入れていたかがわかる。一節では、マレー蘭印の旅が金子にもたらしたものは、反帝国主義・反植民地主義の思いと、東南アジアに対する親和とオリエンタリズムが共存する意識であったということを確認したが、このオリエンタリズムは西欧が東洋に向ける支配と威圧の様式としてのものではなく、南方を異郷としてであると同時に郷愁として捉える感情であった。異郷として認識された東南アジアは西欧という軸を横に置くとき、異郷から内なるものへと変転する相対的な関係を持つものでもあったのである。このような内なるものとしての南方への眼差しは、湿潤温暖の日本の風土の延長のところに南方の自然風土があるという、気安さに由来する。それ故、この自然風土は金子にとって「治癒の場としての南方」として作用したのだが、その次には南方の自然に寄せる甘えにも似た心情が発生したのである。そして、この南方の自然

金子光晴画《マライ半島センブロン河之景》
センブロン河は『マレー蘭印紀行』で「森の尿」と表現された。

に寄り添い一体化するという心情を読者と共感しあいたいがために、金子は旅への回想を込めながら自然を描写するのである。「エルヴェルフェルトの首」は、屈辱としての梟首をオランダへの抵抗のシンボルに変換させるという、金子の帝国主義への反感を示した詩であるのみならず、『マレー蘭印紀行』の跋文に「熱帯地の陰暗な自然の寂寞な性格が読者諸君に迫ることができたら、この旅行記の意図は先ず成功というべきである」と記されたのと同様の意図も有していたのである。この東南アジアの寂莫な自然への共感は、その自然風土の中に生きる東南アジア民衆との共闘意識へと連なり、自分自身の立つ場をその民衆の中に位置づけ、ひいてはその民衆が帰属する国家に対する共感へと接続していく。東南アジアのスコールの雨音に寄せる意識は「大東亜」意識の萌す始まりでもあったのである。

五 『マライの健ちゃん』と〈大東亜共栄圏〉

『マレー蘭印紀行』から三年後の一九四三（昭和一八）年一二月に中村書店から出版されたのが『マライの健ちゃん』である。扉には金子光晴作・神保俊子画とあるが、奥付には金子《カネコ》光晴《コウセイ》と音読みでフリガナが施してある。A5判五〇頁、定価一円四〇銭で、奥付によれば三万部の発行である。内容は、ジョホールのゴム園から医師として招かれた父に従ってマライに行った健ちゃんが、マライの少年と親しむ様をマライの風土と自然の中に描いたものである。櫻本富雄は、「ゴムはみんな大東亜共栄圏でとれるんですね」と健ちゃんが発言することを根拠に大東亜共栄圏を肯定するものだと批判し[14]、鶴岡善久は、マライの少年が日本人学校で学びたがったり日本語を学ぼうとしたりする様を勤勉な少年であると評価する内容であること、即ち、占領地での日本語強制政策の持つ問題点を全く自覚していないということを糾弾する[15]など、批判の多い作品である。『マライの健ちゃん』とはこのような批判に晒されたテクストであるが、戦争状況の激化と検閲の強化を考えるならば、『マレー蘭印紀行』に比べて出版を取り巻く状況はなお悪化した中で出版されたと考えてよい[16]。この年の九月からは日本出版会が総ての出版書籍に対し審査制をとり始め、不承認件数は三〇パーセントを越えるという状況があったし[17]、『マライの健ちゃん』出版の翌月には金子と「共謀」して詩を発表し続けた中央公論社の畑中繁雄が逮捕される[18]という横浜事件が起こっている。また、用紙・資材の配給機関にまでも統制が至り、『辻詩集』(八紘社杉山書店、一九四三・一〇)も刊行されていたというような時代状況を考えるならば、この頃に出版が許可されるものとは、戦意高揚のプロパガンダとしての意味が担わされている書物か、何らかの意味で時局に沿った書物だけであったと言っても過言ではない。『マライの健ちゃん』と同月の発行になる絵本に『大東亜戦争絵巻　マライの戦ひ』（岡本ノート株式会社出版部）があるが、その巻末にある大本営陸軍報道部の山内大尉による「監修にあたりて」には、以下のように記されている。「未曾有の決戦下に於ての幼児や児童に対する教育は慎重に考へなければならぬ。特に国家観念の正しい認識は将来帝国の盛衰を左右する重要事項であつて日常の無邪気な生活の内にこれを正純に植付ける事が必要である」[19]。『マライの健ちゃん』にはこのような記述はないものの、この主旨に沿うような場面と挿絵は見受けられ

『マライの健ちゃん』表題紙

『マライの健ちゃん』表紙

る。例えば、マライの人々が船着き場に健ちゃんたちを迎える場面では、日の丸の旗を持って待ち受け、日本人を歓迎して迎え入れる様子を強調するような絵が描かれていて、純真で素朴な「少国民」を〈大東亜共栄圏〉の発想と同じ位置に立たせるのに一役買うことになる。加納実紀代は、一九三八（昭和一三）年、内閣情報部により発刊された『写真週報』は、開戦後、東南アジアの写真が圧倒的に増え、日の丸が原地住民の手に握られ日本軍が植民地支配からの解放軍だった様が強調されていると指摘した[20]が、日本人と現地住民の円満な交流を『写真週報』がビジュアルな角度から定着させたように、

船着き場に着いた「健ちゃん」

『マライの健ちゃん』も七八枚ある挿絵を通して、具体的なイメージとしてそれを定着させることに貢献したと言わねばならない。戦争プロパガンダが活字からもラジオからも写真からも絵本からも……、あらゆる角度から侵攻する時、『マライの健ちゃん』という絵物語も、その一環としての意味付けに収斂してしまう要素を潜在させていたことは間違いない。

先に昭和初年から日中戦争のさなかまでの金子の帝国主義・植民地主義に対する反感を確認したが、今それらの作品の横にこの『マライの健ちゃん』を置くとき、このテクストが明らかに〈大東亜共栄圏〉の方向へ傾斜していることがわかる。金子には、先述したようなパリで感じた違和や、植民政策によって虐げられた東南アジア民衆との共闘意識などから、ある種のアジア主義を指摘することができるが、西欧列強から東南アジアが解放されるという願望は日本軍国主義が建前としての目的とした事と一致するのである。金子は戦後になっても「政治的関心」（『現代人生論1』河出新書、一九五五・一二）という文章の中で、「詩人の僕は、今日も東南アジア民族の解放と、人種問題と、日本人の封建性の指摘と、戦争反対の四つの課題に創作目的の重点をおくことにしている」（『日本の芸術について』春秋社、一九五九・一二、所収）と述べ、戦中・戦後を通しての一貫したテーマに、東南アジア民族の解放を据えている事を表明したが、この考えは時局にあってはなおさら強いものであったはずである。

近年、櫻本によって発掘されたテクストに「ビルマ独立をうたう」（『日本少女』小学館、一九四三・一〇）という次のような詩がある。

アジヤは一つの家族。／いたいけな妹ビルマは／永らく別れて他人の家で／つらい　悲しい日を送った。／／待ち焦れた晴れの月、／独立の日がビルマにも来た。／燦たる孔雀の旗が／瑠璃の空を飛翔する日が。／／ビルマの娘たちは、茴香や／睡蓮の花をつんで捧げる。／みほとけの前に、又、たよる肉親／ををしい日本の兄の胸に。(21)

これは金子の中で最も〈大東亜共栄圏〉構想と接近したテクストと言えようが、ここには軍靴の音こそ聞こえないものの、西欧列強の帝国主義からの解放を喜び、アジア諸国の連帯を希求する思いが端的に表現されている。金子の考えの中には〈大東亜共栄圏〉構想の欺瞞性と次に控える日本の帝国主義を棚上げにしたとしても、ともかく東南アジアの民衆が西欧の帝国主義国家から解放されることを待ち望むという願いが存在しているのである。この詩から二ヶ月後に出版されたのが『マライの健ちゃん』であったということは「いたいけな妹ビルマ」と歌う心情と同種のものがマレーに対しても存在していたことを意味する。そして

「アジヤは一つ」と言ってしまったとき、それまでの帝国主義に対する反感が西欧に対する反感にすりかわってしまい、まぎれもなく〈大東亜共栄圏〉と同一の場に立ってしまったことになるのである。

ただ、一点違いがあるとも言えよう。日本帝国主義の側は建前としてアジアの共栄を標榜するのであって、その本意はアジアを搾取する所にあるが、金子の「アジヤは一つ」は帝国主義の餌食からアジアを守るという所に主意があると言うことである。しかし、つい数年前の日中戦争を日本帝国主義の侵略と見、日本軍の行為を横暴と捉えた感覚は一九四三（昭和一八）年時の『マライの健ちゃん』というテクストには既になく、日本及び日本軍への批判も存在しない。アジア諸国の西欧列強からの解放という年来の望みを達成させたいがあまりに、その代償として国策としての〈大東亜共栄圏〉を知らず知らずのうちに許容してしまったことになる。これは「鮫」「エルヴェルフェルトの首」から「洪水」「太沽バーの歌」までは帝国主義に〈反帝国主義〉を対峙させるという意識であったのが、『マライの健ちゃん』に内在する意識では西欧に対して自らを含むアジアを対峙させるというものに構造を変化させてしまったことを意味する。即ち、前者においては西欧対東南アジアという構図の設定以外にも、日本国家対東南アジアという図式の中で状況を把える冷静さがあり、日本国家の侵略性をも視野に入れた認識が出来ていたのに対して、後者では日本国家の侵略性に目を向けないまま日本をアジアに同化させてしまったのである。

そして、このような「ビルマ独立をうたう」や『マライの健ちゃん』という〈大東亜共栄圏〉構想に添うテクストを書くことになる心性は、既に、〈反帝国主義〉を実感として定着させたのと同じ、昭和初年の東南アジアの旅において胚胎していたと見るべきであろう。東南アジアでの体験は、「偽善の街」としか映らなかったパリでの体験とは異なって、真率な民衆達との交流を通して疲弊した精神を解放させるものであったし、「寂寞な」自然風土は日本のそれとの延長として違和感なく受け入れることが出来るものであった。このような、西欧に対する違和と表裏する、東南アジアの自然と民衆に対するうち解けた感情は、アジア内部の抑圧／被抑圧の構図を棚上げにして、自らをアジアの側に置いてしまうという要素を孕んでいたのである。金子にとって、昭和初年の西欧・東南アジアの体験は、西欧への憧憬でも日本回帰でもなく、アジアへと同化する意識を形成するものとして作用したのである。そして、厭戦意識が翻って戦争に一つの効果・意味を求めてしまったとき、アジアへの同化意識が顕在化したのが『マライの健ちゃん』だったのではなかろうか。

『マライの健ちゃん』という絵物語は半身をアジア民衆の解放に置き、半身を国策と同等の場に置いたテクストだったのである。

おわりに

この時期の翻訳に関しても『馬来』は勿論のこと、『エムデン最期の日』もマレーに関わりの深いものであった。前章では『エムデン最期の日』に関して、ドイツと連合国との攻防を描く海戦物語から、帝国主義における宗主国とそれによって抑圧される従属国という構図の中で読むべきテクストへと転じ得るという視点を提示した。作品の舞台となったタヒチやピナンとは、「鮫」のような各国の軍艦、即ち、西欧列強が餌食を求めて行き来する場であり、このテクストを翻訳した金子には、帝国主義の覇権争いに振り回される南洋への関心とシンパシーがあったと見ることが出来るのである。こうして見ると『エムデン最期の日』を翻訳する姿勢の中には、帝国主義を追及する詩集『鮫』のスタンスの残滓を垣間見ることが可能で、これを訳した一九四一（昭和一六）年の時点では、金子はまだあくまでも〈帝国主義〉には〈反帝国主義〉を対峙させるという意識を保持していたということが読み取れ、〈大東亜共栄圏〉とは別の場にいたことがわかる。

しかし、戦争の深まりは「一億二心」を標榜する金子をして徐々に〈大東亜共栄圏〉という流れへと迎合させていくのに充分だったのであり、先述したような意識の変遷を通して「鮫」「エルヴェルフェルトの首」における反帝国主義・反植民地主義の立場から、アジア主義に立脚する反西欧の立場へと移行していったのである。櫻本や鶴岡などは、こういう意識の変遷の後に書かれた『マライの健ちゃん』を「反戦詩人」の書くものではないとして批判したわけだが、顕在化した問題は反戦・好戦という軸に展開するものではないので、この一書を以て金子の「反戦」「非戦」志向を否定できるものではないだろう。無論、国策同様の「大東亜」意識は批判されねばならないが、金子が戦争の何を嫌悪したかに着目するならば、その反戦意識を否定するのには無理があると思われるのである。金子の反戦への思いとは、「富士」(『蛾』北斗書院、一九四八・九)の詩に示されたような自らとその家族の生命を奪うものとしての戦争を忌避し否定するものであり、次章で考察するような一度限りの生への愛しみに根ざすものであったと思われる。「自己」とその「生命」を尊重するという意味においての反戦意識は最後まで貫き通されたはずで、そのことと大東亜意識は腑分けして捉える必要があるのではなかろうか。戦時下の金子像の分析は反戦か否かという単純な二項に収束することなく、戦争に対するどのような姿勢がどのような意味を持つのかをテクストを通して緻密に考察する必要があると考える。そのような姿勢を通して、神話化した反戦詩人像を見直していくのが、今後の金子研究の課題の一つなのではなかろうか。

注

（1）第3章、注（21）参照。

（2）『マライの健ちゃん』について批判的に論じられたものに、河野仁昭「詩人の抵抗――金子光晴――」（同志社大学人文科学研究所編『戦時下抵抗の研究II　キリスト者・自由主義の場合』みすず書房、一九六九年）、櫻本富雄『探書遍歴　封印された戦時下文学の発掘』（新評論、一九九四年）、鶴岡善久「離反と放擲――金子光晴の〈責任〉、その他」（『現代詩手帖』一九九五年三月）などがある。

（3）今橋映子『異都憧憬　日本人のパリ』（平凡社ライブラリー、二〇〇一年）四二四〜四三六頁。

（4）岡谷公二『島の精神誌』（思索社、一九八一年）一一七頁。

（5）『鮫』と『マレー蘭印紀行』が対応する関係にあることについて、加茂弘郎はジェームズ・R・モリタの論（*Kaneko Mitsuharu* Twaynis world authors series 1980）を引いて「『鮫』の散文版。論者の結論もまたここにあった。」と論じている（加茂弘郎「『マレー蘭印紀行』論」、『こがね蟲』第2号、金子光晴の会、一九八八年、二〇頁）。

（6）初出では「エルエルフェルトの首」。なお、この『コスモス』は萩原恭次郎編のもので、草野心平・北川冬彦・岡本潤・小野十三郎・淀野隆三・高橋元吉を同人とする。金子光晴・岡本潤・小野十三郎・秋山清による戦後の『コスモス』とはまた別である。

（7）徳川義親『じやがたら紀行』（郷土研究社、一九三一年）八六〜八七頁。

（8）加茂弘郎「梟首の紋章「エルヴェルフェルトの首」について」（『こがね蟲』第6号、金子光晴の会、一九九二年）四一頁。「エルヴェルフェルトの首」を論ずるにあたっては、この論文から多くの示唆を得た。
（9）加茂弘郎は一九三七（昭和一二）年七月号から九月号までの『人民文庫』に「南洋紀行（別名鉄とゴム）」の予告広告があったことを指摘し、あわせてその後出版が実現できなかったいきさつを人民社側の事情からだと推測している（加茂、注（5）前掲論文、九頁）。
（10）加茂、注（5）前掲論文、一〇～一一頁。
（11）『国史大辞典』第八巻（吉川弘文館、一九八七年）八〇一頁。
（12）矢野暢『東南アジア世界の構図――政治的生態史観の立場から』（日本放送出版協会、一九八四年）二〇三頁。
（13）このことに関しては次のような視点もある。奥本大三郎は『マレー蘭印紀行』のいくつかの場面について、「実に何遍読んでも可笑しくて悲しい。戦前書かれた普通の人の手になる東南アジア紀行に、こういうおかしみはない。誰もが、自然に愛国者になり、南進論者になった時代には、深刻な、異常興奮ぎみの文章が、無数に書かれている。金子の文章はその中ではまさに異数である。時局には無関係の、非国民のユーモアと悲しみがある。金子光晴の永遠の目がある」との感想を記している（『本を枕に〈新装版〉』集英社、一九九一年、一一一頁）。
（14）櫻本、注（2）前掲書、四〇～四一頁。
（15）鶴岡、注（2）前掲論文、五四頁。
（16）畑中繁雄『覚書昭和出版弾圧小史』（図書新聞社、一九六五年）・法政大学大原社会問題研究所『日本労働年鑑　特集版　太平洋戦争下の労働運動』（労働旬報社、一九六五年）・金享燦『朝鮮人

のみた戦前期出版界――編集者の回想――』（出版ニュース社、一九九二年）参照。「出版文化協会」が、一九四三（昭和一八）年三月二六日、国家総動員法にもとづく出版事業令の決定による統制団体としてその機構組織を改め、「日本出版会」として発足し、言論統制の面で大きな役割を果たした。金享燦は、そのことを「かくして、戦時出版統制の本陣は出来上がった」と表現している（金享燦、二七〇頁）。

（17）法政大学大原社会問題研究所『日本労働年鑑　特集版　太平洋戦争下の労働運動』（労働旬報社、一九六五年）一七九頁。

（18）『落下傘』（日本未来派発行所、一九四八年）の跋には、「発表に就ては、中央公論の畑中繁雄氏の理解によつて、殆んど共謀で発表を推行した」とある。

（19）岡本美雄編・里村欣三解説『大東亜戦争絵巻　マライの戦ひ』（岡本ノート株式会社出版部、一九四三年）巻末。

（20）加納実紀代「「大東亜共栄圏」の女たち――『写真週報』に見るジェンダー」（『文学史を読みかえる4　戦時下の文学』（インパクト出版会、二〇〇〇年）九九頁。

（21）この「ビルマ独立をうたう」が載った『日本少女』（一九四三年一〇月号）は未見であるので、引用は『ぼくは皇国少年だった――古本から歴史の偽造を読む』（櫻本富雄、インパクト出版、一九九九年）に拠った。

第5章 『鬼の児の唄』にみる「亡鬼」の叫び

はじめに

金子光晴はアジア・太平洋戦争の敗戦後、戦時下で書きためた詩を『落下傘』（日本未来派発行所、一九四八・四）・『蛾』（北斗書院、一九四八・九）・『鬼の児の唄』（十字屋書店、一九四九・一二）という三つの詩集として発表したが、これらの詩集はそれぞれが性質を異にしている。いち早く出版された『落下傘』はその跋文に「この詩集は僕の背柱骨だ」とあるように、詩集『鮫』（人民社、一九三七・八）において示された抵抗精神を強く引き継ぎ、三つの詩集の中で最も反骨的な側面を強く打ち出したもので、「抵抗詩人」としての詩業の中核をなすものと言える。それに対して『蛾』は、「この詩集は、僕の皮膚の一番感じ易い、弱い場所で、例へばわきのしたとか足のうらとか口中の擬皮とかいふところに相当する」（「あとがき」）と筆者自身が位置づけたように、戦争状況下での思いを極めて率直に吐露したものである。いわば『落下傘』が外部に向けての思想信条の表明であったのに対して、『蛾』は自らの心情を虚勢をはることなく素直に打ち明けた詩集であったと言えよう。

これら二つの詩集に対して『鬼の児の唄』は、後に見るように詩集としての一貫性を欠き、その中心となる詩想が不明瞭であるという印象からか、世評は必ずしも芳しいものとは言えない[1]。この詩集が中心を欠いたあいまいなものとして理解されてしまう理由は、主に次の二つに整理できると思われる。それは、詩集のタイトルである『鬼の児の唄』とは関係しないような詩が入り込んでいるという点と、「鬼」の性格が多様でありすぎ、ことに冒頭部分と最終部分とでは性質を大きく異にした「鬼（の児）の唄」になってしまっているという点である。本章はこの二点を巡って検討しながら、「喧嘩すんでの棒ちぎれ《ママ》」（「あとがき」）となってしまった詩集を今日の視点で読もうとするとき、いかなる読みがあり得るのかを考察するものである。

一　『鬼の児の唄』の二重構造

大岡信は『落下傘』『蛾』『鬼の児の唄』の三つの詩集には、そもそも詩集編纂に際しての明確な意図は無いのではないかという根本的な疑義を抱き、三つの詩集に採択された詩編には必然性はないという見解を示した。そして、「「海戦」「禿」「黴」「血」「蜆の歌」「風景」「骨片の歌」「福助口上」「疱瘡」など、詩集の中間部を占める一群の作品は、必ずしも『鬼の児の唄』に収録されるべき必然性があったとは思われない」と述べ、『鬼の児の唄』には詩集としての総括的なテーマにそぐわない詩編が入り込んでいるということを指摘した[2]。詩集に編集意図がないということに対する真偽はさて置き、収録された詩編に関しては米倉巌も同様の見解を示している。米倉は「鬼のイメージを含まむ《ママ》詩篇が九篇あり、それらは略詩集の中央に配置されている」と述べ、「「鬼の児」を視座とする主流と、それらと全くかかわらぬ詩人の直截な情念を基盤とする傍流との二重構造」として把握し、この詩集の持つ性格が一通りではないことを指摘している。しかし、米倉はこの「二重構造」を否定的に捉えはせず、「複眼的発想をかかえこむ」として、これをこの詩集の特色と捉えたところに大岡との理解の違いもみせている。[3] いずれにせよ、大岡・米倉は『鬼の児の唄』を二つの系統として分けて考えているが、はたしてこれは判然と主流と傍流とに区分けができるものなのだろうか。また、傍流が入り込んでしまったことで「鬼の児」系列の主流の詩が示した抵抗精神が薄らぎ、詩集全体の意図がぼやけてしまったということになるのであろうか。大岡が『鬼の児の唄』に収録されるべき必然性を持たないと評し、米倉が傍流の詩だと位置付けた「骨片の歌」「福助口上」などの詩を、今一度詩集全体の構造の中において読み直してみる必要がありはしないだろうか。

さて、二八編から成る『鬼の児の唄』は冒頭に「卵の唄」を置くことから詩集は始まる。それに続いて「鬼の児が生れた。産声をきかなかつたか。／／鬼の児が生れた。一から十まで気に入らぬげな産声を。」(「鬼の児誕生」)というふてぶてしい「鬼の児」が誕生する場面を描く詩編が置かれている。これは「卵」の殻を割って「鬼の児」が誕生したという流れで解

『鬼の児の唄』函・表紙　装幀は田川憲

釈でき、冒頭の詩編から接続するものと考えられる。そして、それに続く「鬼の児放浪」は「鬼の児卵を割つて五十年」という副題が施してあり、「鬼の児」としての金子の半生をふまえた自伝的な要素を持つものとして読むことが可能である。これら冒頭の三編を読む限りでは、自らを「鬼の児」に擬す不逞な抵抗宣言としてこの詩集が書き出されていることがわかるのである。そういう詩編に続いて「鬼」「恋」「瘤」という鬼一般を描いた詩編へと移行し、次の「冥府吟」では亡鬼が登場する。ここまでは金子が仮託されているか否かは別として様々な鬼が鬼としての心情を吐露する詩編であり、まさに『鬼の児の唄』というタイトルにふさわしいが、大岡の指摘の通り、詩集中間部の「海戦」から「疱瘡」までの詩編は一旦「鬼」からは切り離されている。

しかし、それら中間部の詩編全てが「鬼」から離れるのかというとそうではなく、やはり大きな枠組みにおいては「鬼」のイメージを基本にして詩は選別され配置されたと考えるのが妥当である。たとえば「福助口上」にあって、福助は爆弾によって廃墟となった景を前に、平然と「商売繁盛国土安穏」を祈念するような恐ろしくアイロニックで冷酷な存在として登場するが、その外見は異形性が強く形象化されていて、「福助」はその心情と外見の両面において「鬼」と同類型の存在として登場していると考えることが出来る。(4) また、「ネロと紂王」では、両者が行ったことは紛れもない鬼のような残虐な行為であったということを勘案すると、鬼と無縁の詩編だとは言えない。そして、何よりも金子が中間部においても「鬼」を忘れていたわけではないことは、「骨片の歌」の詩と次の「福助口上」の詩との間に、活字のポイントを落として付記された次の散文の一節が物語っている。

漆のやうに黒光りした神が地の一角に立ちあがつた。黒光りの神が手をさしあげてまねくと、人は将棋倒しになり、国土は荒野とかはる。神の双眼はらん〳〵とかがやいて、はるか人の眼のとゞかぬ彼方を見入つてゐる。／誰もその眼をふりあふいでみるものはない。たゞ矮小な鬼の児一人が小ざかしくも神の前に立ちはだかりその眼のふしぎをのぞき入る。黒光りの神の瞳にうつるはるかにも遠い桔梗色のむなしさを。

大岡・米倉ともにこの箇所には言及することなく、「骨片の歌」を「鬼の児」とは関係しない詩編と捉えてしまったのだが、ここには神の前に立ちはだかる存在としての「鬼の児」がはっきりと書かれていて、冒頭部で示された不逞な鬼を復活させているのである。「黒光りの神」の手招き一つで人が「将棋倒しにな」るというのは、一億の民が一億一心となって戦争状況に総動員されていく様が比喩されているはずであるが、そのような時局の中で、眼をらん〳〵と輝かせている「黒光りの神」をおそれ多いものとして仰ぎ見ることのできない臣民に対し、たった一人だけその神の眼をのぞき込もうとする「鬼の児」が描かれた。その「鬼の児」だけは、「神」がらん〳〵と見入る彼方にあるものが「桔梗色のむなしさ」でしかないことをはっきり見抜いているのである。このような透徹した眼力を持ち権力に迎合しない鬼の精神は、この詩集に必要とされた精神の中核をなすものである。また、大衆と鬼は対比的に描かれてはいるのだが、「誰もその眼をふりあふいでみるものはない」という権力との余計な関わりを避けようとする大衆意識は、「そらのふかさをのぞいてはいけない。／そらのふかさには、／神さまたちがめじろおししてゐる。」（「燈台」、『鮫』）というアイロニックな権力批判と通底し、「黒光りの神」への批判意識へと反転する要素を有していると見ることもできる。

こうして見ると、この詩集はたとえ「バラバラに作られた詩篇を編纂したもの(5)」であったとしても、緩やかな「鬼」のイメージによって括られたものであり、やはり詩集全体の編集意図は貫かれていると考えるべきではなかろうか。

二 「鬼」の種々相

さて、この詩集を総体として読もうとするとき、今一つその中心が明確にならないというもう一つの理由は、「鬼」の性格が多様でありすぎ、ことに中間部（大岡・米倉が「鬼」に関わらないとする部分）によって区分けされた前と後とでは、性質を異にした「鬼（の児）の唄」になってしまったという点にある。つまり、この詩集は三つのパートに区分出来ることになるが、それらの間の相関が見えてこないというところに問題があると言えるのである。確かに、多様な鬼の出現について見てみると、冒頭からしばらくは「鬼の児」の誕生から始まりその行動を時系列に添って整合的に描き出していたのが、何時の間にか「鬼兄弟ジャズ団は、／いまや、世界の人気もの」（「鬼兄弟ジャズ団」）という鬼から、鬼退治に失敗する桃太郎（「桃太郎」）までが登場し、鬼のイメージが拡散し詩集冒頭で描こうと試みかけたことが後半まで持続せず、詩集全体の構想は破綻したかにも見受けられる。

大岡はこのことに関して、「金子氏が当初鬼という存在に仮託して一連の自伝を志したにもかかわらず、戦争がますますせっぱつまってくるにつれ、この試みを中断し、もっと一般的な、あるいは寓意的な鬼の群れをよび出し、彼らを通じて詩人の現在の感情や思想を代弁させるという方向に転じたように思える[6]」とやや不満げに述べている。これが首藤基澄にならと、「『鬼の児の唄』一巻は「鬼の児誕生」で示した積極性を十分に生かし得ていないと私は思う。（中略）端的にいって、光晴の描いた鬼（の児）は状況をつき壊すような力を持っていない[7]」という手厳しい評価となる。大岡や首藤は、金子が『鮫』で示した帝国主義や日中戦争への抵抗姿勢や、『落下傘』で示した強い厭戦意識に引っ張られ、この詩集に対しても「戦争告白[8]」「抵抗の拠点[9]」という姿勢を期待しすぎているように思われる。両者には、金子の抵抗意識を「鬼（の児）」が代弁するものとしてこの詩集は編集されたものだという前提が強すぎるのではなかろうか。確かに「あとがき」に「これは大体、華日事変から、太平洋戦争にかけて、終戦の歳の五月頃までにわたる作品である。はじめの部分は戦争中発表したものもあり、雑誌社からつつ返されたものもある[10]」とあるように、元来は戦時下での発表を目的として、時代状況への抵抗を象徴的な詩風を駆使して表明しようと意図したものであった。従って、時代や世間に嘯く鬼を登場させ、「この世をひつくりかへし、昼を夜にぶちこまうと評定する」（「鬼」）破壊者としての鬼を描いたのだが、決して「鬼＝金子」ではなかった。堀木正路は、自身を鬼に仮託した姿勢が最後まで貫かれなかったという先の大岡の評を受け、「「鬼」ははじめ自分自身であったが、やがて金子さんの中で金子さんからはみ出て別のものになった。（中略）もっと狂暴な悪鬼（つまり戦争）が荒れ狂っている中で、自分を「鬼」にしてしまうことはやはり「ゆがみ」であると思い、その「ゆがみ」を正そうと思うので、こういう、いわば「復原力」ともいうべきものが働いた」[11]との見解を示している。

実は、既に詩集の初めから「鬼」には多様な役割が与えられていたのであって、「鬼＝金子」という構図は後になって崩れたのではないし、元々、ふてぶてしく不逞なものとしてばかり鬼が造形されていたわけではなく、当初から種々のズレがあったと見た方がよい。「一から十まで気に入らぬげな産声」（「鬼の児誕生」）をあげて誕生してから五〇年後の述懐となる「鬼の児放浪」では、「鬼の児の素性を羞ぢて、／蠟燭のやうに／おのれを吹消すことを学んだ」というものであった。

鬼の児は、憩ない蝶のやうに旅にいで、／草の穂の頭をしてもどつてきた。／／鬼の児はいま、ひんまがつた／じぶんの骨を抱きしめて泣く。／一本の骨は折れ、／一本の角は笛のやうに／天心を指して嘯く。／「鬼の児は俺ぢやない／おまへたちだぞ」

（「鬼の児放浪」最終部分）

五〇年の放浪を経て半ばは丸くなった鬼だったが、まだ半ばは鬼の属性を保持している。それゆえ鬼は鬼らしく嘯くのだが、なんとそれは「鬼の児は俺ぢやない／おまへたちだぞ」という鬼としての存在を自らで否定するものであった。ここでは、鬼こそがヒューマニティーを持つものであり人間こそが鬼である（自身ではなく他者こそが鬼である）という反転が起こったのだが、詩集の後半ではそれがもっと鮮明となり具体的に描かれる。最後から二番目の「鬼」（「鬼」という題の詩は四番目にもある）という詩では「人間がおつかないんでさ。／人間が頭で考へだした、／とんでもねえ世のなかがね。」「そして、うつかりしてゐると、／つかまつて、兵隊にさせられまさ。」と鬼に泣き言を言わせ、何故、人間が恐ろしい存在であるのかという理由を具体化させている。こうして鬼の正体は完全に逆転してしまったのだが、こうなる要素は既に詩集の始まり近くから胚胎していたのである。ここに至ると、自分自身を「鬼」に擬し人間達に向けて発せられた唄であるという当初の構図は崩れ、鬼ではない者が「人間という鬼」に向けて発した唄だという構図へと変貌してしまい、「鬼の児の唄」というテーマが破綻をきたすことにもなりかねない。しかし、いつの間にかふてぶてしい鬼とはまた別なる「鬼」が唄いだし、新たな「鬼の唄」として詩集は結ばれていくのである。その鬼が「亡鬼」としての鬼であった。

三　「亡鬼」としての鬼

先に、詩集中間部の「骨片の歌」の後に記された散文部分について見てみたが、この詩の本体は次のようなものである。

骨よ。おぬしが人間の／最後の抗議といふものか。／なにを叩く。誰を呼びさます。／その撥で／骨は、骨のうへで軽業しながら／骨になつた自由をたのしんで、／へうきんに踊りながら答へた。／――みそこなふなよ。俺さまを。／とつくりそばへよつて嗅いでみな。／／かびくさいのは二束三文の／張三の骨、呂四の骨。／（中略）／あかがねくさい政治家の骨。／きちがひ茄子のにほふのは、あれは／戦にひつぱり出されたものの骨。／だが、飛切上等の骨。／こいつを一つ嗅ぎわけてくれ。／気にいらぬ人生に盾ついて／おのれでおのれを処分したものの骨には／伽羅がにほふ。伽羅がにほふ。（「骨片の歌」部分）

ここでは他の骨と異なって「気にいらぬ人生に盾ついて」「おのれでおのれを処分したも

の」の骨だけが「伽羅がにほふ」ものとして特化されている。「気に入らぬ人生」とは自由を失われたまま生きねばならぬ戦争状態の中での人生を指すのであろうが、自由を欠く人生と自ら決別し自死を選んだ者とは戦争という状況に盾突く者であり、まさに「鬼の児」と呼んでよい存在であろう。従って、ここにも「鬼の児」のテーマは潜在しているのである。また、エピグラフとして「――それよりいつそ自分が自分を片づけた方がましだ。（以下略）」というツルゲーネフの一節が付されていることからも、自由が抑圧された状況を峻拒し自死を選択するという所にこの詩のモチーフがあることがわかる。しかし、今ここで着目したいのは「抗議」を行うものとしての「骨」というテーマである。

一体、ここでの「骨」は何を抗議し、「誰を呼びさま」そうとしているのだろうか。一つの解釈として、「人間の最後の抗議」とは戦時下においてまっとうな「生」を送ることが出来なかったものがその生を奪わざるを得なかったものに対して向ける怨念であり、自らの「生」の奪還を求める行為であると考えることが出来る。そうであるならば、それは「亡鬼」という今ひとつの「鬼」からの切実な声がここには反響していることになるが、このことは「骨片の歌」の数編前に置かれた「冥府吟」「血」という二編を合わせ読むことでよりはっきりする。

はらわたのやうにくつくつ煮え返る／魂ども。／／どこかでしくしくと／歔欷いてゐる／亡鬼ども。／／やつらは、うしなつたおのれの骸《むくろ》をもとめてゐるのだ。／／そのむくろだけがおぼえてゐるもの。わきばらの青痣、腕のいれずみ、きずあと、ほくろ、熱、汗ばみ、うづき、しびれ、すべて、むくろとともにおのれのものだつたもの。あんなにも愛着しながら、むくろといつしよに亡びてしまつた人生の甘さ、渋さを。

（「冥府吟」前半）

だが、ほんたうは、捨てられたんだよ。自我の残骸、——山とつまれた割れ罏、空罏。残滓、泡、ひづみあつてうつる顔。／汚物にひかれてはなれない糞蠅のやうに、／生涯を迷妄にさゝげた心ども！／／きずぐちは白く裂けて／海水にそゝがれ、／／とごりにすむ亡鬼。蠕虫と毛足類。／なりをしづめた死の寂寞。／／ねぐるしい地球は、面紗をつけて／千万の父母のなげきが彷徨ふ。

（「血」部分）

「冥府吟」において亡鬼が求めたものは直接的には骸であるが、その骸は肉体に繋がり人生へと繋がっているわけで、ここでは亡鬼が求めたものとは紛れもなく「生」の復活であったことがわかる。詩集とは、一編一編の詩が個別に独立して存在しているだけではなく、個々の詩が関連しあい共鳴しあいながら編まれていくものであるとするなら、ここでの亡鬼のイメージは四編後の「血」で示された亡鬼へと繋がっていくはずである。詩の後に「七・一〇　サイパン玉砕の報に」と添えられた「血」では、「ほんたうは、捨てられたんだよ。」と気づくことで「天にか、つて虹にならう」という思いを打ち消す、海底に沈んだ亡鬼を描いている。この亡鬼は「冥府吟」のそれとは異なって生の回復を強く希求するものではないが、「なりをしづめた

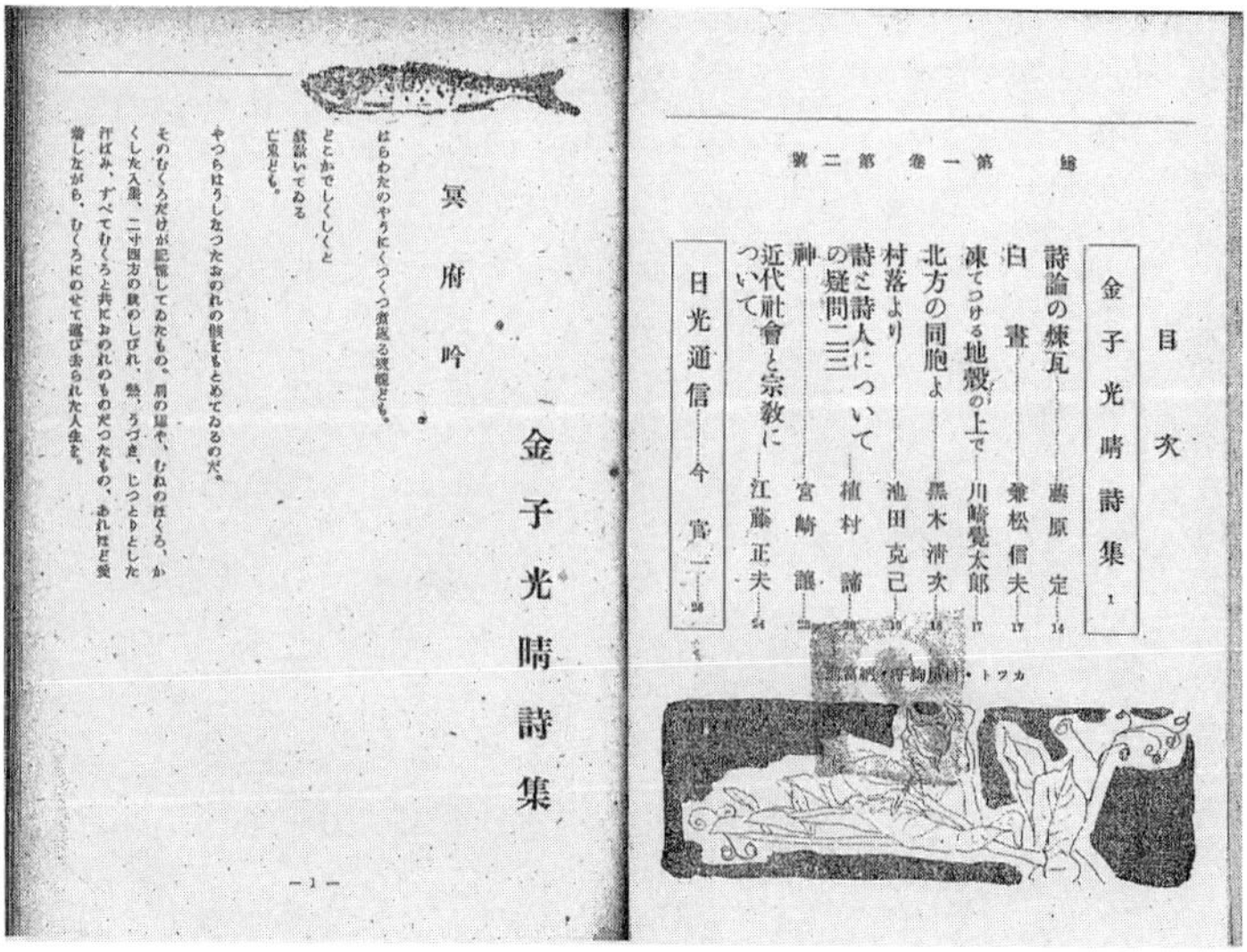
鱒　第一巻第二號

目次

金子光晴詩集 1
詩論の煉瓦……藤原定 14
白書……兼松信夫 17
凍てつける地殻の上で……川崎覺太郎 17
北方の同胞よ……黒木清次 18
村落より……池田克己 20
詩と詩人についての疑問二三……植村諦 20
神……宮崎讓 23
近代社會と宗教について……江藤正夫 24
日光通信……今官一 26

金子光晴詩集

冥府吟

はらわたのやうにくつくつ煮返る残骸ども。
どこかでしくしくと
歔欷いてゐる
亡鬼ども。

やつらはうしなつたおのれの骸をもとめてゐるのだ。
そのむくろだけが記憶してゐたもの。肩の瘤や、むねのほくろ、かくした入墨、二寸四方の鉄のしびれ、熱、うづき、じつとりとした汗ばみ、すべてむくろと共におのれのものだつたもの、あれほど愛撫しながら、むくろにのせて運び去られた人生を。

— 1 —

「冥府吟」、『鱒』第一巻第二号（1947年3月）

死の寂寞」という静けさに潜む無駄死にしたことに対する無念さは、生への執着を示すものに他ならない。

このような「冥府吟」「血」における「亡鬼」のモチーフが「骨片の歌」へと接続していったのである。そして、このような死者の側からの思いは詩集最後の「鬼嘯」においてはっきりした声となって表出するのである。

四 「鬼嘯」について

金張りのぴかぴかな角、黄ろい髪。／全身皆朱《かいしゅ》のでこぼこな鬼は、／大崑崙山にどつかと腰をおろして、／唇の先をとんがらせる。／／第一の長嘯だ！

（「鬼嘯」冒頭部分）

このように「鬼嘯」においては、拡散していた鬼の像が詩集の始まり部分と同様のふてぶてしく嘯く鬼となり、原点へと回帰している。そして、この鬼は「とつて、喰ふぞう。／とつて喰ふぞう。」と世界に向かって「第一の長嘯」をし「全大陸」を「鳥肌立」たせるのだが、それを契機にその声を聞いた今ひとつの鬼、即ち「亡鬼」が登場するのである。

ばらばらになつた骸骨も／この嘯にそゝられて、／いま一度抗議をいふために／骨と骨とがひかれあひ／わが骨　ひとの骨をかきあつめ／立ちあがつてみては／へたへたとくづれる。／／きこえるだらう。／あの声だ。あの声だ。／うつろから来て、うつろにきえる／あの声だ。あの声だ。／「返してくれえ。／返してくれえ。」

（「鬼嘯」最終部分）

このように詩集の始まりにおける抵抗する鬼の児の嘯きは、「亡鬼」としての鬼の叫びへと変転して詩集は閉じられたのだが、大岡はこのことに関して「もうひとつの鬼の影が射しこんでくる。つまり、戦争によってなぶり殺しにされた青年たちをはじめとするあの幽鬼であり、「護国の鬼」と美化されたあれらのさまよう魂の群れだ。詩集の後半は、ほとんどすべてこのもうひとつの鬼の影に覆われている(12)」と指摘している。全くその通りであるが、この理解には二つの誤解も潜んでいる。その一つは大岡がそれを瑕疵として捉えたことであり、今ひとつは、「「鬼っ子」としての詩人自身」が後半になって「もうひとつの鬼」へと変貌してしまったという捉え方をしていることである。今まで見たように「亡鬼」としての鬼は既に前半の「冥府吟」にも、米倉の言う傍流の詩編である「血」にも登場しているし、「骨片の歌」にもそれは潜在しており、後になって現れたのではない。即ち、この詩集は鬼という主流と鬼とは無縁の傍系とがあるのではなく、最初の鬼の性質が後に変質したのでもない。渾然とした鬼のイメージを背後にして複数の「鬼の児の唄」が歌われたということなのではなかろうか。そう考えると、戦争状況に対する不逞な反抗としての鬼の叫びと、亡霊としての鬼の叫びは同等の重みを持つものとなるはずである。従来、この詩集は前者の鬼に重きを置いて解釈しようとされてきた嫌いがあるが、今一度「亡鬼」の叫びに耳を傾ける必要があると思われる。詩では「とつて、喰ふぞう。／とつて、喰ふぞう。」という嘯きを「第一の長嘯」と

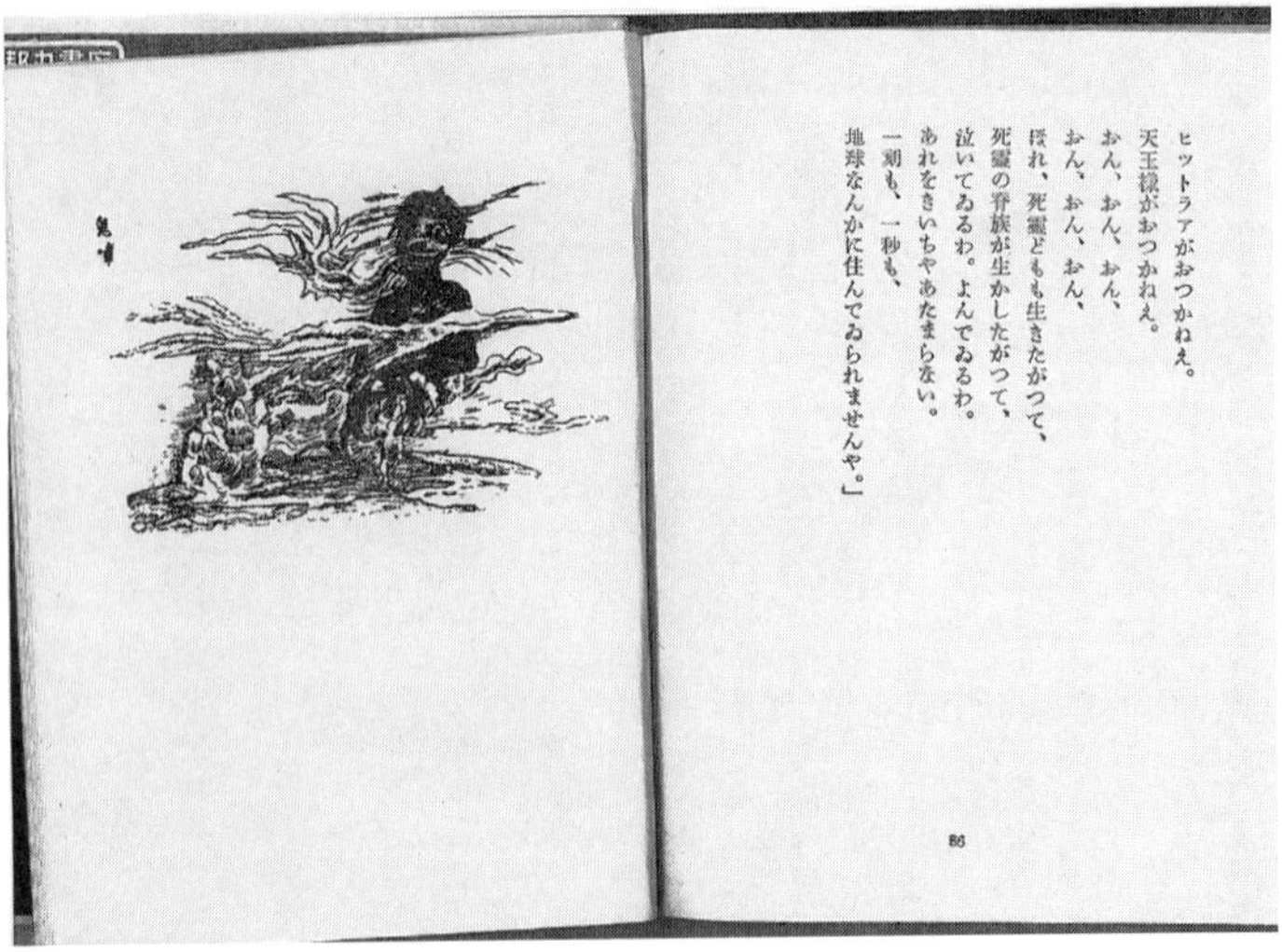

「鬼嘯」の詩に添えられた田川憲の挿画

表現しているが、それならば「返してくれえ。／返してくれえ。」という亡鬼からの叫びこそが「第二の長嘯」と言うことになる。「鬼嘯」はこういう二つの鬼の二つの長嘯を見事に接続させた一編で、鬼の詩集を統べるべく最後に置かれた重要な詩編だと言えよう。

この「鬼嘯」（初出、『新日本文学』一九四七・一二）は、おそらくは「あとの方は全く、発表の機会がなくもちぐされの覚悟でゐたものが多い」（「あとがき」）という詩に該当し、戦時下での発表を意欲してのものではなく、制作は敗戦も押し迫った戦争末期のものであると考えられる。そういう背景から見れば「鬼嘯」における「骸骨」とは「戦争悪の犠牲としての《骸骨》[13]」であると考えるのが妥当であり、「返してくれえ。／返してくれえ。」という「抗議」の長嘯は、失われた生命の奪還を求める叫びに他ならない。この〈死者からの抗議〉というテーマは既に詩集中盤の「骨片の歌」で示されていたテーマであり、このことは用意周到にここに至る経路が準備されていたということを意味する。「冥府吟」「血」「骨片の歌」で提示された「生」に固執する「亡鬼」というモチーフは「鬼嘯」へと至る前奏をなす詩編であったのである。この「冥府吟」「血」「骨片の歌」「鬼嘯」という、言わば「亡鬼の唄」とでも呼ぶべき系列の詩は、詩集『鬼の児の唄』の今ひとつのテーマを提示したものとして考えるべきではなかろうか。大岡は、ふてぶてしい抵抗精神を持つ鬼が「亡鬼」という鬼に変じてしまったことをこの詩集の瑕疵と捉えたが、実はこの「亡鬼」をもってまとめとするのは初めからの構想であり、「亡鬼」という鬼に至る道筋としてこの詩集は編集されたとも言えるのである。

五　「亡鬼」の叫びの記憶

大岡・首藤が、『鬼の児の唄』に対して期待はずれの感想を持ったのは、詩集の「あとがき」にも牽引され「戦争告発」「抵抗の拠点」としての姿勢に過剰な期待を持ち過ぎたからであろうが、元々この詩集は『鮫』や『落下傘』において示された反帝国主義や反国家、あるいは反戦という強い抵抗精神が示されたものと同列に扱うべきものではないだろう。『落下傘』は終わり近くに戦争末期の疎開中の詩などが配置されてはいるものの、詩集の前半は『中央公論』などに発表された太平洋戦争勃発以前の作品を収めているが、『鬼の児の唄』はほとんどが太平洋戦争の始まり以降の作品を収めていて、両詩集に収録された作品には制作時期の違いが認められる。このことは共に「十五年戦争」という戦時下での制作であっても、両詩集に収録された詩編には発表の困難さにおいて大きな違いがあったことを意味する。事実、『鬼の児の唄』の詩編の中で戦時下で発表できたのは「鬼の児誕生」(『文化組織』一九四一・一)と「鬼の児放浪」(『歴程詩集』一九四四・一〇)二編のようであり[14]、太平洋戦争勃発以降の同時代的抵抗の困難さを物語っている。即ち、『落下傘』における詩編のいくつかが、太平洋戦争開戦に向かい本格的に戦時体制を進めていく情勢に対する同時代的抵抗を示し得たということに比し、『鬼の児の唄』に収録された詩編はそのような同時代的抵抗の役割を果たし得なかったということになる。そしてまた、戦後になってからこれを出版するということは、金子本人が自覚するように「今日、これらの詩は、喧嘩すんでの棒ちぎれ《ママ》の感なきにしもあらず」(「あとがき」)ということにもなりかねないのである。

はたして、このような「喧嘩すんでの棒ちぎれ《ママ》」となったものを、戦後四年を経た時期に出版する意味はどこにあったのだろうか。それは、一つには戦時下という時代状況に楯突き、孤高の精神を保持し得た「鬼」が存在していたということを示す証左としての意味があると考えられるが、それ以上にこの詩集の出版意図には、一九四九(昭和二四)年を起点とする「これから」の時代に向けての日本人への問題提起という意味が大きかったのではなかろうか。「あとがき」には「喧嘩すんでの棒ちぎれ《ママ》」という感想に続け、「この情勢だと、まだまだ、これからの方が役割が大きいのではないかと恐れてゐる次第だ」と記されているが、『鬼の児の唄』という詩集は、戦時下抵抗の詩集としてではなく、戦後における民衆の意識形成をリードしようとするものとして出版されたと考えるべきではなかろうか。即ち、『鬼の児の唄』は『落下傘』とは性質を異にする詩集であり、そこに戦時状況に対する告発の形見を読もうとするよりも、敗戦によって既に戦争が過去のものとなり新たな時代を歩み始めた一九四九（昭和二四）年に出版された〈戦後詩〉として読む必要がある詩集なのではなかろうか。

金子が「この情勢だと、まだまだ、これからの方が役割が大きいのではないかと恐れてゐる」と言うとき、「この情勢」とは軍国主義から手の平を返したような民主主義の賛美を言うのか、翌年の朝鮮戦争勃発に繋がる東西の冷戦構造を言うのかは定かではないが、いずれにせよ、一億一心となって次なる戦争に邁進してしまわないための抑止力がこの詩集には存しているとの認識がここにはある。即ち、戦時下においては一人一人が冷静で透徹した「鬼の児」の意識を持つ必要があるということ、そして、次なる戦時状況を創り出さないためにもそのような心性を保持する必要があるということ、それらを示したという所に金子の自負はある。『鬼の児の唄』という詩集は過去の証文ではなく、「これから」の日本人の意識形成に寄与するものとして存在価値があり、それ故、出版が意図されたはずなのである。

しかし、そのような出版意図にもかかわらず、戦争を過去のものとして、必死に戦後を生き始めてしまった民衆の現実と鬼の精神性との間には、隔たりがあったのではなかろうか。何よりも「鬼の児」的なる者が出現しないところに日本の思想風土の「寂しさ」[15]があるわけで、それを求めることは無い物ねだりということにもなりかねない。「鬼（の児）」の嘯きは出版時においてさえ、読者に届いたとは思われないのだが、安寧に慣れきってしまった今日の日本人には、『鬼の児の唄』を「戦争告発」「抵抗の拠点」という戦時下での抵抗を軸として読むのは、なおさら違和感が伴うはずである。無論、時代状況に抗する「鬼の児」の精神とその行為は、如何なる時代においても大勢への迎合を抑止するものとして有効に作用するものであり、重要な意味を持つ精神のありようであって、それを示した『鬼の児の唄』の意義は今でも大きい。しかし、戦後六〇年以上経た今日、現在の読者（ことに若年の読者）は、「鬼の児」が戦時体制に対して嘯く様を遠い時代の他人事としてしか読まないだろう。

そうではなく、『鬼の児の唄』を今日においても戦争抑止として有効に作用するものとして読もうとするならば、もう一つの鬼「亡鬼」に着目し、死者からの叫び声を聞き取ることが重要になりはしないだろうか。古今東西、一つ限りの生命に対する重みは変わらず、現代の青少年においても戦争によって失われた生命を「返してくれえ。」と叫ぶ死者たちの懇願は強く響くはずである。そういう端的で具体的な死というものを通して、今日の読者達は、戦争とは死を生産するものであり無駄な死を強要されるものであるという不条理を再認識させられることになる。そして、その不条理から逃れようとする意識が戦争批判へと通ずる方途となり、「次なる戦争」への抑止として作用するのではなかろうか。

今日この詩集は、「鬼の児」に擬した金子の時代状況に対する嘯きと孤絶の表明に着目して読むよりも、「戦争悪の犠牲としての《骸骨》」、即ち、「亡鬼」の声の表出に着目して読むことの方が、戦争抑止力として有効な観点を示すことになるのではなかろうか。詩集『鬼の児の唄』を読むとは、詩集の最後に反響し続ける「返してくれえ。／返してくれえ。」という「亡鬼」の痛切な叫びを記憶し続けることでなければならないのではなかろうか。(16)

おわりに

「生命」の奪還を求めた「鬼嘯」における死者の側からの訴えというモチーフは、『落下傘』所収の「屍の唄」にも見られる。そこでも「なぜ、その人生を途中からすてねばならなかったか。／誰のためだらう。どいつにそんな権利があるんだ。」という強い口調で自らの人生と生命を奪ったものに対して抗議の声を発しているのである。そして、「屍の唄」ではそれと同時に、「一度しかなかつた人生がなぜあんなによかつたのだらう。／誰も彼もなつかしくないものはない。」と消え去った人生への素直な郷愁をも表明している。II部・III部においても論じることになるが、こういう「生」への執着とその生を中途で途絶えさせたものに対する反感は、金子の詩における一つの系譜と考えてよいだろう。大岡は『鬼の児の唄』『落下傘』『蛾』に収められたそれぞれの詩編の選択基準に対して疑問を呈したが、確かに、これら三つの詩集にはそのように編集されねばならないという必然性はなく、「骨片の歌」「鬼嘯」「屍の唄」などの系統の詩を中心として詩集を再編し直すことも可能で、そのときには一度限りの生命という問題が金子の詩のテーマとして明瞭に浮上するはずである。死者が失われた生命を取り返そうとして「返してくれえ。」と叫ぶ「鬼嘯」の詩は、詩集『鬼の児の唄』に関してだけではなく、金子の詩業全体を捉えるときにも、重要な鍵を握る一編となるのである。

注

（1）中には石黒忠のような「反戦（厭戦）と抵抗の詩集としては『鬼の児の唄』がもっとも首尾一貫している」と捉える見方もある（『金子光晴論　世界にもう一度 Revolt を！』土曜美術社、一九九一年、九一頁）。また、秋山清は「詩集『鮫』から『落下傘』『鬼の児の唄』へとつづく彼の不服従のメーン・カレント」と記し、『鬼の児の唄』を『鮫』の系譜として位置づけている（『金子光晴全集』第三巻、解説、昭森社、一九六九年、四〇一頁）。

（2）大岡信「『鬼の児の唄』」（『本の手帖』一九六三年六月）四二〜四五頁。

（3）米倉巌『金子光晴・戦中戦後』（和泉書院、一九八二年）五六頁。なお、米倉が挙げた「鬼のイメージを含まむ《ママ》詩篇が九篇」については、大岡が挙げたそれとは一つ異なっていて、大岡が挙げた「血」に代わって「ネロと紂王」が挙げられている。後に見るように、「血」には「亡鬼」という「鬼」が登場するので「血」を省いた件に関しては米倉の見解が正しいが、「ネロと紂王」は鬼と近似の性質を持つ暴君を素材にしていて、紛れもなく鬼の系列に入れるべき詩であると考えられるので、これを省いた事においては大岡の見解が妥当である。

（4）この詩において「福助」は二つの性質を持つ存在として描かれる。一つは、芝居の景としての両国と戦火で焦土と化し廃墟となった両国とが渾然一体となった場で、「商売繁昌国土安穏／ひとへに祈りあげまする。」と慇懃に口上を述べる皮肉な存在として登場してくることである。そして、今一つは短軀で巨大な頭を持つ「アイロニツクなこの片輪」として「福助」が造形されていることである。この福助の異様な外見は、口上を述べる際の様子を「柿の裃、柿袴、扇子を前に。」と描写し、衣裳の色にまで言及していることにも関係する。扇子を手にするのは福助の図像の典型である（荒俣宏『福助さん』筑摩書房、一九九三年）が、福助の裃・袴はどちらかといえば紺地に小紋が多く、柿色というのが決まりではない。この「柿色」には何らかの意味が付与されていると解釈すべきであろう。網野善彦（『異形の王権』平凡社、一九八六年）・黒田日出男（『姿としぐさの中世史』平凡社、一九八六年）らによれば、中世において「柿色」の衣裳をまとうものは「異形」

「異人」として認知された人々であったということである（但し、「福助」のキャラクターは江戸中期以降、それも後半に近いあたりに成立したということである。荒俣、前掲書）が、そうであれば福助の衣裳の色はまさに福助の異形性を象徴する色彩であったはずであり、この詩においては、福助は幸福招来のシンボルではなく、「異形異類」のものとして「鬼」と同種の存在として登場していることになるのである。

（5）首藤基澄『金子光晴研究』（審美社、一九七〇年）一四四頁。
（6）大岡、前掲書、四四〜四五頁。
（7）首藤、前掲書、一四四頁。
（8）大岡、前掲書、四五頁。
（9）首藤、前掲書、一三七頁。
（10）「福助口上」「鬼兄弟ジャズ団」などいくつかは初出を確認できていない（雑誌による発表がなされていない可能性も高い）が、他の多くは戦後『文芸』『コスモス』『歴程』などに発表されたもので、「はじめの部分は戦争中発表したものもあり」に該当するのは、後に本文中に記すように「鬼の児誕生」「鬼の児放浪」の二編のようである（初出確認に際しては、本多秀代「金子光晴作品初出年譜稿」（『武蔵大学人文学会雑誌』一九七六年九月）・原満三寿『人物書誌大系15　金子光晴』（日外アソシエーツ、一九八六年）を参照した）。なお、詩集収録の「鬼の児誕生」には「昭和一七・三月」と制作日が記されているが、『文化組織』（一九四一年一月）での初出時と詩集収録の詩に異同はないため、詩集に推敲後の日付けが記されたとは考えられず、矛盾がある。
（11）堀木正路『金子光晴――この遅れてきた江戸っ子』（沖積舎、一九九一年）二五六頁。
（12）大岡、前掲書、四四頁。

(13) 米倉、前掲書、七七頁。

(14) 注(10)参照。

(15) 金子は「寂しさの歌」(『落下傘』)において、日本の陰湿で閉鎖的な精神風土を「寂しさに蔽はれたこの国土」と呼び、「この寂しい精神のうぶすなたちが、戦争をもつてきたんだ」と把握し、日本の精神風土を批判した。

(16) 劉建輝は、金子の生命観・死生観を論じる中で「戦後、金子は「抵抗詩人」と呼ばれるようになるが、それらはまさに「生」を求める、「死」からの抗議の声であり、また生命のおののきそのものを歌ったものである」と述べ、いくつかの詩編を例に挙げて論じた(「金子光晴における「生」と「死」」、『「生命」で読む20世紀日本文芸』一九九六年二月、二二六～二二七頁)。これは『鬼の児の唄』について言及したものではないが、まさに金子が戦争に反対する最も根源的な理由を喝破したものだと思う。本書は「〈戦争〉と〈生〉の詩学」と題したが、その〈生〉に関する部分についてこの論文からは多くの啓発を得た。

II
部

第6章　『人間の悲劇』の構想から成立へ

はじめに

金子光晴は戦後、一九三七（昭和一二）年から一九四二（昭和一七）年の間に雑誌等で発表していた詩、及び太平洋戦争末期に書かれ未発表のままであった詩を『落下傘』（日本未来派発行所、一九四八・四）・『蛾』（北斗書院、一九四八・九）・『鬼の児の唄』（十字屋書店、一九四九・一二）という三冊の詩集にまとめ、また、昭和初年のヨーロッパ・アジア行においての東南アジア体験から想を得た詩編を多く含む『女たちへのエレジー』（創元社、一九四九・五）を出版した。こうして自らの前半生と戦前・戦中の時代を総括し、仕事に一区切りを付けたわけだが、その時には世は民主主義を謳歌する時代を迎えていた。そういう情勢のなか、金子は軍国主義から民主主義へと一八〇度の転換を受け入れた国民に違和を感じ、そのような日本人とは何だったのかと問い、日本近代の精神史を明らかにする作業へと向かう。こうして、戦中からの思索をふまえ、戦後の新しい日本社会を見渡す中でまとめられたのが『人間の悲劇』（創元社、一九五二・一二）であった。それは詩集名が示すように、「人間」の存在の探究の書であり、「日本人」の心性を考察するものでもあった。そこでは「人間」の存在のあり方が「悲劇」として捉えられた所に人間認識の特徴があるが、そのように人間社会を把捉しつつも、そこに停留することなく「人間の悲劇」的状況を越えようと模索したのがこの詩集であると思われる。『人間の悲劇』は一〇章で構成され[1]、自叙伝としても読むことが可能な記述・キリストに対する考察・亡霊や死についての見解・恋愛に関する思い・海にまつ

『人間の悲劇』表紙　版画は田川憲

わる種々のイメージ……など、多様な内容とテーマを含み、それまでの抵抗詩と評されるものとは性格を異にし、新たな詩的境地を開こうとした意欲作と見なすことができる。記述面に関しても、韻文と散文が混交して布置されるという特色を持ち、新たな表現形態への模索が見られる。多岐な内容を扱い、単純には主題が要約できかねることから、従来種々の解釈が試みられてきたが(2)、本章は『人間の悲劇』の構想から成立への経緯と詩集の構成を考えることで、その中心の思想について考えようとするものである。

一　『人間の悲劇』と未刊詩集『えなの唄』

『人間の悲劇』の出版は一九五二（昭和二七）年一二月であるが、この詩集は本来もっと早くに出版されるはずであった。『鱒』六号（一九四八・二）の「雑感」には、「『人間の悲劇』といふ詩文集を今は書きはじめてゐる。もう半分以上出来たが、これが今年の六月あたりまで持越しの仕事になるだらう」とあり、『落下傘』巻末の「金子光晴詩集目次」には、『人間の悲劇』の近刊が出版社未定とされながらも予告されている。これらのことから、一九四八（昭和二三）年の時点で、既にこの「詩文集」の出版が予定されていたことがわかり、何らかの事情で出版が一九五二（昭和二七）年一二月にまでズレこんだことが推測できる。

このような事情を見ると、『人間の悲劇』は出版時点での社会情勢ではなく、それより数年遡った時点、即ち、敗戦直後の現実を目の当たりにする中で書かれた詩集であることがわかる。金子が『人間の悲劇』の序の末尾に、「終戦後三年間に書いたものをここにあつめた」と書き加えたのも、この詩集の背後に敗戦後の日本社会が横たわっていることを読者に示そうとしたからに他ならない。そのような観点に立てば、戦後の荒廃した社会をテーマとする第五章の「焼土の歌」（初出、『社会』一九四八・七）・「奇怪な風景」（初出、『個性』一九四八・九）は『人間の悲劇』を書かねばならなかった金子の時代認識と思想の端緒を探るべき作品であると言ってよい。また、そういう情勢の中に発生した「ぱんぱん」や進駐軍の

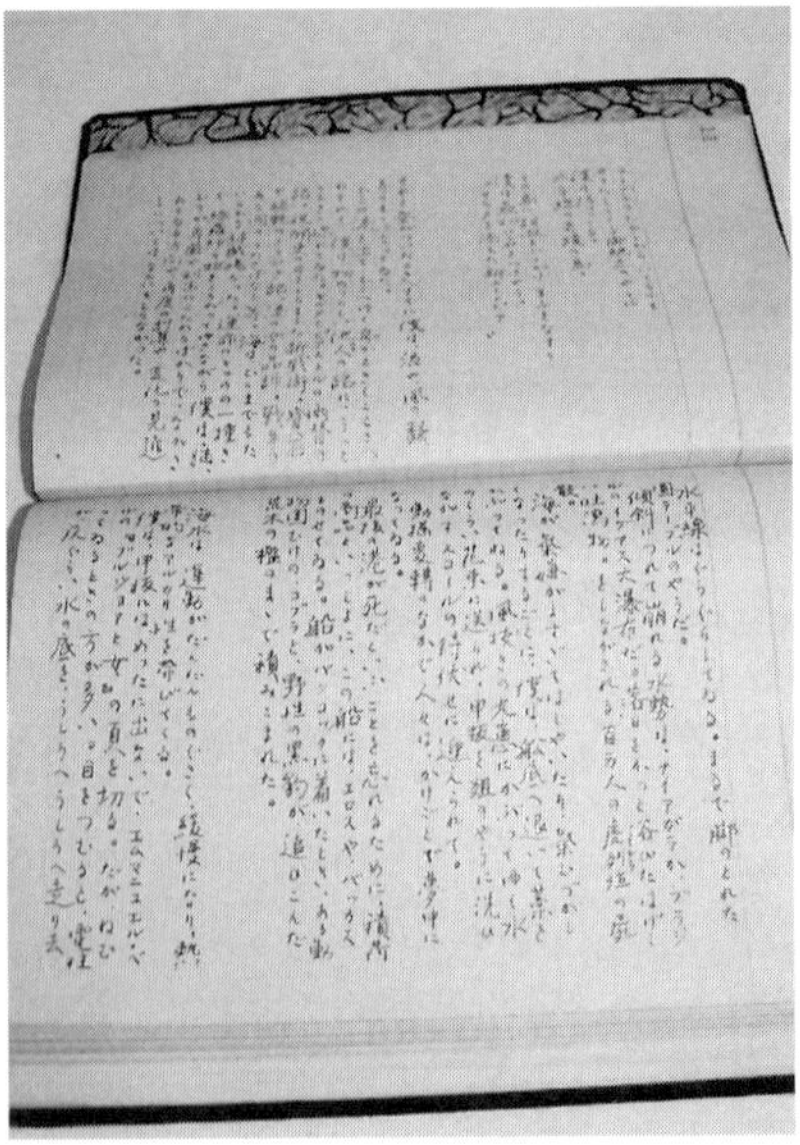

『人間の悲劇』初期草稿ノート

黒人兵士を描く第六章・第七章もこの詩集発生の直接的な契機を成し、低く見ることは出来ない箇所となる。『人間の悲劇』は敗戦直後の虚無的状況の中で構想されたのである。

この『人間の悲劇』は韻文と散文が混交した特色ある形態であるが、既に一九四八（昭和二三）年の時点で「詩文集」と呼ばれていることから、当初から韻文と散文を組み合わせた詩集が準備されていたことがわかる。しかし、刊行された詩集は一〇章構成から成るが、予定されていたものが、既にそのように構成されていたかどうかは疑問である。なぜなら、出版の遅れは単に残り半分の執筆の遅れや推敲に要する時間のみが原因なのではなく、構成面における変更が関係しているのではないかと思われるからである。(3) その変更とは、具体的には章立てに関する改編や章立ての追加があっただろうこと、今ひとつは、詩集の構造面における新たなフレームの追加があったのではないかということである。一九四八（昭和二三）年の時点で構想されていた『人間の悲劇』は、『人間の悲劇』の根底のモチーフを成すが、それはあくまでも初期段階の構想としての『人間の悲劇』と位置づけるべき性格のもので、『人間の悲劇』全体を意味するものではないのではなかろうか。『人間の悲劇』は複雑な構成と幅広い内容を持つが、詩集の成立過程を検討することと内容を腑分けすることによって、その世界と構造を二つに区分し整理することができるのではないかと思われる。即ち、刊行された『人間の悲劇』は、初期段階からの元々の構想部分である『人間の悲劇』(ここではこれを仮に前『人間の悲劇』と呼ぶこととする)に、後になって追加して構想された『人間の悲劇』(ここではこれを仮に後『人間の悲劇』と呼ぶこととする)の内容を加え、テーマを拡大し増補改編した重層的な詩集だと捉えるのである。

『人間の悲劇』出版の前年である一九五一(昭和二六)年四月、秋山清によってアンソロジー『金子光晴詩集』(創元社)が編まれたが、そこには未刊詩集として『大腐爛頌』『路傍の愛人』『老薔薇園』『えなの唄』の四つの詩集名が挙げられ詩が採られている。『大腐爛頌』『路傍の愛人』『老薔薇園』の三つの詩集は、その後『金子光晴全集』第一巻(書肆ユリイカ、一九六〇・七)において未刊詩集として全編が収録されたが、『えなの唄』という詩集は幻と消えている。『金子光晴詩集』の中の『えなの唄』には五編が載るが、その中の四編は翌年に出版される『人間の悲劇』の中に収録され、『えなの唄』という詩集は『人間の悲劇』の中に吸収されてしまったかのようである。一体、未刊詩集『えなの唄』と『人間の悲劇』とはどのような関係を持つのであろうか。最も単純には、翌年刊行となる『人間の悲劇』の一部をダイジェスト版とし、『えなの唄』の詩集名として一年前に発表したと考えることである。しかし、そのような詩集名の置き換えや一部を意味するものではなく、『えなの唄』は元来『人間の悲劇』とは別の詩集として構想されたもの、あるいは『人間の悲劇』を越え、それを包括するものとしての詩集名だったと考えることもできるのではなかろうか。『えなの唄』と題して、前『人間の悲劇』の世界を広げ、新たな主題を加味した詩集として編み直そうとする構想があったのではないかと考えるのである。即ち、『人間の悲劇』という詩集名を取り下げ、『えなの唄』の中に包括させ、より広範な詩集として改編しようとしたと捉えるのである。そもそも、その奇妙な発想のタイトルとモチーフは、『金子光晴詩集』より以前に『文芸往来』(一九四九・九)で「えなの歌」と題し、行分け詩数編と散文を混交した形式で、現行の『人間の悲劇』第一〇章の一部となるものが発表されたのが初めである。このように、早くから「えなの唄(歌)」というタイトルへの拘りを見せた金子だが、結局は『人間の悲劇』という詩集名を採用し、「えなの唄」はその最終章のタイトルとしてのみ残した。

以上のように、『人間の悲劇』は敗戦後の感懐を中心とした前『人間の悲劇』の世界に、後『人間の悲劇』としての「えなの唄」を融合させるという二段階を経て成立したとするのが私の推測である。『人間の悲劇』は、「えなの唄」という新たな内容が加わることで、章立ての追加や全体の構造に改編[4]が余儀なくされ、それ故に発刊が遅れていったと思われるのである。

二　ゴシック体の散文部分について

出版が遅れたもう一つの原因に、詩集全体の構造面に関して、新たな枠組みが後になって追加構想されたのではないかということがある。『人間の悲劇』の散文部分には、ゴシック体の活字を使用して書かれた箇所があり、このゴシック体による散文を得たことは、金子が序文で「自叙伝の序の幕」と位置づけた詩集としては、複雑すぎる構造を持つことになった。そのゴシック体の散文とは、第二章と第一〇章にあり、二ケ所は対応している。

そこまで書きかけた僕は、ペンを休め、木盆のふちにそれをことりと置いた。／さて顔をあげ、窓ガラス越しに、庭に目をやる。こまかい雨がふってゐる。つゆにはひってから間のないこのごろの鬱陶しさ。

第二章の最後には、このような一節で始まるゴシック体で書かれた散文があり、執筆中の様子と庭の光景が描写されている。それは、第一〇章の最後でのつゆの晴れ間の空に飛び立っていく「一匹の花虻」が描かれる箇所と対応する。この二ケ所は、明朝体活字による散文部分とは性質を異にし、詩集を書いている作者自身の周辺を俯瞰的視点から描写するという内容で、いわば「入れ子型」の構造をとっている。「入れ子型」の外側に相当するこの箇所で重要なのは、詩集執筆の始まりをつゆに入って間もない頃に想定し、その終わりもつゆの晴れ間の一日であるという想定がなされたことである。つまり、筆者が一〇章に渡って、人間の生誕・孤独・恋愛・死・戦後状況など、人間世界の諸現象を書き尽くし、一つの人生と一つの歴史を終わらせたとき、それは別の次元ではわずか一月ほどの時間経過に過ぎなかったということを表している。(5) この「入れ子型」の構造を用意したことは、金子の世界観を暗示させる戦略であり、その構造を図像的なイメージとしても示すことになる。

つまり、人間は歴史の一齣を生き死んでいくが、その歴史もまた、それを包括するより大きな歴史の一齣に過ぎず、いつかあったこと、前にも起きたことを繰り返しながら、また一つの歴史を作り出していくというのが、ここで示された世界観ということになる。書斎の周囲を描写するゴシック体の箇所からは、永劫の時間に比しての人間の歴史の小ささとその際限ない繰り返し、このような時間に対する観念と世界観が導き出されるのである。即ち、ここでは個別の人生ではなく、すべての人間に普遍的に付随する虚無的にならざるをえないような生の実相が示されたことになる。このような人間の歴史を俯瞰して見る視点を導入し、人間存在の卑小性を示す構想を得たことが(6)、詩集全体の構造の見直しに繋がり、『人間の悲劇』の出版を遅らせるもう一つの原因になったと推測するのである。

三　「えなの唄」の世界

今確認したような時間を永劫回帰的な構造として捉える考えは、必然的に人間存在を虚無的なものとして把握する考えに繋がる。そういう虚無的な状態の中で、個々人が個として独立しながらも「えな」という皮膚の一部を通して連なり合い、生が連綿と継続されていく様を表現したのが「えなの唄」である。従って、ゴシック体で書かれた「入れ子型」構造の箇所が示す人間世界の卑小性と「えなの唄」は連動するのであり、この世界を併せて後『人間の悲劇』と位置づけることができる。即ち、後『人間の悲劇』とは、戦後的状況の具体性に即して書かれた前『人間の悲劇』とは性質を異にし、戦後状況であるか否かを問わず、人間存在の普遍的な実相を観念的・思弁的に捉えた内容となっているのである。以下に、『人間の悲劇』の到達地点である、第一〇章「えなの唄」の中の同名の行分け詩を部分引用してみる。

ひふは、こはれたパラソルのやうに。／／ひふは、ぼろぼろなシャツや、ももひきになって。／／よれよれのハンカチーフ。洟をかんだよごれたハンカチーフをむすんでゆくやうに、次から次へむすび玉でつながって。／人間はへその緒で、天の神さまとむすびつかうといふのだ。／（神さまには、へそがありたまふか。）／胞衣《えな》よ。／うき世の風にたへきれないいのちがなげ出されて、／パラフィン紙のやうなうす皮をかむって、うごめいてゐる。／それが僕だ。僕につながる君たち。また、僕の生理につながる美。／レントゲンのなかで逆さになった僕のこひびとよ。／毛細血管をびっしりはりめぐらせて／君にもうす皮がはってるぢゃないか。／／（中略）／／戦争の白い荒廃のなかで僕がおもったことは、／人間どもよ。僕らのえなで結ばれた皮膚が、その結び目をさかのぼり、／指先の繊毛。暈のある指が、おたがひのくされを押して廻り、／おなじ破滅の兆候をたしかめあふことで、しばしなぐさめ、なぐさめられ、それを愛情と名づけてゐたことだ。／えな、えな、えな。ガラスのやうなえなにつつまれた僕らの未来は、／それを破らないままで、とうのむかしに捨てられたのか。

この「えなの唄」に関し、新谷行は「ニヒルな人間の連帯性[7]」を、米倉巌は「内蔵や血液をつつむ皮膚のどろどろな重たさに、人類の連帯あるいはその核である個の連帯を見る詩人の認識[8]」を読み取り、「えなの唄」を『人間の悲劇』の中心に位置づけた。詩集成立の経過から見ても、「えなの唄」が最終章に置かれるという構成面から見ても、この箇所が重要であることは間違いない。「えな」という皮膚の繋がりを契機として、人間の連帯性が志向されるという極めて特異な着想を得て、『人間の悲劇』は「個人」の自叙伝から「人類」を考える書に転じる。敗戦後の日本社会を考察することと敗戦を機に自身の半生を内省するという当初の構想を逸脱し、「白い荒廃」をきっかけとして、人間存在の根源的ありようを模索するものにテーマは広がっていったのである。

つまり、『人間の悲劇』で描かれる「人間」とは、金子個人あるいは個としての人間を指示するものから、人間一般、種としての人間を意味するものへと変質したのであり、この点に注目する必要がある。ここで金子は、我々人間の生を「えなにつつまれた僕らの未来は、／それを破らないままで、とうのむかしに捨てられた」と捉え、極めて絶望的な認識を示した。そして、そもそも「破滅の兆候をたしかめあふ」ために他者との連帯が求められるという皮肉な人間存在のありようを提示したのである。「人間」の「悲劇」を凝視し、たとえ明るく開かれたわけではない未来に向けてでも、個としての人間達は連結して生きていくしかないという人間の宿命的なありようが示されたのが「えなの唄」だったのである。

敗戦直後の荒廃した世相を眼前にした虚無、節操なく変節した民衆に対しての違和、そして、既に捨てられた未来、そういう状況をすべて引き受けて、尚、金子の眼は未来を見据えているかのようである。『人間の悲劇』の最終章は、「人間の悲劇」を観念として受け入れながらも、具体的な一回限りの生を生きんとする金子の意思が反映している。それは、いわば金子にとって「焼土の歌」からの決別であり、戦後の自己再生への始まりを示すものでもあった。そのきっかけの一つに恋愛がある。この詩集を編んでいる間に金子の身の回りに起きたことの一つには、大川内令子との出会い[9]があったが、それは皮膚を通しての連なりの第一歩を示すものであった。詩集最後の行分け詩は、その個人的な出来事が、この詩集の成立に多いに関連していることを暗示している。

この年になって、やっと僕は／後悔や、おちどの少い／こころこまかな恋ができさうだが／――なに？　もうおそまきだって？／／リウマチスの右足はステッキが支へ／目には老眼鏡、耳には人工鼓膜、／かんじんな若い情熱？　それも心配無用／胸にはまだ、生じめりの「Revolt」がくすぼりつづけてゐる。

おわりに

『人間の悲劇』は出版が予定されてから実際に刊行されるまでに数年の時間的隔たりがあった。この詩集は元々、敗戦直後の廃墟を前にした虚無感と、戦後社会に浮遊する節操のない日本人への違和という、金子の直接体験から得た個人の感懐を表出しようという意図から構想されたものであった。即ち、構想当初は、敗戦直後の日本社会で眼にする、「ぱんぱん」や黒人兵や廃墟の街という戦後社会の諸相を嘱目し、日本社会に纏わる事柄を具体的に歌う詩集としてあったはずである。そして、そこに自身の若き日の放浪体験と自らの半生を回顧する要素を加味したのである。ここまでの構想が前『人間の悲劇』であり、この詩集の基底をなす部分だと考える。

しかし、ゴシック体で示された箇所を置き、「入れ子型」の構造を作り出したことで、詩集は個別の具体相を離れ、悠久の時間を前にして虚無的状況下を生きるしかない、人間存在の一般的ありようを観念的象徴的に示すものに変質した。しかし、そのようなはかない生であったとしても、それは個人としての人間にとっては一回限りのかけがえのない人生である。金子は、人間存在の逃れがたい悲劇性を受容しつつも、自らを虚無的退廃的な方向へ導こうとはしない。人類全体が「なぐさめ、／なぐさめられ」、それを「愛情」と錯覚したとしても、そのことで一瞬一瞬の生を全うしようとするのである。『人間の悲劇』はここに至って、ある種前向きの見方を得、人間存在の肯定とでも言える境地に達するのである。『人間の悲劇』の出版が予定されてから数年の時間的隔たりがあったのは、こういう心境に至るまでに要した発酵の時間であったのかもしれない。

注

（1）「No.1」から「No.10」までの番号が付されているが、本書では、以後それらを「第一章」「第二章」……と呼ぶことにする。

（2）自叙伝の試みとして読み解く見方（首藤基澄『金子光晴研究』審美社、一九七〇年）、単に個人的な自叙伝としてではなく人間の探究の書として読むべきだとする見方（新谷行『金子光晴論――エゴとそのエロス』泰流社、一九七七年）など様々であるが、概ね『人間の悲劇』は三通りに読まれてきたと整理できる。まず、筆者が序文において明言したように、この詩集の根底には「自叙伝」としての要素があるのは間違いなく、金子が辿った人生経路とその体験を集成したものとして読むことができる。そして次には、敗戦の廃墟を目の当たりにした絶望表明として読むことができ、さらには、その絶望を超克しようとする意思を表明したという読みである。もとより、そこから一要素のみを抽出して読むことはできず、種々の主題が重層的に配置された詩集だと捉えるべきであろう。

（3）原満三寿は、松本亮が一九五二年の秋に金子のノートから創元社の原稿用紙に筆記したという「草稿ノート」に対して、刊行詩集とは散文部分にかなりの違いのある自身が所蔵するノート（第一章から第六章までが書かれており、第七章以降が記された別のノートは散佚したと考えられる）を「初期草稿ノート」とし、「例の推敲癖が高じたことが、近刊予告してから発行が五年も遅れた理由であったろうか」（『評伝金子光晴』北溟社、二〇〇一年、五六四頁）と推測している。即ち、原はこの「初期草稿ノート」から定稿までに時間がかかったとの推測であるが、散文部分を別とすれば、この「初期草稿ノート」自体が既に完成稿に近いものだと思われる。なぜなら、『金子光晴詩集』（創元社、一九五一年）の中の「かなしい真珠取りの唄」「奇怪な風景」をこの「初期草稿ノート」と比較すると異同はほとんどないが、助詞の使い方と句読点の施し方が「初期草稿ノート」の方がより定稿に近いことが確認され、この「初期草稿ノート」は『金子光晴詩集』以降のものである可能性があるからである。むしろ、この「初期草稿ノート」に至るまでに、推敲と詩集全体の構成や章立てなどに関しての多くの改編があったのではないかと考える。

（4）例えば、『三田文学』（一九四九年一二月）には「誰も演説してゐない海の底で僕ら自らのためにつくった詩」「今もなほ引越しあるいてゐる龍宮」の二編がセットで組まれ載っているが、詩集では前者は第一章に後者は第八章に置かれた。また、『文芸往来』（一九四九年九月）では「えなの唄」と題し、刊行詩集の第一〇章の一部分に該当する箇所が発表されたが、その中の「お医者さまの唄」は、詩集では第八章に置かれた。このように、一編一編の詩の完成後も、それを詩集のどこに配置するかについて、様々に置き場所が工夫されたと考えられる。

（5） ジェームズ・R・モリタは「「僕」の長い航海と遍歴にもかゝわらず、時も場所も変わってない、という構成である。つまり、『人間の悲劇』は、ゴシック体のカバーの中で展開する複雑なタブローなのである」と論じている（「『人間の悲劇』論」、『こがね蟲』第9号、金子光晴の会、一九九五年、五三頁）。また、第二章のゴシック体の箇所自体にも一つの仕掛けがある。ゴシック体の部分は、途中まで書きかけた「僕」がペンを休め木盆の上にことりと置いた後、庭のゆすら梅の一枚葉に卵からかえったばかりの毛虫の子が密集しているのを見つける場面から始まるのだが、最後はペンを拾い上げ窓外を見あげると身長七尺にあまる青虫がわたってゆくところで終わる。ここでは執筆時の休憩というわずかな時間が毛虫の半生に相当しているわけである。

（6） 詩集の構造面から示唆される以前に、詩集のエピグラフとして“Vanitas Vanitatum et Omnia Vanitas”（「なんという空しさ／なんという空しさ、すべては空しい」日本聖書協会『聖書新共同訳』）という「伝道の書（コレヘトの言葉）」（『旧約聖書』）の一節が置かれていることからも、虚無的人生観が『人間の悲劇』の根底に宿っていることがわかる。しかし、ジェームズ・R・モリタは、『旧約聖書』とりわけ「伝道の書」という虚無的な書を根底に『人間の悲劇』が書かれたことに着目しつつも、『人間の悲劇』は虚無を止揚すると論じた（ジェームズ・R・モリタ、前掲書）。本章は、詩集の構想から成立に至る道筋と、詩集の構造面を考察する中で、この見方を補完する意味を持つと考える。

（7） 新谷行『金子光晴論――エゴとそのエロス』（泰流社、一九七七年）一八三頁。

（8）米倉巌『金子光晴・戦中戦後』（和泉書院、一九八二年）九九頁。
（9）『金子光晴全集』第十五巻（中央公論社、一九七七年）の年譜によれば、一九四八（昭和二三）年三月、「詩人志望の大川内令子が訪れる。これより光晴と令子の恋愛関係が始まる」とある（五七〇頁）。

第7章 『人間の悲劇』における世界観と積極的ニヒリズム

一 『人間の悲劇』先行研究の概略

金子光晴の戦後の詩業にあって、『人間の悲劇』（創元社、一九五二・一二）は、その代表作と目される詩集である。「詩人の半生における総決算[1]」と評されるように、金子にとってのテーマが網羅された詩集であるが、あまりにも多くの事項が描かれたため、整理して鑑賞することの困難な詩集である。首藤基澄による「半分も読めていない」、「創作意図の明確でないところもある[2]」という率直な感想は、多くの読者に共通するものではなかろうか。しかし、序文に「自叙伝の序の幕」、「終戦後三年間に書いたものをここにあつめた」とあるように、敗戦を契機に自らの半生を振り返る意図があったこと、及び、戦後社会の諸相を目の当たりにした虚無感や、戦後社会に浮遊する節操のない日本人への違和という、金子の直接体験の中から得た感懐を吐露する意図から構想されたものであることがわかる。

生きのこらうとして／僕はあるく。／一足が僕を曳きずり／一足が僕をはこぶ。／／（中略）／／いきのびることは／なんたるむごいことなのだ。／眼をつむりながらふむ靴底の／鬼の頭のやうな金具と鋲。

（第五章、「焼土の歌」部分）

元々は、このような敗戦直後の「焼土」を前にした傷心の中で書かれた詩集であり、既に一九四八（昭和二三）年の段階で出版が準備されていたが、実際に出版されたのは一九五二（昭和二七）年一二月であった。出版が遅れた理由については前章で考察したように、一旦出版が準備された後になって新たなテーマが追加して構想されたからなのではないかと考えている。『人間の悲劇』については多くの評者が論じているが、著者自身がその序文において、「僕の自叙伝の序の幕」と記したように、首藤基澄[3]・堀木正路[4]などは、主に自叙伝の試みとして読み解いた。それに対して、新谷行は「彼の仕事の真髄が自己を含めた人間の探究であることを考えれば、単に個人的な自叙伝として片付けられる性質のものではない」として、『人間の悲劇』に提示された問題を次の四つに整理した。それによれば、人間的存在の「個」の問題、あらゆる理想と観念的楽土思想の否定、逆説的人間愛について、ニヒルな人間の連帯性についてであり、特に人間の連帯性がこの詩集の中心的テーマであると論じた。(5)新谷が、中心的なテーマだとした人間の連帯性こそは、追加構想の中でまとめられた重要な部分に対応すると考えられ、敗戦後の絶望から人類全体の連帯を構想するに至るまでに要した時間が、詩集出版を遅らせた理由だったのではないかと推測する。

ここで『人間の悲劇』の研究史を通観してみると、概ね『人間の悲劇』は三通りに読まれて来たと整理できる。筆者が序文において明言したように、この詩集の根底には「自叙伝」としての要素があるのは間違いなく、まずは、金子が辿った人生経路とその体験を集成したものとして読むことができる。そして次には、敗戦の荒廃を目の当たりにした筆者の絶望表明として、さらには、その絶望を超克する意思を示したと読むことができる。もとより、それらは単独で一要素のみを読むことはできず、個別の詩により様々な主題が提示されているのは当然であるが、詩集全体を通しての解釈は次第に一定方向に収斂されていったと捉えてよい。即ち、人間の歴史とその存在に纏わる虚無的状況を確認しつつも、その虚無の彼方に人間存在のありようのモデルを読もうとするものである。「「からっぽ」の状態におちこんでおり、そこから何とか這いあがるためにもう一度、自分（そして自分をとおして人間）の真の姿を摑もうとし」、自叙伝である『人間の悲劇』を書いた（堀木正路[6]）、「『人間の悲劇』は、もう一度新たな出発をするための全面的な自己検証である」（中野孝次[7]）、「金子光晴はその死の予感によって、ますます自己の虚しさを知ることになり、それがかえって自己の本質たる存在の自覚になるのである。したがって私たちは、本来の自己を発見するためには無にかえることによって、（有《ママ》）の存在を自覚しなくてはならない。こうしたニヒリズム思想がある種の引き金になって現実肯定に転化するのである」（阿部岩夫[8]）、「『人間の悲劇』は、そのあからさまな題名と、人間の自伝は徒労と無益の繰り返しにすぎないという主題に拘らず、主人公が葛藤の末に力つきて倒れるという悲劇《トラジディ》に仕組んでいない」、「vanitasを止揚する」（ジェームズ・R・モリタ[9]）などという読みは、細部における解釈の相違はあろうが、この詩集解釈の一つの方向性を既に示している。

　このような先行研究が収斂させてきた読みは、一九四八（昭和二三）年に予定されていた『人間の悲劇』ではなく、私が追加構想されたと推測する『人間の悲劇』の中に、この詩集の中心を見ようとする考えに他ならない。そのように読む場合、人間の連帯性と自らの再出発への決意が示される第一〇章「えなの唄」は、ことに重要な意味を持つ箇所となる。以下はその第一〇章を中心にして、詩集全体に込められた総括的な主題について解釈しようと試みるものである。

二　『人間の悲劇』の構成と概略

まず、『人間の悲劇』全体の構成と、その内容や特色について、その要点を確認してみる。『人間の悲劇』における表現上の大きな特色には、韻文と散文が混交して布置されるという事がある。韻文と散文との関係はどちらかに重きがあるというものではなく、ある時は散文は韻文の詩を補足しつつ次の韻文に繋げるように働き、ある時は韻文は散文を要約し長歌における反歌のように作用する。行分け詩はそれだけを独立させて一編の詩と考えてよいが、散文部分も緊張感ある密度の濃い文体で、あたかも散文詩と呼んでもよいような箇所もある。総じてこの詩集における散文の役割には大きなものがあり、後の『水勢』（東京創元社、一九五六・五）・『ＩＬ』（勁草書房、一九六五・五）などにも繋がるような、韻文と散文との融合による独自の詩集形態を創出したといってよい。

詩集は一〇章で構成されているが、章毎の内容とそれぞれの関連について見てみると、第五章・第七章・第八章・第九章を除く六章にはタイトルが施され、各章はそれぞれが一定のテーマによって集成されていることが分かる。しかし、それぞれが独立しているのではなく、詩集全体が緊密な影響関係にあって構成されていると考えるべきである。例えば、第一章の航海における「僕」の漂流感は、第五章での「科学勝利の歌」においての海に浮遊する死骸や水母に連なり、それはまた、第八章の「くらげの唄」へと変奏していく。このようにこの詩集は様々な世界を描写しつつも、イメージが響き合い呼応し、ある種の共通した観念がサブリミナル的な効果によって読者に定着していくような構造を有している。様々な事象が取り上げられたのは、金子がこの詩集で目指そうとしたことの一つが、人間世界の諸現象の目録作り、即ち人間界の曼陀羅を描くこと、そのこと自体にもあったからだと思われる。その際、金子が採った方法は思弁的に人間を把握することではなく、自身の目で人間を取り巻く諸現象を捉え、その経験を通して分析し記述することであった。あくまでも、自身が見たこと、経験したことを記録することから『人間の悲劇』は始まるのであり、自叙伝という意味はそこにもあったのではなかろうか。そして、一旦書き記された人間世界のカタログを検証することは世界の解釈に通じ、ひいては自己をも含む人間の行く末を考えることへと繋がっていく。目録にリストアップされた事項とその配置構造は、金子が半生で何を見、何を行ってきたかを示すと共に、その世界観の反映でもある。以下に、それぞれの章で何が記されたのかを簡潔に確認してみる。

『人間の悲劇』は、冒頭にエピグラフとして“Vanitas Vanitatum et Omnia Vanitas.”（「なんという空しさ／なんという空しさ、すべては空しい。[10]」）という「伝道の書（コレヘトの言葉）」（『旧約聖書』）の一節を置くことから始まるが、これは自らの半生と戦中・戦後の社会状況から得た人生観の集約であり、この詩集全体の意図に大きく関わる詞章である。第一章

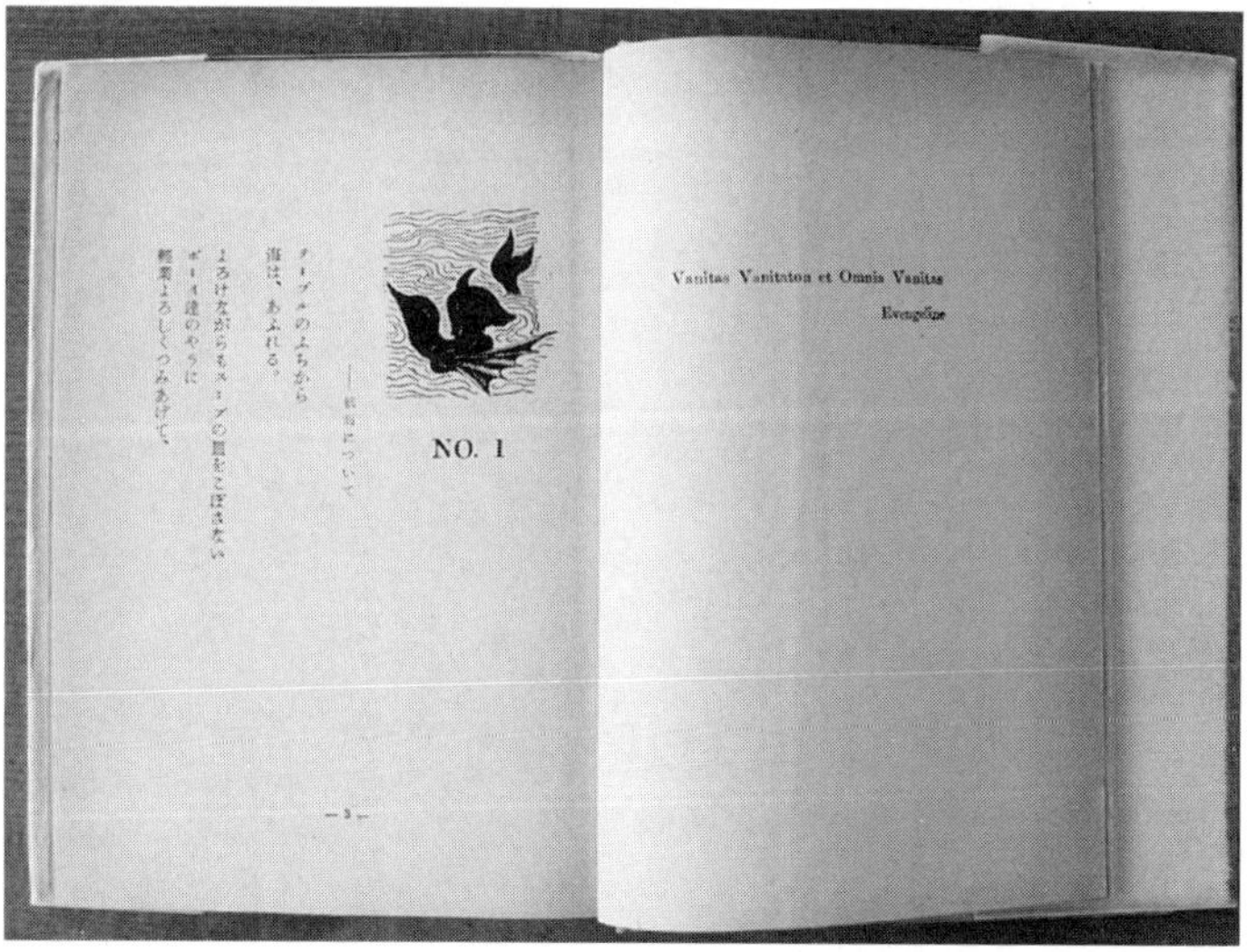

『人間の悲劇』エピグラフと No. 1 冒頭

「航海について」では、旧世紀のぼろ船で水平線の奇蹟の島にたどり着くという航海を歌う詩から始め、第二章での自らの来し方を振り返る自叙伝的な内容へと移っていく。第一章には、若き日々の金子の放浪を思い起こさせる自伝的な要素を含む記述があり、「自叙伝について」と題された第二章に自然に連続していくように工夫されている。

自叙伝的内容を書き終えた後、第三章「亡霊について」では自己の歴史から人間の歴史へと目を転じ「人間の歴史とは、亡霊の歴史の謂なのだ。人の世を享受してゐるのは人間ではなく、人間の亡霊どもなのだ」と極めて虚無的な人間観を語る。そして、第四章「死について」では幼年期に寺で見た「小町変相の図」が「『死』の恐怖を養ひ、成長させた」ことを語る。この「小町変相の図」を見る場面では、「蒙昧な死の恐怖こそ、『生』の魅惑の淵叢であること」にその時は思い至らなかったということを付け加えていることを見落としてはならない。後に論じるように、このような「死」を見つめつつもそこに「生」の淵叢を見るという視点や、虚無的人生観の背後の生への意欲は、『人間の悲劇』の底に潜む姿勢であり、この詩集の一つの主題と言ってもよいからである。

第五章では、戦後の荒廃した都市や社会を歌い、第六章では、焼け跡を「颯爽と」「闊歩してゐるぱんぱんさん」と「いぢいぢとちぢこまり、卑屈になりはててゐる」「日本ぢゅうの人間ども」が対比的に描かれる。そして、第七章では、同じように抑圧され蔑まれる側に立つ、「黒人兵」と「ぱんぱん」との「愛の唄」が歌われる。この第五章から第七章までは、戦後社会の実相を描写するという意味において緊密な繋がりのある内容であり、前章で考察したように『人間の悲劇』が二段階を経て成立したと考えるとき、この部分は最も早い段階から構想されていたと推測できる。

第八章では、一転してキリストが登場し、第九章では、「つな」につながれ「仮面」をかぶって生きていく人間がシニカルに歌われる。そして、第一〇章の「えなの唄」で描かれたのは、「戦争の白い荒廃のなかで僕がおもったことは」「人間がうまれたといふことは、いはば、世界を背負ひこんだことだ」という人間の宿命であり、「世界の人間が一枚のヒフでつづいてゐる」という、人間は個人のみで完結しているのではないという認識であった。詩集を終えるべき最終章で人間の誕生が描かれるという構造については、極めて意識的なものであったと言うべきであろう。なぜなら、「えな」を媒介として別の生と接続して誕生した新たな生は、新たな人生を築くため今一度航海に出なければならず、それは詩集冒頭の航海へと逆戻りすることを意味し、そのことは人類史ある限りの人間の生の繰り返しを類推させるからである。即ち、『人間の悲劇』は、第一〇章から第一章へと再び戻るという円環構造を成していると考えられ、そのことによって永劫にわたる人間存在の様が暗示されたことになる。また、新たに誕生した生は完結した個人としてではなく、「えな」に包まれ世界を背負い込んだ生として認識されていることについても留意しなければならない。なぜなら、個我に執着する金子にあっても、一個人の生は、それだけで完結しているのではなく、人間と社会とのつながりの中を生きる存在であり、歴史的な連結の中での存在であると理解されていることがわかるからである。

このように『人間の悲劇』は、第一章では金子の経歴を踏まえた個人史としても読むことが可能な事項として始まったが、最終章に至って、その個人史は消去され、描かれた内容は人間一般に関する事項へと変化し、人間存在の普遍的なありようを示す書へと性質を変貌させたのである。

三　コレヘト的世界観

さて、『人間の悲劇』の記述に関し注意を払うべきことに、韻文と散文が混然と布置されたということ以外にも、第二章と第一〇章の一部にゴシック体の活字を使用して書かれた箇所があるということがある。言わばメタフィクション的に詩集を書いている作者周辺の状況を叙述する場面が挿入されるのである。この「入れ子型」の構造が有した意味は既に前章で確認した通り、一人の人間は歴史の一齣を生き死んでいくが、その歴史もまたより大きな歴史の一齣に過ぎないということである。ここには、歴史はいつかあったこと、前にも起きたことを繰り返しながら、より大きな次元の歴史を作り出していくという認識があり、このことは先に確認した『人間の悲劇』の円環構造が限りない歴史の反復を意味したということと同じ思想を反映している。金子の歴史認識・世界観には、このような永続的で回帰的な歴史観があり、このような認識は、『人間の悲劇』において「伝道の書」が多く踏まえられたこととも軌を一にする。

ジェームズ・R・モリタは『旧約聖書』を枠付けとしてこの詩集が成立していることを指摘し、とりわけ「伝道の書」という虚無的な性質の書[11]を根底にこの『人間の悲劇』が書かれたことに着目した。先に構成を見たように、『人間の悲劇』は「伝道の書」を引くエピグラフから始まっていたが、詩集の最後も「日のしたにあたらしきものあらざるなり」というる「伝道の書」の一節を引きながら、「虻」を飛び立たせる印象的な場面で終わらせている。エピグラフと最終章を、「伝道の書」で呼応させているという事実は、「伝道の書」との関わりについて考えざるを得ないことを示すが、果たして、「伝道の書」とはいかなる思想の書であり、金子とはいかに響き合うのだろうか。

金子は第一〇章において、「虻――それは格別目新らしいいきものではない」というその一点を言うために、わざわざ「日のしたにあたらしきものあらざるなり」という言葉を引き、人類史以前から虻がいたにちがいないことを言おうとした。この「日のしたにあたらしきものあらざるなり」とは、「かつてあったことは、これからもあり／かつて起こったことは、これからも起こる」という一節に続く一文で、人間界の諸現象はすべて回帰するものであり、我々人類はこの円環的な構造世界から逃れられぬ運命にあるという思想的文脈においてのものである。これを発する伝道者コレヘトの思想の根源とは、このような「今あることは既にあったこと／これからあることも既にあったこと」「人が労苦してみたところで何になろう」という虚無的思想にある。金子が「日のしたにあたらしきものあらざるなり」を引用するとき、この虚無的世界観への共感があったことは、エピグラフの内容からも想像される。このように金子とコレヘトは、歴史の持つ反復的性質に由来する虚無的世界観という点において、類縁の思想にあったことを確認することができる。

しかし、ジェームズ・R・モリタは、金子がこの虚無的な歴史観によりながらも、最終章でのゴシック体で書かれた、虻が書斎の窓を通り抜け「終戦このかた」、「猶すこやかに生きてゐるもののあること」に作者が驚かされるという散文部分の箇所に、虚無を止揚する姿勢を見、『人間の悲劇』から「vanitasを止揚する」という結論を導いた。この見方は、金子の分身たる詩中における作者が、虻が書斎の窓を通り抜けたことを「一匹の虻がつくりだす新紀元」と表現し、虻の飛翔に新たな世界の始まりの予兆を見ている所からも首肯できる捉え方である。先にこの詩集は元々戦後の早い段階で、「焼土」の中で傷心をもって構想されたということを確認したが、それは同時に、生活者として今日明日を生きるためには、傷心に浸る暇もないという現実相の中で、この詩集が芽生えたということをも意味した。死体を踏みつつ歩く「僕」は「いきのびることは／なんたるむごいことなのだ」(「焼土の歌」)と認識しつつも、残された者は生き抜くしかないことを知っていたはずである。廃墟を前にして、生活すること、生きることを何よりも優先させるしかないと観念した時、虚無は置き去りにされかすかな希望も発生する。「くらげの唄」の「くらげ」は、どんな状況にあれ「ふぢむらさきにひらき、」「ランプをとも」すことを忘れはしない。このように『人間の悲劇』には、戦後の荒廃と虚無的状況下にありながらも、状況に流されずに踏ん張り抜くけなげな人間像が随所で示されている。この詩集を総括的に把握するとき、ジェームズ・R・モリタの指摘する「vanitasを止揚する」という見方は極めて正鵠を射たものといえよう。

ただ、ジェームズ・R・モリタは、現実に対しての前向きな志向をコレヘト的虚無思想の超克として捉えたが、この点については訂正すべきで、むしろ、それはコレヘト的思想そのものと見るべきである。なぜなら、コレヘトの虚無思想とは、現実逃避・諦観・無気力を含意するものではなく、コレヘトは目前の現実に対して積極的な提言さえ行っているからである。コレヘトは人間の歴史の回帰的状況の虚無から抜け出す手段として、「太陽の下、人間にとって／飲み食いし、楽しむ以上の幸福はない」という結論を得たが、それは投げやりな快楽主義に拠るものではない。「伝道の書」の最終部分を要約すれば、「神をいつも心に留めて若い時を喜び楽しめ。老人になる日を待つな。神を畏れ、その戒めを守れ」というものであり、これは生の肯定以外の何ものでもなく、極めて実存主義的な認識であると考えられる。金子とコレヘトとは虚無を超える姿勢においても同類の思考の中にあったと考えてよい。

四　〈虻の飛翔〉……挿画の持つ意味

第一〇章から第一章の航海へと舞い戻っていくというような構成、ゴシック体の散文部分に現れた時間観、コレヘト的歴史観との一致、これらの点において、『人間の悲劇』には人間の歴史の反復性・円環的構造という把握と、そこから抜け出すことの出来ぬ人間という世界観があったと考えられる。このことを、卑近な事例として引き出せば、人間とは、「戦争」を起こしそのことを悔やみ反省し、その反省を忘れた頃にまた「戦争」を引き起こす、そのような存在であるということを示すことになる。太平洋戦争末期の金子は、疎開した山中湖畔で戦争に対する厭悪から、なぜ日本人は戦争を起こしそれを長引かせたのかということを問うたが[12]、その思索が行き着いた果てには、戦争は人間の歴史の一環に組み込まれてしまったものとして認識されていたのかもしれない。金子は『人間の悲劇』出版から二〇年後に、「今は確かに平和でしょうが、やっぱり〝この次の途中〟という気持ちが強い」「人間の本性というか業というか、僕には戦争がなくなるとは考えられない。だから、絶えず不安感にとらわれているんです[13]」と語っているが、既にこのような認識は『人間の悲劇』執筆の頃に宿っていたのではなかろうか。そのようなありようが人間の歴史の必然だと悟ったならば、一旦は生きることに徒労を感じ虚無に陥るというのも致し方ない。戦争で荒廃した国土を前にした嘆きと、歴史観に由来する虚無感という二重の精神的ショックの中に立たされることになる。しかし、金子は戦争を含む歴史の循環性を観念としては受け入れながらも、生身の人間としては、目前にある戦後の荒廃した日本社会を歴史の必然として受け入れることも、投げやりな虚無に浸ることも出来なかった。「くらげの唄」のくらげは「僕？　僕とはね、／からっぽのことなのさ。」と卑下し「ゆられ、ゆられ」ながらも、唄をうたう精神を保持し続けたが、まさにその様は金子そのものであったのではなかろうか。金子は、戦争を引き起こした人間、戦後の荒廃した社会、歴史に対する無力さ、それらに対する絶望から自らの戦後を出発させたが、その裏には新たな紀元に対する希望を潜在させていた。その象徴が第一〇章における〈虻の飛翔〉である。

最終章の第一〇章は「えなの唄」と題され、人類の連なりあう様が「えな」を通して構想されるという特異な発想が示された箇所であるが、この章の冒頭には、行分け詩「えなの唄」とは直接関係しない大きな虻の挿画が描かれている。これは、ゴシック体の散文で描かれる次の場面に対応するものであるが、第一〇章において、いかにこのモチーフが重要であるかを示す挿画だといえよう。

そのとき、風通しのいいこの室内のひいやりした空間を横切って、腰に赤巾着をつけた一匹の花虻が、気短かに唸りながら、東の窓から南の窓へ通りぬけた！／吃驚して僕は、そのあとを見送った。終戦このかた僕は、猶すこやかに生きてゐるもののあることをはじめて気づいたのだ。背すじに寒慄が走り、世界の気候がそれ以来急変した。／（中略）／一匹の虻がつくりだす新紀元。（第一〇章、ゴシック体の散文部分の一部）

詩集を読むとは、文字テクストのみを対象とするのではなく、その造本・装幀・レイアウト・活字の組み方、それらの要素を含めて読むことを意味するが、それらを通過することでイメージは広がり、読者は鑑賞と解釈の幅を広げることができる。『人間の悲劇』をそのような観点から見てみると、萩原朔太郎の『月に吠える』（感情詩社・白日社出版部、一九一七・二）が恩地孝四郎の装幀と田中恭吉の挿画によって、そのなやましげ

『人間の悲劇』No.10の挿画

な官能性のイメージ形成に寄与したように、版画家田川憲[14]の表紙画と各章の冒頭に描かれた挿画は、詩集『人間の悲劇』の一部をなすものと言ってよい。元々、『人間の悲劇』は韻文と散文では活字の大きさを変えたり、部分的にゴシック体を使用したり、活字の組み方や紙面構成にも工夫を凝らした詩集である。草稿（原満三寿氏所蔵の第一章から第六章までの初期草稿ノート[15]）には田川憲のイラストをはがした形跡が見られること[16]から、早くから金子が田川憲の挿画世界を含めて詩集『人間の悲劇』を考えていた事がうかがわれる。第一〇章の一場面に登場するに過ぎない虻が、第一〇章冒頭の挿画に選ばれたということは、この虻の持つ象徴性の高さとその意味の重要性を物語る。

この虻は、新紀元に向かって飛び立ってゆく様を鮮明なイメージとして定着させ、戦後からの出発と金子の晩年を生きる気概を象徴的に示すものと言えるが、それは永劫に渡って繰

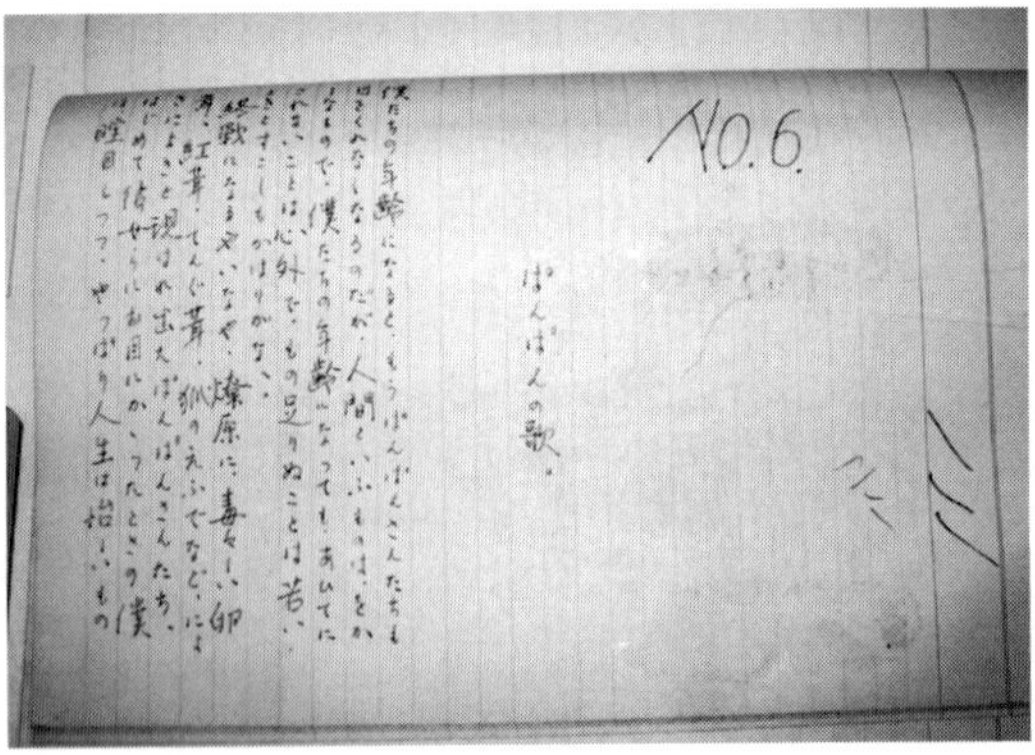

『人間の悲劇』初期草稿ノート　イラストをはがした形跡が見られる。

り返される歴史の円環を横切る軽やかな飛翔でもある。そこには「すこやかに生き」ることへの憧れと、生への賛歌があると見てよい。

さて、この「虻」はあながち『旧約聖書』と無縁でもない。ジェームズ・R・モリタは、「虻」そのものと『旧約聖書』との接点までは言及しなかったが、『旧約聖書』では「虻」が役回りを演ずる一場面がある。「出エジプト記」には、エジプト王ファラオがイスラエル人の脱出を拒んだため、神の加護によりモーセがエジプトに対して一〇の災害を与えた「モーセの十災」と呼ばれる話が書かれているが、その災害の四番目が虻の異常発生によってエジプト国中がその被害で荒れ果てたというものである。この虻が遥か三〇〇〇年の時と空間を越え、今度は日本の荒れ果てた焼土に「新紀元」をもたらすべく飛来したとは考えられないだろうか。荒廃をもたらす元凶であった『旧約聖書』の「虻」を、敢えて新しい世界を開くことの象徴に反転させたとするなら、この詩集のモチーフが戦後の荒廃した日本社会からの再出発という点にあることを象徴的に示すものとなる。

『人間の悲劇』には、歴史の限りない反復性や円環的な世界観に由来するニヒリズムと、戦後状況に由来する虚無感が一体となって横たわっていたが、最終章では、人類の連帯や、来るべき時代への展望や、恋愛への期待が描かれ、生への強い拘りを示して詩集が閉じられている。金子のニヒリズムには、目の前の現実を具体的な自身の生として生き抜こうとする意欲が潜在しており、「永劫回帰」であるが故に今ある一瞬一瞬の生を愛おしみつつ生きよと説く、ニーチェの積極的ニヒリズムと近似の性格がある。牧章造は、金子のニヒリズムを敗北主義ではなく、独裁者などによってもたらされる人間の不合理な運命に対して根底からの覚醒を持とうとする、自我に裏打ちされた行動的ニヒリズムだとし、「ニヒリズムをニイチェと同じ方向に於て捉えている」と早くから指摘していた[17]。牧はこのことを具体的な詩編で示しはしなかったが、『人間の悲劇』こそはニーチェのニヒリズムとの接近を示すものではなかろうか。金子は、歴史の反復的円環的構造に対してニヒリスティックな認識を示しつつも、そのニヒリズムに沈みこむことなく、個人にとってのかけがえのない時間と一回限りの生に強く執着した。そればかりか、生きる場としての人間の世界への関心も忘れはしなかった。「えな」を接点として人間が連なるというイメージが形成されたのも、「新紀元」に向けた視線も、人間社会への関心から抜けきることができない、人間への愛着と現実への未練故であろう。

『人間の悲劇』以後、多くの評論集を出し現実的なレベルで警世的発言をし続け、市井の人として現実と向き合ったのも、金子がいかに社会や自らの生に対して執着したかを物語っている。このような態度は、歴史とは不条理極まりない反復の構造を持つものだという認識を持ちながらも、それ以上に、日々の現実と具体的で個別的な生を充実させようとする、実存への欲望が勝ったからである。時に虚無的な人生観に沈潜するかに見せることがあるが、それはセンザンコーとしての金子[18]であって、『蛾』（北斗書院、一九四八・九）の中で、「翼一ぱい吸ひこんでゐるのは無ではない。光だ。」（「蛾VI」）と言い切り、「薔薇よ。このへやをかざれ。あの道の洋燈《ランプ》をともせ。」「もう一度人間に崇高と、／愛の比類ないうつくしさを教へてやれ。」（「薔薇VI」）と歌ったように、常に前途への期待と希望を保ち続けた所こそ、金子の本質はあった。

この年になって、やっと僕は／後悔や、おちどの少い／こころこまかな恋ができさうだが／――なに？　もうおそまきだって？／／リウマチスの右足はステッキが支へ／目には老眼鏡、耳には人工鼓膜、／かんじんな若い情熱？　それも心配無用／胸にはまだ、生じめりの「Revolt」がくすぼりつづけてゐる。

（第一〇章、無題の詩、部分）

これは詩集の一番最後に置かれた行分け詩であるが、『人間の悲劇』はこのように巻末になって、もう一度自叙伝の続きを書くべく新たに個人の決意を表明して終わる。「梅雨の晴れ間」の「あらゆる痕跡をぬぐひとった青空」に新しく描こうとしたのが、恋愛と「Revolt」の続きであった。これは、いかにも金子らしい晩年の人生への選択であると言わねばならぬが、それ以上に、「おそまき」ではないと捉える精神に着目すべきであろう。このように『人間の悲劇』は、歴史の循環性の中に生きるしかないという人間普遍の宿命を示しながらも、最後に人類の連帯のイメージを提示し、老年に近づきつつある金子本人の後半生への意欲を表明して詩集を閉じた。『人間の悲劇』では、人間一般と金子個人という二つの相の「人間」のありようが描かれてきたのだが、最終章に至って、そのいずれの「人間」についても「悲劇」が語られたのではなく、むしろ、「未来」が語られたというところに、この詩集の要点はあったのではなかろうか。

注

（1）米倉巌『金子光晴・戦中戦後』（和泉書院、一九八二年）八五頁。
（2）首藤基澄『金子光晴研究』（審美社、一九七〇年）一八五頁。
（3）首藤、前掲書。
（4）堀木正路『金子光晴――この遅れてきた江戸っ子』（沖積舎、一九九一年）。
（5）新谷行『金子光晴論――エゴとそのエロス』（泰流社、一九七七年）一七八～一八四頁。また、米倉巌も「『人間の悲劇』で集約的に掘り起こされた主題は、結局、《えなで結ばれた皮膚》感覚にあった」（前掲書、九九頁）と評しているが、『人間の悲劇』の最終章を「えなの唄」と題し、えなで結ばれた人類を想起することで詩集を閉じていることからも分かるように、「人間の連帯」という所に詩集の大きな意味を読み取るのは一般的な見方でもあろう。但し、米倉が指摘したのは、その連帯が「えな」という皮膚感覚によってイメージされているというその感覚の特異性についてであり、この皮膚感覚についてはまた別に考察する必要がある。
（6）堀木、前掲書、二七九頁。
（7）中野孝次『金子光晴』（筑摩書房、一九八三年）一八七頁。
（8）阿部岩夫「詩集『人間の悲劇』と評論集『日本人の悲劇』をめぐって」（『現代詩手帖』一九九五年三月号）七二頁。
（9）ジェームズ・R・モリタ「『人間の悲劇』論」（『こがね蟲』第9号、金子光晴の会、一九九五年）六〇～六一頁。以後、ジェームズ・R・モリタの論の言及はこの論文に拠る。
（10）『聖書　新共同訳』（日本聖書協会）。以後、『旧約聖書』の引用はこれによる。米倉はこのエピグラフを受け、「この辺りに金子光晴における造形意志の核心があったのではないか」と指摘している（前掲書、一〇〇頁）。

(11) 池田裕は、「伝道の書は、旧約聖書の主要な書物からするとあまりにユニークで非ヘブライ的であるとして、常に窓際の存在に甘んじてきた書であるが、その非ヘブライ的な視点や立場は、いわゆるヘブライ的ないしユダヤ教的、キリスト教的背景を持たないわれわれ日本人の視点や立場に通じるところがある」と述べている（『旧約聖書の世界』岩波現代文庫、二〇〇一年、三二八頁）。

(12) 「寂しさの歌」（『落下傘』日本未来派発行所、一九四八年）では、金子は戦争を引き起こした原因の根源についてを、日本という国の精神風土の寂しさに求めている。

(13) 「二十七年目の八月に」（『朝日新聞』一九七一年八月一〇日、夕刊）。

(14) 田川憲（一九〇六～一九六七年）は長崎生まれの版画家。画家を志し上京中、恩地孝四郎に会い版画を始める。一九三三（昭和八）年長崎に戻り、以降長崎で版画制作。金子とは一九二六（大正一五）年頃知り合い、戦後、『鮫』をモチーフとした連作版画『十字架鮫』や詩画集『水の流浪』（未完）を制作した。また、一九四一（昭和一六）年には、金子の十五年戦争下の詩稿を書写し「疎開」させるなど、深い交流がある。他に『鮫』（人民社、一九三七年）・『落下傘』（日本未来派発行所、一九四二年）・『蛾』（北斗書院、一九四八年）・『鬼の児の唄』（十文字屋書店、一九四九年）で装幀・挿画等にあたった。

(15) 第6章、注(3)参照。

(16) 原満三寿氏のご教示による。

(17) 牧章造編『金子光晴詩集』（河出文庫、一九五四年）、解説、一一一頁。

(18) 村野四郎は、金子の擬態的な振る舞いについて「こころの柔かい者にかぎって、あんなセンザンコーみたいな鎧を着たがる」と表現している（村野四郎編『金子光晴詩集』旺文社文庫、一九七四年、解説、二〇七頁）。

第8章 『ＩＬ』における〈老年の生〉

一 『鬼の児の唄』から『ＩＬ』へ

金子光晴は『鬼の児の唄』（十字屋書店、一九四九・一二）の「あとがき」に「喧嘩すんでの棒ちぎれ《ママ》の感なきにしもあらずだが、この情勢だと、まだまだ、これからの方が役割が大きいのではないかと恐れてゐる」と書いた。このことは、戦後の民主主義を既に生き始めていた日本人にとっては、戦後復興という具体的現実の方が関心事であり、詩集で示された反戦志向と時代精神の間にはズレがあるということを自覚していたことを示している。それと同時に、むしろ問題なのは軍国主義から民主主義へと一転して移行した社会に、一億の民がうつつを抜かすという状況そのものにあると金子が認識していたということも示している。そして、軍国主義にせよ民主主義にせよ、一億の民が同一歩調で同じ方向に走るという日本的な精神風土に対する批判を込めたものとしてこの詩集を位置づけているということもわかる。読者は『鬼の児の唄』の中に戦時下においても反戦の姿勢を保持し得たという態度を読み取ろうとしがちであるのだが、そうではなく、戦後社会に向けた警世と提言が込められたものとしてこの詩集を読むことの必要性をこの「あとがき」は訴えている。

　戦後の金子には、このような日本社会と日本人の姿勢を批判的に捉えようとする一連の詩業があり、それは『人間の悲劇』（創元社、一九五二・一二）・『非情』（新潮社、一九五五・一）・『水勢』（東京創元社、一九五六・五）を経て、『ＩＬ』（勁草書房、一九六五・五）にまで繋がっていったと考えられる。『ＩＬ』も、その帯には「詩壇の最高峰をしめる詩人の、鋭い批評の

『ＩＬ』函・帯　装幀は宇留河泰呂

刃によって剔抉した、現代日本の病巣！」とあるように、やはり出版者側は警世の書・文明批判の書として送り出したが、それを受けとめる読者の側もまた、西洋への違和と日本の思想風土への批判という面からこれを読んできたと言えるようだ。しかし、『ＩＬ』はそのような側面からだけ読むものではなく、〈老年の生〉のありようを示した詩集として位置づけることも可能であると思われる。本章は、『人間の悲劇』における生への執心を考察した前章を受け、生と死を巡る詩想が描かれたものとしてこの詩集『ＩＬ』を読もうとするものである。

二　イエス・キリストとキリスト教

詩集『ＩＬ』は行分け詩と散文が混交していて、そういう形式面でも『人間の悲劇』で採用された方法を継承している。内容的には「ＩＬ」「歯朶」「蛇蝎の道」の三部構成からなるが、「第二部「歯朶」、第三部「蛇蝎の道」は第一部「ＩＬ」の付録のようなもの(1)」という評までがあるように、従来、多くは詩集自体のタイトルにもなっている「ＩＬ」を中心に論じられることが多かった。「ＩＬ」とは「彼」を意味するフランス語であるが、「「ＩＬ」（かれ）とは、キリストその人である。かれは日本に来て、何を感じ、考え、絶望したか」と帯に記されてあったことから、同時代の読者は「ＩＬ」の意味と詩集の概略を予め知ってから読むことができたようである。「ＩＬ」は、キリストが日本にやって来て「僕」と会話するという突拍子もない想定であり、しかも、金子自身がキリストに擬されたり、キリストが金子の友人である山之口貘に転じてみたり、キリスト者である中学時代の恩師ムッシュウ・グッドレーベンが登場したりという内容で、多様なキリスト像を提供していて一筋縄では解釈できない。

しかし、清岡卓行が「キリストが、これほどの人間的共感、これほどの《下降への憧れ》をもって描かれたことはあるまい(2)」と評し、中島可一郎が「「ＩＬ」での神は、絶対者として、つねにかれに超越する存在ではなくなった。キリストとかれとの距離はぐんとちぢまってきた(3)」と論ずるように、神としてのキリストではな

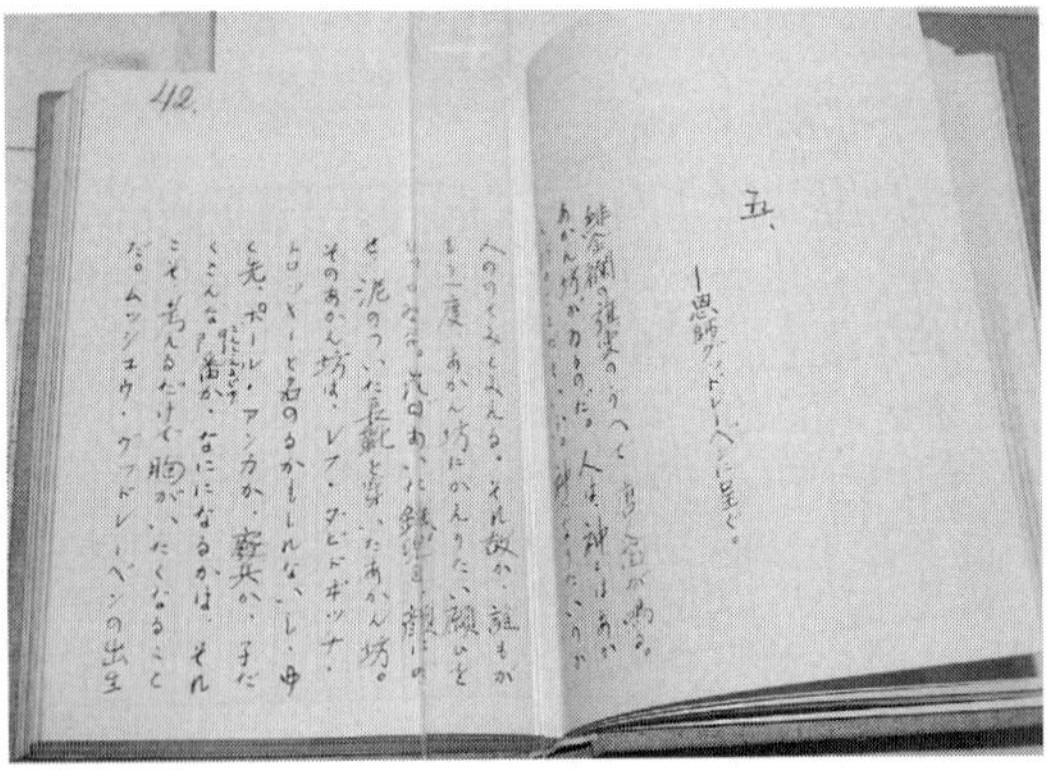

『ＩＬ』原稿ノート

く、卑近で人間臭いものとしてキリストが描写されているという点では一貫している。キリストが山之口貘に転じたり森繁久弥に似ていたりということも、「僕」に対して『ニホンのお嬢さんがたと、お友達になりたいのです。』と「どこかに関西訛りがある」言葉で言うのも、ひとえに人間としてのイエス・キリストを示そうとするからに他ならない。しかし、このように人間イエス・キリストに対しては共感を以て描くのであるが、キリスト教及び神としてのキリストに対しては別な捉え方がなされている。「僕」はキリストの神を「西洋人の福祉利益のまもり神で、彼らに優越感と勇気を与へ、開明と自由主義の名で、わがまま勝手に世界を荒しまはるやうになつた、非理非道の共犯者だ」と捉え、アイロニックに批判するのであるが、これはまさしく植民地主義と表裏一体となったキリスト教に対する批判に他ならない。清岡が「東洋は西洋によって長い間植民地化された苦がい経験をもつが、（中略）あらゆる局面において、キリストが、支配の自己正当化の密かな拠りどころであったことを、金子光晴は鋭く見抜いている」と論ずる所以である。このように金子にとっての「キリスト」とは、人間イエス・キリストへの共感と、西洋文明中心の世界観を招来することの根源たるキリスト教への違和という、重層する心理の中で捉えられていたのである。

三　三部構成としての『ＩＬ』

詩集『ＩＬ』はこのように主に「ＩＬ」を巡って考察され、キリストに収束される西洋文明と、その対となる日本的思想風土の問題として読まれ易いのだが、「歯朶」「蛇蝎の道」を含めた三部構成からなることを忘れてはならないし、随所に老年として生きることへの感慨が吐露されていることに着目しなければならないだろう。詩集の冒頭には「序」が記されてあるが、三部構成のすべてに関わるべきこの序には次のような一節がある。

老年にならなければ気のつかない、もののてり、艶《つや》がある。最後の若さといってもいい。僕らの若い日にも老醜や、沙漠があったのと同然である。心のままに従って埒を越えない手練の境地であってもいい年頃なのに、下根の僕は、いまだにふり出しでまごまごしてゐる始末。

また、第一部の「ＩＬ」は「一」から「八」までの番号の付された八章から構成されるのであるが、その「一」の前に置かれた無題の詩は次のように始まる。

わが胸の奥の奥の小景まで、からんと透いてみえる／そんなときまで生きねばならぬのは、つらいことだ。／／それに、僕には、太陽や、そよ風などと和解してゐる時間が／そろそろ、なささうなぐあひなのだ。／／かなしむのは、はやい。僕は、まだ、ひとりぶんのなま身を／くたびれてはゐるが、肉体をもつてゐる。／／ときをり、いはれもしらずにうかれはしやぐこともあるこのからだには／あいきやうにも、ちよつぴりへのこまでついてゐる。／／びつくりするにはおよばない。そのうへ、僕には／どうつかつたらいいものか、つかひのこしの、僕の『時間』がある。

このように詩集の初めの部分で、老年となってなおもまだ生に向き合おうとする姿勢が、繰り返し表明されていることは重要な意味を持つはずである。そして、後に見るように詩集の終わりの部分でも軽気球に乗った「僕」の老年の頼りなげな状況が描かれるというのは、『ＩＬ』が如何に老年の生のありように拘った内容であるかが分かり、今までの読みが西欧文明の根幹をなすものとしてのキリスト教やキリストその人をどう捉えるかという問題ばかりに拘りすぎていたということが分かるのである。『ＩＬ』について最も早く評した（詩集『ＩＬ』に付された解説）清岡は、詩集の冒頭と終わりに描かれたこの老年の心境に着目し、「この三部作は、老年の状況という大きな円環を遂に形づくっているのである」と指摘し、三部作を円環構造として捉え「老年の実存の痛みにつらぬかれた」ものとしてこの詩集を捉えた。このような全体を連関しあっている構造を持つものとして把握するのは、編集されたものとしての詩集である以上当然であると言えるのだが、清岡が示した詩集全体の構造を通して読むという方法は、その後あまり採用されなかったようである。それは連関している全体を解釈しようとする際に、多方面に渡る事項の微細な描写に翻弄され全体を見渡す余裕を無くしてしまうからであろう。清岡がいち早く指摘した『ＩＬ』における「老年の実存」というテーマは、その後「ＩＬ（キリスト）」を中心に解釈する読みに圧倒されてしまったが、この「老年の実存」というテーマは『ＩＬ』における重要な位置を占めるものとして再認識されねばならないだろう。

四　「歯朶」の繁茂と「精子」の氾濫

第二部「歯朶」・第三部「蛇蝎の道」に目を転じると、老年の生と対極にある横溢する生、即ち、旺盛な「性」「生殖」のイメージが氾濫し、性器や性に関わる描写が多いことに気がつく。「歯朶」の旺盛な繁殖力の描写や、「精虫」を顕微鏡で覗いたり「女の造化器」に興味を持つ少年達の行為を描く「蛇蝎の道」の一場面などがそれである。また、第一部「ＩＬ」において、愚直な山之口貘やキリストまでもが女性に関心を持つ人物として造形されたのは、第二部以降における旺盛な「性」「生殖」のイメージに導く伏線であったと言えよう。はたして、この「性」「生殖」というものへの拘りと関心は、どのような「老年の実存」意識へと繋がるのであろうか。

金子は昭和初年のヨーロッパ・東南アジア旅行の際に、ジャワ島ジャカルタ郊外のボイテンゾルフ植物園（現ボゴール植物園）を訪れ、熱帯アジアのシダ・ゼンマイ類の旺盛な生命力を実見し圧倒され、その体験を元に「歯朶」の詩を書いた。

ことば一つにも、性別なしでは／こころのすまぬ仏蘭西《ふらんす》でも、／Fougère よ。／君はやつぱり、女性なのだ。／／　みわたすかぎりの繁みは／女たちへの、傾斜。／ふみいるひとあしは／女たちへの、埋没。

この一節からわかるように、ここでは「歯朶」は「女性」のアナロジーとして描かれるが、湿潤な森に生い茂るという性的なシダのイメージは「歯朶」「女性」双方の生殖の旺盛さのイメージへと転じる。「いつのむかしからか／しげりに、しげる／うらじろ、しだ、わらびの類。」「こんなじくじくとした湿潤に、／しだ、ぜんまいは根をおろし、／／こんなおほきな徒労のうへに、／しだ、ぜんまいは栄えるのだ。」「かはらないことは死ぬあとから／どしどし、人間が生まれることだ。／／男と、女とがあるかぎりは、／それも、止めやうのないことだ。」と言うよう

「歯朶」のモチーフを得た
〈ボイテンゾルフ植物園（現ボゴール植物園）〉
（2002年７月撮影）

に、何度も歯朶や人間の生殖の繰り返しが強調されるのである。そして、詩の末尾においても、地上が墓場となった後に「しだの根かたに」付着する「からまり、もつれて、／かぎりなくふえる／へびの卵。／とかげの卵。」が空想されるのである。このように「歯朶」では動植物の旺盛な生殖が描かれたが、このイメージは第三部「蛇蝎の道」の中の散文「Panto-mimes」において、少年達が顕微鏡で精子を観察し、氾濫する「生命」に衝撃を受けるという次のような挿話へと接続する。

眩ゆいなかで、なにかが密集し、沸き立つてゐたが、それがみんな、生命《いのち》だつた。生命の実体を、こんなふうにしてみせられたことは、はじめてだつたので、そのときの僕の衝撃と言つたら、むごたらしいほどで、もしそばに誰もゐなかつたら、声をあげて手放しで泣きだしてゐたかもしれなかつた。

少年の「僕」は「精子」を「生命《いのち》」の元として認識すると共に、その「精子」の密集・氾濫に圧倒され、際限のない「生命《いのち》」の連鎖の前に立ちつくすのである。

顕微鏡のなかの精子の氾濫をみて僕が感動したのは、おそらく幼稚な魂が、死滅をとりはらつたいのちの『無際限』にふれておどろいたためであらう。精子とは、いつたいなにごとを意味するものなのか。射精によつて、排卵によつて、人間たちは、はじめて、永遠のいのちを実感することが可能だし、その夢をかぎりなくかき立て、海山《うみやま》の情緒を醸《かも》しだすこともできるのだ。（中略）性器と性器の接触のほかに、天地の無窮に寄りつけるものは、なにもないのである。

米倉巌は「歯朶」を、「エロチシズムをともなう「種」としてのイメージ」を持つとし、その旺盛な生命力を「「種」としての視座」から捉え、「「種」のイメージ」をこの「顕微鏡で覗かれる精虫のイメージ」に連続させたが、[4] 指摘の通り、金子には種として永続する生命という観念があったように思われる。「歯朶」や「Pantomimes」で示されたのは、単なる生殖力旺盛な「歯朶」や「人間」が提示されただけではなく、自己の生命を越えて種としての生命が途絶えることなく継続してゆくことへの畏れが示されていると考えるべきであろう。第二部「歯朶」の散文部分で「侏羅紀にあくがれをいだくほど、あのころの僕はまだ、青春のほとぼりをもつてゐた」と書いたように、金子には原始の地球の森に対する憧憬と畏怖があり、古生代を象徴する植物であるシダは他の植物とは異なる特別な意味を持つものであった。シダは生物学の知見では四億年前の古生代に既に繁茂していた[5]ということであるが、多くの植物の中からシダが選択されたのは、湿潤な森の中で胞子をばらまいて繁茂する区域を拡大させていくというイメージの他に、古生代から現在に至るまでの連綿とした生命の連なりが想起されたからに他ならない。シダの種としての生命は、空間的な広がりと同時に時間軸に沿っても拡大を続けてきたわけである。

そして、このような「歯朶」の永続する生命力のイメージや、射精と排卵を契機とする「死滅をとりはらつたいのちの『無際限』」という観念、即ち、永続する種としての生命という観念は、その対極にある個としての限りある命という問題を浮かび上がらせるのである。

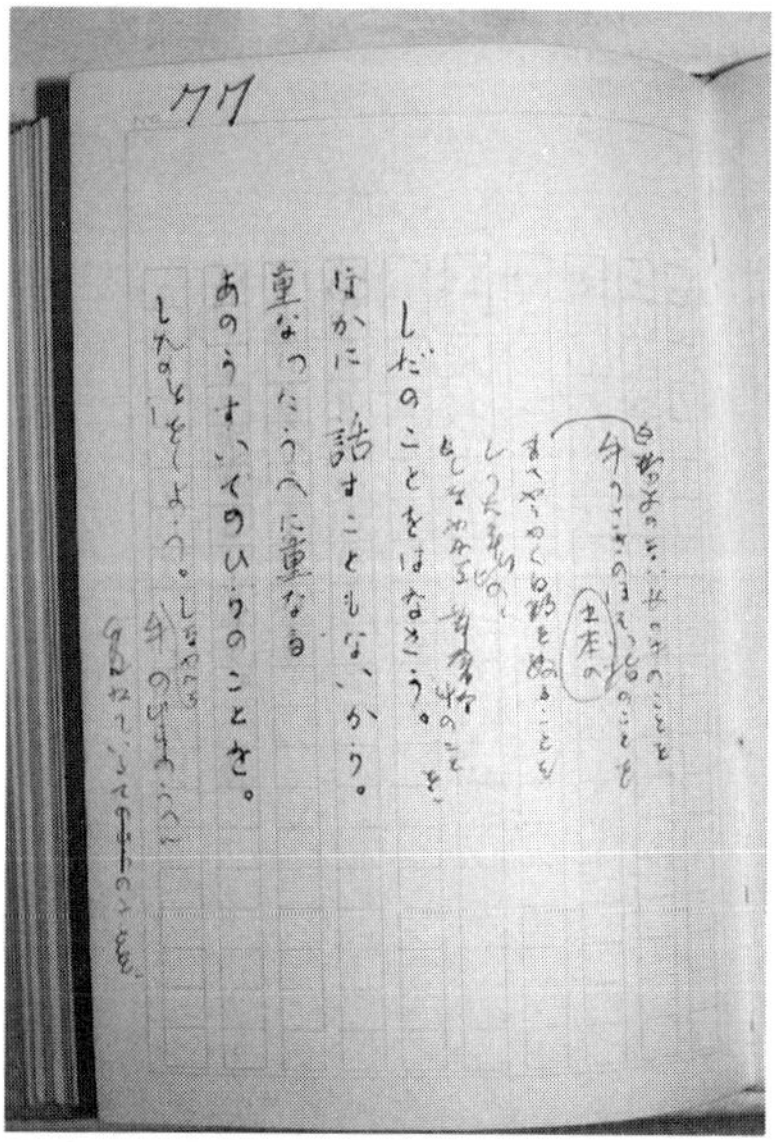

原稿ノートの「歯朶」冒頭部分

五　アマリリスの夢

「Pantomimes」の箇所の後には、「僕」が「軽気球」に乗って漂流する様が描かれるが、そこでの「僕」は「ふうはり、ふはり」と空中でゴム風船のように浮かんでいる女の人たちが、一つずつ「ぱんぱんとはじけて割れ」「花道から消えてゆく」のを見送っている。清岡が「上空に漂う自己のイメージによって死に近づいた老年の状況」を示したと解説する場面である。そこでは「年をとるといふことは、無惨至極なことのうへに、収拾のつかないほど、錯雑繁多なことでもある」と認識され、無惨である上に経過した日々の行動の積み重ねから自由になりえないことを嘆くのであるが、老年とはそういう状況を受け入れながら日々を送るしかない存在なのであろう。文中ではこういう状況を「老人の時間は、廃品捨場に送られるのを待つてゐる時間なのだ。老人のあゆむ道は、わくら葉の道だ」と自虐的に表現しているが、種としての「いのちの『無際限』」を描いた「Pantomimes」の後に死を待つ老人の心境を置くという構成は、永劫の中の個人のはかない生を際だたせることになる。詩集全体に渡って、生命を産み出し生命を継続させていくことの根源となる性や性器に拘泥してきたのも、精子の氾濫によって生命の横溢するイメージを描いたのも、詩集の結末で死に近づいた老人の無惨な生を浮き彫りにさせるための戦略であったと言えるのではなかろうか。

　しかし、老人の生が性とは無縁なものと認識されていたのではなく、最後に描かれたのは「わづかにのこつた欲情」に「執念」を抱く老人の姿であり、その酷たらしく惨めな老残が容赦なく描写されるのである。「僕」は、男女の仲とは畢竟「女たちを餌食」にする男どもと「男の血を吸つて、笄蛭《かうがいひる》のやうに丸丸と肥え」る女たちとの関係でしかありえないということを鋭く認識しているのであるが、それを十分承知しつつも、最後の最後まで性に淫するのである。そして、「僕」は男女の関係をそのように捉えるばかりでなく、人間を「豺狼、蛇蝎の類か、餓鬼、畜生」であると喝破し、「生きることがたがひに傷つけあひ、くらひあふことである」「生きるといふこと自体が、食ひつ、食はれつの叫喚やうめき声なしでは成立たない、むごたらしいいとなみなのだ」と捉え、自らの来し方が酷たらしく悲惨なものであったという認識を示すのである。

　このように死に近づいた老年の「僕」が抱く思いとは、男女の関係も生きるということ自体も「蛇蝎の道」でしかありえないという極めてシニカルな感慨であったが、それにも関わらず「わづかにのこつた欲情」に賭けようとする意思が表明されるのである。このことに関連して、首藤基澄は「「蛇蝎の道」に外ならないということを自得しながら、なおかつその人間に密着して生きて行こうとしているところに、詩人光晴の真面目がある(6)」と評しているが、確かに、人生や男女の仲は醒めた眼で眺められ冷徹に分析されてはいるのだが、「僕」は男女の行為も人生も決して放擲してはいない。あくまで「じぶんもまだ、人生の舞台にあがつてゐるといふこころの張りを、見うしなふまい」という最後の踏ん張りをみせ、人生の最後を残照で輝かそうという気概を失ってはいないのである。生きるということが、たとえ「たがひに傷つけあひ、くらひあふこと」であったとしても、最後までそのような「むごたらしいいとなみ」に執着しようとする姿勢が示されたところに『ＩＬ』の一つのテーマがあるのではなかろうか。

『ＩＬ』のこのような結末部分は、『人間の悲劇』の最後に置かれた行分け詩が「胸にはまだ、生じめりの「Revolt」がくすぼりつづけてゐる。」という詩句で締められ、残りの人生に対する気概を表明して詩集を閉じたのと軌を一にしているし、次のような最晩年の詩で示された気概とも共通する。

おいくつです？／いけません。もう八十です、といふことになってしまった。／（中略）／利息のやうな日々なのだから、遠慮勝ちに生きてればいい筈なのだが、／若いもののつもりでなくては気に入らない。

（「八十代」部分、『塵芥』）

このように老年を意識し出した『人間の悲劇』以降の金子の詩には、執筆時のそれぞれの年齢に応じた「生」に執着する姿勢が隠すことなく表明されている。そこには、若さに対する憧憬でも「死」に対する忌避でもなく、「老いそのもの」の中に自身の居場所を定めようとする意識、即ち、「老いそのもの」の実存に賭けようとする意思、人生の最後の最後まで「生」を見捨てないという意欲が込められているのではなかろうか。

詩集『ＩＬ』を清岡が指摘したような円環構造として捉えるならば、軽気球に乗って空中を彷徨いながら女たちや人生への思いを吐露するという場面での「僕」の感慨は、そこで終わらずに詩集の始まりへと接続していくことになる。既に見たように冒頭に置かれた無題の詩は「わが胸の奥の奥の小景まで、からんと透いて見える／そんなときまで生きねばならぬのは、つらいことだ。」という投げやりな一節から始まるのであるが、やはりこの嘯きに騙されてはならないだろう。この詩は次のような一節で終わるのである。

そして、もう一度、人生に賭けてみる生気をとりもどし、／じぶんに言ふ。／――球根をうゑよう。／アマリリスを夢みながら。

ここでも「生きねばならぬのは、つらいことだ」などと言いながらも、来るべき未来には夢を託していたのである。このように詩集のはじめに既に「つかひのこしの、僕の『時間』に期待し、積極的に今一度生き直そうとする姿勢を表明していたということは重要である。

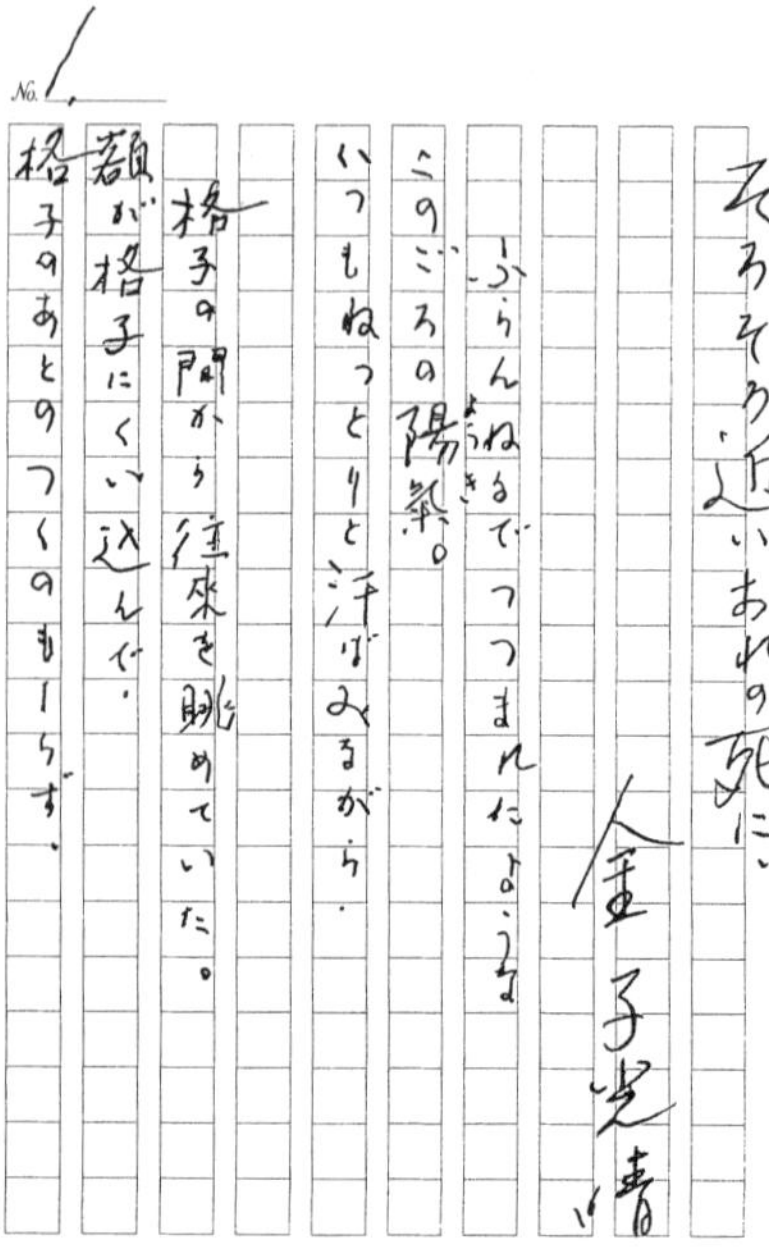
No. 1.
そろそろ近いおれの死に　金子光晴
ふらんねるでつつまれたような
このごろの陽氣。
いつもねっとりと汗ばみながら・
格子の間から往來を眺めていた。
顔が格子にくい込んで・
格子のあとのつくのもしらず・

「そろそろちかいおれの死に」原稿
『こがね蟲』第１号より

No. 2.

ゆきゝきの人を眺めているだけで、
蜘蛛《くも》の巣々絡《から》まった顔や、人生の
紛擾に巻込まれたくたびれた顔の
往つたり来たりはたのしくもあり、
衝突したり躓《つまづ》いたりをみているのは、
つい喝采をおくりたくなる。不謹慎者。
新聞のまつ黒框に眼を通して、

従来『ＩＬ』はこの無題の詩以降に置かれたキリストに関する詩を中心に考察されがちであったのだが、「老年の状況という大きな円環」としてこの詩集を見るとき、この一編は極めて象徴的な意味を持つものであったのである。

「アマリリス」の「球根」を植えるとは、翌年の初夏に花が咲くまでの時間を目的を持って積極的に生きようとする行為であり、また、残生にも夢を持ち能動的な人生を送ろうとする態度でもある。「アマリリス」にどのような典拠があるものなのかは考察の余地が残るが、有名な童謡（岩佐東一郎による歌詞）の心地よいメロディが連想されるこの花を夢の象徴として用いるというのは、同じ詩集において「女たちを餌食」にする男を「まうせん苔」に喩え、「男の血を吸つて」「丸丸と肥え」る女を「笄蛭《かうがいひる》」に喩えた金子にしては、その把握と比喩表現の双方において甘ったるさを感じないわけにはいかない。しかし、人生の酷たらしさをこれでもかこれでもかというほど描いた詩集の中でのこの表現は、金子のバランス感覚の産物であり、ここには虚勢のない本心が表出していると見てよいだろう。「廃品捨て場に送られるのを待つ」人が「アマリリス」を植える行為とは、有限の生がもたらす虚無とそれに拮抗する自己存在との間で繰り広げられる、極めて実存的な行為と言うべきであろう。「アマリリス」が夢の象徴であるならば、それを植える行為とは老年の実存を象徴する行為であり、その姿勢を表明するこの詩はもっと着目されてもよいのではなかろうか。

以上、考察してきたように、詩集『ＩＬ』には「ＩＬ（キリスト）」を中心に読むという方法の他に、詩集末尾と「アマリリス」の詩で示されたような〈老年の生〉のありように重点を置いた読みがあると考える。一部は先に言及したが、『人間の悲劇』から『ＩＬ』を経て最晩年の「そろそろ近いおれの死に」「六道」へと至るまでの詩には、老いと死から目を逸らすことなく、それらと向き合うことで最後の「生」を求めようとする姿勢を示す一群の系譜を見出すことが出来る。金子の晩年の創作とは、「生」と「死」に向き合う行為そのものでもあったのである。

注

（1）石黒忠『金子光晴論　世界にもう一度Revoltを！』（土曜美術社、一九九一年）二四九頁。
（2）清岡卓行「解説」（『ＩＬ』勁草書房、一九六五年）。以下の清岡の引用・要約もこれによる。
（3）中島可一郎『現代詩人論序説』（白鳳社、一九六九年）四三頁。
（4）米倉巌『金子光晴・戦中戦後』（和泉書院、一九八二年）一五四〜一五七頁。
（5）益山樹生『シダ類の生殖』（豊饒書館、一九八四年）八頁。
（6）首藤基澄『金子光晴研究』（審美社、一九七〇年）二〇八頁。

第9章　未刊詩集『泥の本』における〈戦争〉と〈生〉

はじめに

金子光晴の場合、『落下傘』（日本未来派発行所、一九四八・四）・『蛾』（北斗書院、一九四八・九）・『鬼の児の唄』（十字屋書店、一九四九・一二）といった、アジア・太平洋戦争下で書かれた詩についてはよく知られ、論じられることも多いが、それ以外の戦争がテーマとなる詩についてはは言及されることが少ない。金子が死去する一九七五（昭和五〇）年はサイゴンが陥落しベトナム戦争が終結した年であるが、金子の晩年とは東西の冷戦構造の直中にあり、奇しくも〈ベトナム戦争という時代〉と合致する。アジア・太平洋戦争の後、先のような詩集を続けて発表し、所謂「反戦詩人」としての世評を高めた金子であるが、これ以降に起ったベトナム戦争、及び世界に遍在する戦争というものに対してはどのような言明を行っていたのであろうか。

本章は未刊詩集『泥の本』を考察することを通して、その中にアジア・太平洋戦争下で示された詩編と通底する姿勢を見いだし、金子の反戦の思想の根底にあるものを探ろうとするものである。

一 『泥の本』の概要

『泥の本』は、昭和三〇年代の終わりから四〇年代の初めにかけて書かれた詩編を構成して一つの詩集として編もうと予定されたものであるが、一九六七（昭和四二）年六月『定本金子光晴全詩集』（筑摩書房）に収録されたものの、単行本としては未刊のまま終わってしまったものである。従って、『定本金子光晴全詩集』に載る『泥の本』はその全容なのか、もっと大きな構想の中の一部なのかはわからないが、それに拠れば『泥の本』は「ひとりごと」と題された長詩と「写真に添へる詩七篇」の二つのパートから成る。そして「ひとりごと」

は、それぞれ「——詩集『泥の本』の序詩」「——インキ壷のなかから（以下略）」「——あめりか大使らいしやわあ氏に」と付されている三編の詩を合体させたものであり（以下ではそれぞれの箇所を指す際、これを仮題として使用する）、「写真に添へる詩七篇」は、雑誌企画による写真と詩とのコラボレーションとして文字通り写真に添える詩として発表されたものが元になっている。

これらの詩は「——詩集『泥の本』の序詩」は『あいなめ』第9号（一九六六・二）に、「——インキ壷のなかから」「——あめりか大使らいしやわあ氏に」は「泥の本」というタイトルで『現代の

「写真に添へる詩七篇」が掲載された『太陽』（1963年8月号）

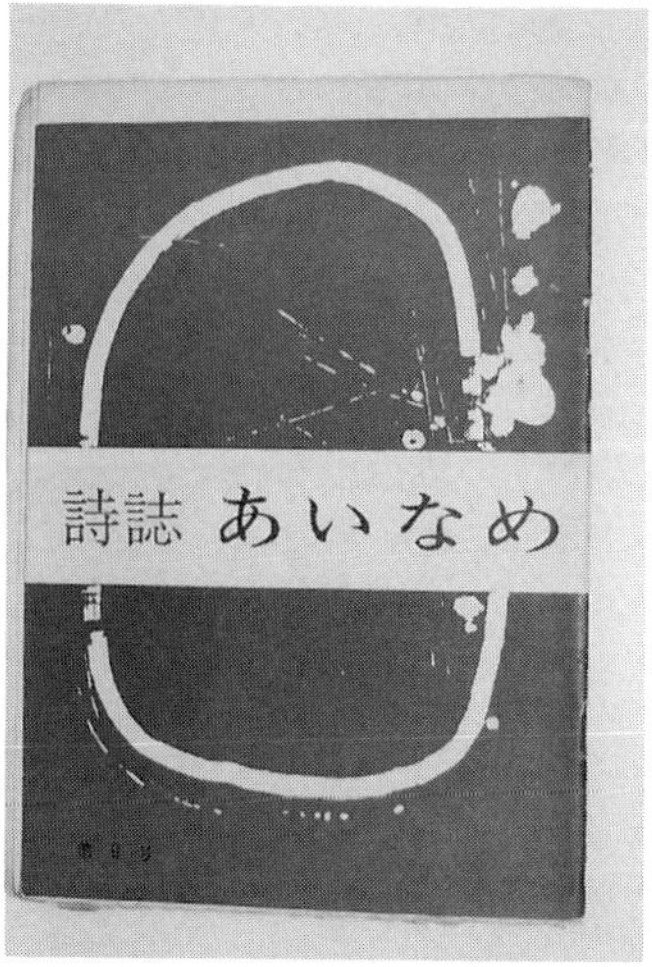

「ひとりごと——詩集『泥の本』の序詩——」が掲載された『あいなめ』第9号（1966年2月）

眼』（一九六六・六）に、「写真に添へる詩七篇」は『太陽』通巻2号[1]（一九六三・八）に発表されたものであるが、ここで注意すべきは発表媒体の異質さである。『あいなめ』は別として、他の二誌は通常の詩の発表媒体である詩誌や文芸誌ではなく、新左翼系の雑誌である『現代の眼』や、ビジュアルさを雑誌の売りとする創刊間もない『太陽』であったのである。つまり、文芸のメディアではなく、政治的・大衆的なメディアが使用されたのであるが、これは前者はベトナム戦争に対する反戦ムードの高まりという社会情勢から、後者は戦後日本のマスコミのお決まりとでもいう戦争の記憶の継続を企図する「八月」向けの企画として、共に編集側の要請に応じて執筆されたものであろうと思われる。しかし、アジア・太平洋戦争時の金子の行為とその詩作品を考慮するならば、単に編集側の意図に合わせたという受身の姿勢ばかりではなく、一向になくなることのない戦争というものを改めて考え直してみる機会だと捉えられたはずである。

「ひとりごと」は直接的にベトナム戦争を扱ったものであり、「写真に添へる詩七篇」は個別の戦争ではなく戦争一般を対象にしたものであるが、まず最初にこのような詩集を編集しようとした動機に関わる「ひとりごと」から考察してみたい。

二　東洋という泥んこ

「ひとりごと」は先述したように三編の詩を併せた長詩であるが、実質は独立した詩三編と考えてよい。その初めの「――詩集『泥の本』の序詩」と題された詩が一九六六（昭和四一）年二月の発表であることから、『泥の本』という戦争をテーマとする詩集の構想がこの時期にあったことがわかる。そして、序詩だけが書かれるということは不自然なことなので、これが書かれたのとほぼ同時期に「――インキ壷のなかから」「――あめりか大使らいしやわあ氏に」の二編が書かれたと推測できる。事実、これらは一九六六（昭和四一）年六月の『現代の眼』（特集・日本の防衛と第九条）に載ったものであるが、「――インキ壷のなかから」には極めて時事的な事項が記述されていて、その内容から書かれたのは序詩が発表されたのと同じ二月であったことがわかる。

――ソビエットは、月の頬つぺた（尻つぺたかもしれない）に、吹き矢をふきつけることに成功した。

――木更津沖で日航機が遭難してから、今日でもう十二日になるのにのこりの二十四の屍体は、まだあがらない。

――あめりかのはんふりい副大統領が南ヹトナムを訪問して、首相グエン・カオ・キ将軍と会見したあとで、派兵した韓国軍人を慰労した。

鳴りをひそめてゐたあめりかが、この二月から、／ふたたび北ヹトナム爆撃を開始した。

これらの記述は順に、一九六六（昭和四一）年二月三日、ソ連のロケット「月9号」が「あらしの海」への軟着陸を成功させたこと、二月四日、全日空機（金子は勘違いして日航機としている）が東京湾羽田沖に墜落した事故のこと、二月一〇日、ハンフリー副大統領がアジア歴訪の旅の皮切りとしてサイゴン入りした時のこと（なお、二月二三日には朴正熙大統領が韓国軍二万人を増派することをハンフリー副大統領に約束した）、一月三一日、北爆が三八日ぶりに再開されたこと、そういう日々のニュースを詩に織り込んでいる。この極めて意識的な時事への接近は、発表の場が文芸メディアとは異質である『現代の眼』という政治的社会的な記事を中心に置く雑誌メディアであったということに関わると推察される。新聞等で報道される日々の話題を具体的に詩に反映させるという試みは、象徴的な表現方法を駆使する従来の金子の詩作方法と比較すると異例な手法であったと言えるが、この意図的なまでの事実の列挙は、歴史に対する証言者としての役割をこの詩に担わせようとしているからなのではなかろうか。そして、その場合に最も記述しておかなければならない歴史的事項がアメリカの非道な戦争遂行行為だったのである。

「鳴りをひそめてゐたあめりかが、この二月から、／ふたたび北ヹトナム爆撃を開始した」という、まさにアメリカに対する反感がこの詩を書かせたと言ってもよい。この詩においてアメリカへの不信は随所に現れ、それはベトナムに対する行為だけではなく、アジア・太平洋戦争以降の行い全てが糾弾されるのである。

この戦争は、朝鮮から　キューバから　サイゴンへと、よろめきあるいてきた戦争である！／梯子酒で酩酊して、つつかかるあひてをさがしてゐる物騒な酔つぱらひのやうに。

金子はここで、アメリカの北ベトナム及び南ベトナム解放民族戦線に対する攻撃を防共を建前にした民族へのお節介だと認識し、どこの国家にも手を出しその国家をかき回す「酔つぱらひ」だと喝破するのであるが、このアメリカへの不信は、歴史を遡って日本に対して行った行為への糾弾という形にまで拡大される。

人間へのあいそづかしのやうなことを、しかも、鼻唄まじりでやつてのけた、前科《まへ》があるのだ。／／大統領トルウマンのあめりかが、それをやつた。一度やつたものが、二度、三度、繰り返さないと　誰が保証できよう。／／毛虫を焼殺すより手つとりばやく、老人や女子供まで　大量の日本人が／声を立てるまもなく　一瞬に気化した。

このように広島・長崎での暴挙までが引き合いに出され、アメリカの無謀と独善が批判されるが、ここで確認すべきはアメリカ／北ベトナムという構図とアメリカ／日本という構図を同等に扱っているという視点である。このことは、かつての日本帝国主義によるアジア諸国への侵略行為が棚上げされてしまっていることを意味するが、こういう意識の根底には、日本を中国・東南アジア諸国と共に東洋の位置に据え、それに対して西洋を措定するという金子のアジア主義的な世界観が反映されていると言えよう。この歴史的な西洋／東洋という対比の構図を通して西洋の傲慢を糾弾しようとするのが「――インキ壷のなかから」の一つのテーマであるが、これは第4章で述べたように『マレー蘭印紀行』（山雅房、一九四〇・一〇）からの一貫した視座でもある。

冒頭に近い次の箇所は、詩の中心がどこにあるかをよく示している。

――こんな非運を、俺たちに運んできたのはいつたい誰のせゐなんだい！／／洋鬼《やんくい》どものあまい口ぐるまと、理不尽な、言ひがかり、／その威嚇と、侵害は、メタン瓦斯で泡立つ泥湿の徐家匯《シャカワイ》からはじまり、百年を越えてうけつがれ、生れつぎ、生きつぐもののあひだにひろがり、／びらんした東洋を、赤肌にしたままで現に、西暦一九六六年の春を迎へる。

「こんな非運を、俺たちに運んできたのはいつたい誰のせゐなんだい！」と言うときの複数形の「俺たち」とは、直接的にはトンキン・デルタで北爆に狼狽える北ベトナムの人民たちであろうが、「非運」の中身と「非運を、俺たちに運んできた」正体について考えるならば、それはもっと広く「東洋人」と理解すべきであることがわかる。ここで書かれているのはアメリカのみが非運を運んだというのではなく、広く「洋鬼《やんくい》ども」の「威嚇」と「侵害」によって非運がもたらされたということなのである。そして、非運は「メタン瓦斯で泡立つ泥湿の徐家匯《シャカワイ》」に始まり、それが「百年を越えて」継続され「東洋を、赤肌」にし、今ベトナムにも及んでいるというのである。この箇所には、アヘン戦争敗北後の南京条約によって上海が開港されたことから始まり、その後西洋が東洋を侵略し搾取してきた歴史的事項が書かれたのであるが、一九六六年時点でのアメリカ／北ベトナムという一国対一国の構図ではなく、一九世紀前半からの歴史を踏まえた上での洋鬼《やんくい》(西洋)／東洋という構図で捉えられているところに金子の歴史認識が現れている。

そして、今ひとつ着目したいのは、「徐家匯《シャカワイ》」を西洋による東洋への略取の象徴の場として捉え、そこが「泥湿」の地であることを強調していることである。このことは「――インキ壷のなかから」の終わり近くで、若い兵士が『あめりかは、泥沼に片足つつこんでしまつた』と「おもひつめたことばを吐き出す」と、老兵が「煙草の煙を一つ、ふかぶかと吸ひこん」で次のように言う箇所とも対応する。

『片足だつて？　もう両足どころか、首までもぐつてしまつてるのよ。とうの昔。／この戦争のあひて　中共でもない。ベトコンでもない。／東洋といふ泥んこで、こいつにかかつてはあがきもならない。／ミサイルだつて、絨毯爆撃だつて屁の河童で、事によるとアメリカ大陸ごとぶちこんでも平気でのみこんで、すずしい顔といふやつさ』

金子は、アメリカの老兵にこの戦争は東洋との戦いだと気づかせ、その東洋を「東洋といふ泥んこ」と言わせているが、このような東洋を泥んこと把握する方法も金子の流儀である。後年書くことになる『どくろ杯』（中央公論社、一九七一・五）では、上海を「揚子江の沈澱でできたこの下湿の地」と説明し、上海で出会った男についても「この非力な小男のくらさは、屍体を放りこんでもどぼりと音のするだけの、汚物で流れなくなった深いクリークの底ぐらさと通じるものがある」などと書き記している。上海

上海での住居であった旧共同租界、北四川路余慶坊の長屋
（1998年８月撮影）

とは、地質が泥湿であると同時に、街に流れるクリークも流れを止めたどぶ泥であり、そこで生きる人たちもまた「どぶ泥のにおい」を滲みこませて「生きていることの酷《むご》さとつらさ」の中で必死に日々を生きてゆく民衆であった。こういう「どぶ泥」のような生を生きてゆくしかないのが東洋の民衆なのであり、金子にとって「泥」とは東洋を象徴する事物・現象なのである。詩の初めで一九世紀半ばにイギリス・フランス・アメリカが上海を略取し租界を創設したその西端の地である徐家匯《シャカワイ》を、ことさらに「メタン瓦斯で泡立つ泥湿の徐家匯《シャカワイ》」と描写したのも、「泥湿」に地質的特徴のみならず、東洋を象徴的に意味付けようとする意味があったのである。

「――インキ壷のなかから」は「老兵がわらつたやうな眼を、眩しさうにしばしばさせてみてゐる」次のような記述で詩を終える。

それはただ、洋鬼たちの百年、二百年、三百年の、水も漏らさぬ強掠のシステムを／一押しでくづして、もとも子もなくする、眼も、鼻もないのつぺらぼう、／老兵の眼の前で、近づいてゆく舟艇をおし戻さうと、／報復とあざけりで、みるみる膨れあがる、東洋の／黄泥、青泥、紫泥、黒泥である。

圧倒的な濁流で迫ってくる「みるみる膨れあがる、東洋の／黄泥、青泥、紫泥、黒泥」を前にしてアメリカの老兵は声を呑むしかないのだろう。金子は全てを飲み込み動ぜぬ底力を東洋の「泥」に見て取り、東洋はたとえ「洋鬼《やんくい》」に侵略されミサイルをぶちこまれたとしても、「平気でのみこんで、すずしい顔」をしていると嘯くのである。

三 「あめりか大使らいしやわあ氏に」

このような全てを飲み込んで平然と歴史を継続させる東洋の「泥」という認識は、「ひとりごと」の他の一編である「――あめりか大使らいしやわあ氏に」にも現れる。

泥のなかから、一人の骨なし女が現はれる。／（中略）／／さはらないことだ。泥は、君をよごすことよりしない。／黄ろい東洋は、君と、君の方程式とを分解し、底泥の一部として沈澱させることのほか、君をもてなすことをしらない。／からかはないはうがいい。それはナーガ（七頭の大蛇）で、一つをつぶせば、のこりの六つの顔が立ちあがるのだ。

「さはらないことだ」「からかはないはうがいい」、これはライシャワーに対してアメリカはベトナムから手を引けということを言ったに等しいが、東洋を知るライシャワー相手だからこそ、「底泥の一部として沈澱」させられる前に自ら手をひけということを「泥」という東洋の特性を引き合いに出して説得してみせたわけである。無論、この説得は「ひとりごと」で終わるしかなく、アメリカは以後「泥沼」のような戦争状態に突き進んでいく。そして、この詩から六年後、今度は怒りの対象がニクソンへと移動する。次の詩は一九七二（昭和四七）年五月一日の「負けるな市民・世直し集会」（べ平連主催）に寄せ、小田実によって朗読された「人間の敗北」という詩であるが、これは中央公論社版全集にも未収録であり目にする機会がほとんどないので、全文を引いてみる。

ニクソンの国の人々は、／平和とはしづかなものとは知つてゐるが、／そのしづかさは、あいてを皆殺しにして、／墓場のしづかさにすることと思つているらしい。／／ニクソンの国の人々ばかりではない。／大国の考はおよそ似たり寄つたりで、／その責任は、少数の権力者だけではなく、／それを支持した国民の一人一人にある。／／　朝空に、玻璃《ガラス》のやうに澄んだボーイング。／清浄な死を運んでくる使者のゼラルミンが／ベーダロンのうへに現はれ、ハイフォンを／ハノイの小湖《プティ・ラック》、あの美しい小鳥と霧雨の町を、／／飛ぶ肉片と血泥で汚そうとやってくる。／人間が生きるために人間の血を流させることは、／彼らの神が邪神か、文明が偽物だつたのか、／それとも、人間が最初から失敗だつたのか。／／　まつたく世話の焼ける野郎とあまだ。／ひでえ目にあつて皮膚がべろべろに剝《む》けても／そのからだで抱きあつてやつてゐた人間たち。／いぢらしくて見てはいられない。その悲運の極みを。／　子にまで伝えたいのか。このへのこ野郎。(2)

ベトナム戦争の終結から三〇余年の今日、金子の予言通り、ベトナムは何事もなかったかのようにすべてを「平気でのみこんで、すずしい顔」をし、今も泥流を湛えている。ホーチミン市の戦争博物館では、ホルマリン漬けの二重胎児を前にして、枯れ葉剤を撒いた側の国民達に淡々と解説を加えてもいる。

しかし、たとえベトナムが「東洋といふ泥んこ」の中に西洋を飲み込んだとしても、「人間が生きるために人間の血をながさせる」というのが戦争である以上、多くの兵士と民衆が生命を落としたという事実に違いはない。国家は再生されたとしてもかけがえのない一人ひとりの個人の命は帰らない。ここに詩集『泥の本』のもう一つのテーマが浮かび上がってく

(5)　1972年7月1日　　毎月1回1日発行　　べ平連ニュース　　№81　　第三種郵便物認可

沖縄は「その後」どうなったか

■吉岡　攻

沖縄が「返還」されて日本国沖縄県となったのが五月十五日。以来ふた月。そこに生きる人々のくらしはどうなったか——。沖縄在住の写真家吉岡攻さんに、ハダで感じた沖縄の「その後」を報告してもらった。

沖縄は民衆自ら選択する権限を与えられることなく、「円」経済に組み込まれた。日本とアメリカとの間で、軍事的締結をみた「返還協定」がそうであるように、ドルから円への交換劇も日本人機動隊が目を光らす中で、沖縄民衆が切に哀願した一ドル＝三六〇円交換はもとより三〇八円を更に下回る三〇五円という予想だにしなかった低比率で威圧的雰囲気の中で進められた。民衆の損失は二百億円に及んだ。この経済処分は「琉球処分」といわれる島津侵略に始まる今日までの沖縄切捨て政策の実体を、余すところなく民衆一人一人に実感として感得させた。復帰間近になってもなお復帰すれば、と日本にすがろうとしていた民衆も具体的に裏切られるにつれ、怒りを露わにし出した。沖縄復帰とは、つまるところこんなものだったのだ。

一週間の通貨交換期間、この混乱と新通貨への無知の故に沖縄民衆は主に「大和人」によって愚弄され続けた。いくつかの「話」のうち二例を挙げよう。九千九百円を飲んだ大和人の新聞記者は帰り際、千円札を出して、つりはいらないよといって立ち去ったという。またある大和人観光客は五十ドルする服を六千円支払って帰ったという。いずれも新通貨を見たこともない沖縄民衆を意図的にだました結果の仕業なのだ。汚ない大和人エコノミック・アニマルは経済人のみならず一人一人の心の中まで、汚れきっているのだろう。そしてこれらがアジアへの先兵の役割をになっているのだ。だまし続けた結果のGNP第二位の栄光の地位獲得なのかもしれない。

この通貨混乱は絶対損はすまいという商売人の思惑の中で、かなりいい加減な交換が行なわれた。一ドル三〇〇円から四七〇円まで読み換えられ、物価は一挙に二割から四割はね上った。新通貨の価値がわからないのと、一ドル＝三六〇円交換を裏切った日本政府への恨みも手伝って止むを得ないことでもあったのだ。そして店先で店主と客とが今にもつかみかからんばかりの口論さえ始った。どちらも必死ではあったのだが、日本政府も必死になってこの光景を喜んだに違いない。いつでもそうだが民衆同士のケンカのうちは体制はひっくり返りっこないのだから。

復帰後一カ月余が経過した今、政治はストップし選挙の宣伝カーが走り廻っている。保守、革新共双方の責任なすり合いを横目や上目にみながら、民衆は新通貨の「ふがいなさ」を思いやり溜息をついている。サラリーマンは三〇ドルもあれば随分飲んで遊べたが、一万円だとすぐ終ってしまう。といってボヤきながらスカッチのウイスキーを島酒の泡盛に変えている。沖縄では中間酒でもあったサントリーやニッカが大量宣伝をかけ、スカッチにとって変ろうと懸命な競争をしている。生活必需品はいくらか安定はし出した。しかしこれとて簡単にいえば、民衆同士の内ゲバを止め、お互いにゆずり合おう式のもので、「豊かな明るい沖縄」建設精神というべきものではなく、お互いに泣き寝入りしよう、といったものだ。全て「琉球処分」レール上のことなのだ。

八重山の離島、例えば新城島に立って沖縄を見る。沖縄で一ドル＝三六〇円保証の組合ストは、それでもその保証を勝ちとった。（教職員、公務員など約三割の労働者）この労働者達は新城島人の生活が目に入っただろうか。三五〇円交換はこの島人にとって二割減収になるし、更に物価は離島に来る迄に四割から六割上がる。従って復帰によって各離島の島人の収入は六割から八割減となる。

日本は沖縄を処分したと叫ぶとき、沖縄は離島をまたしても処分した、という細い叫びが沖縄では耳にはいるだろうか。

復帰は各離島の都市化の裏返しとして島の過疎化を激しくする。離島の島人の生活とは収入が減ることとか、物価高に悩まされることとかの他に、島が滅びるということでもあるのだ。

人間の敗北

金子光晴

ニクソンの國の人々は、
平和とはしずかなものとは知つてゐるが、
そのしずかさは、あいてを皆殺しにして、
墓場のしずかさにすることと思つているらしい。

ニクソンの國の人々ばかりではない。
大國の考はおよそ似たり寄ったりで、
その責任は、少数の權力者だけではなく、
それを支持した國民の一人一人にある。

朝空に玻璃《ガラス》のやうに澄んだボーイング。
清浄な死を運んでくる使者のゼラルミンがペーダロ
ンのうへに現はれ、ハイフォンをハノイの小湖あ
の美しい小島と霧雨の町を、

飛ぶ肉片と血泥で汚そうとやってくる。
人間が生きるために人間の血を流させることは、
彼らの神が邪神か、文明が偽物だったのか、
それとも、人間が最初から失敗だったのか。

まったく世話の焼ける野郎とあまだ。
ひでえ目にあって皮膚がべろべろに剝けても
そのからだで抱きあってゐた人間たち。
いじらしくて見てはいられない。その悲運の極みを
子にまで傳えたいのか。このへのこ野郎。

（この詩は5・1世直し集会に寄せられたものです）

十二年後の六月十五日

鶴見良行

この稿をニュース編集部から依頼されたのは、私が、ことの起りである一二年前のそれに参加していた一人だからだろう。（樺美智子さんが殺されたその夜、国会周辺に集まりあるいは通過したデモ隊は、万をこしていたのだが、今のべ平連の運動にその頃の参加者の大部分がひきつがれているわけではないのだ。）

それでも声なき声の会編の『またデモであおう』と日高六郎編の『一九六〇年五月一九日』とを読み直してみた。こまかいことでずいぶん記憶のうすれていることがあった。今はっきりと刻まれている記憶は、個人的な体験に属する。それは、雨気をふくんだ夜空に催涙ガスの匂いが流れ不安といらだちを騒然とした空気の中におしころして私たち民衆が国会周辺に立ちつくしていたあの晩に起ったのではなく、その翌朝かかってきた電話であった。

デモが新橋駅で解散したあと、私は真夜中近く疲れてアパートに帰った。電話はその翌早朝かかってきた。自室に電話がなかったので大家のところまで三階の階段を不気嫌な気分でかけおりたのを覚えている。それは勤務先の同じ部署に属する若い女性からだった。彼女は郊外の中産階級住宅地に住むノンポリで、日頃は政治のことなど口にも出さなかったのだが、その日は、前夜の国会周辺の状況を深夜放送で聞いてすっかり興奮し、ほとんど泣きながら、傷ついた学生のために献血でも何でもするからと訴えてきたのだった。結局私はいくばくかの資金カンパを受けとってしかるべき機関にとどける仲介の労をとった。

あれから一二年、私は「戦争に協力する安保をつぶせ、六月市民行動」のデモに参加した。坂本公園から清水谷公園まで夜の街を千五百人の人間が歩いた。そこにはまた中年の家庭主婦や老人がいた。警察のいやがらせはしつこく、サンドイッチ規制する機動隊員は冷酷な侮蔑のまなざしを投げかけた。大事にいたる衝突もなく逮捕者も出さずデモは終った。

一二年前の翌朝のような電話はどこからもかからず、新聞はデモを無視した。私たちはほとんど存在しなかったに等しいようである。

だが、デモが清水谷公園で解散し、参加者の一部が樺美智子さんの霊に花を捧げようとして三々五々、国会南通用門にやってきたとき、そこで見た光景もまた存在しないに等しいことだったのだろうか。通用門は制私服の警官と守衛によって厳重に管理され、私たちは地べたに菊一輪おいて黙禱することさえ許されず押しまくられた。「立ち止らないで！歩いて！」というのが、彼らの発する唯一の言葉だった。

国民の委託した政治権力行使の場は、すでに要塞となっていた。国会周辺の要所要所には眼つきの鋭い何者とも知れぬ男たちがじっと立ち、どの通りにも機動隊の輸送車が駐車していた。こうして議事堂が人民に対する要塞と化してしまったことを、その中で働く野党議員さえも充分には自覚していないのではないか。暗い河田町の通りを抵抗しながらもじりじりと押されていった一群の人々のことを、新聞は一行として報じるところがなかったから、あの建物の変質の意味を、大部分の人は深く考えることなくすごしている。

一二年前の樺美智子さんの死が実はこの国の民主々義の死への序曲にすぎなかったことを、いま執拗に抵抗する人々は自覚し始めている。だが同時に、銃をとってでもこの状況を突破しようとする急進派若者の行動の衝撃さのゆえに、人々はかえって民主々義殺害の張本人を見落しがちだ。一二年の間に起った変化腐敗について、連合赤軍派の人々よりも何よりも、岸や池田や佐藤やそれにつらなる連中の方が何層倍か責任が重いかも知れないのに、人々は知らず知らずのうちに変えられてしまった現実をかえって守るように行動しがちだ。変化を目論むのは急進派だけのように錯覚しがちだ。

けれど変化の自覚とそれにもとづく自立した行動は、銃をとることよりももっと地道でカッコよくないところからしか生れないことも次第に明らかになっている。私たちが執念深く六月一五日にくいさがっているのもそのためだ。

「人間の敗北」が掲載された『べ平連ニュース』No.81（1972年７月１日）

る。即ち、戦争とは〈代替不能の個人の命〉を奪うもの、そういう根元的な理由故に、忌避されねばならないということである。これは帝国主義や軍国主義とも、西洋／東洋という歴史的な抑圧／被抑圧の構図とも無縁なところから発想される反戦の論理であり、極めて自明な論拠であるが、マックス・シュティルナーの説く「唯一者」への共感を募らせた金子にとっては、ことさら重い意味を担うテーマとなるのである。そしてまた、生の途絶を強要しかねない戦争は、金子の死生観をも揺るがすこととなる。

四『死』にむかつて生きるより他のない……

今まで述べてきたように『泥の本』の前半部分を構成する、「――インキ壺のなかから」を中心とした「ひとりごと」の詩編は、西洋の植民地主義を批判し、直接的にはアメリカのベトナムでの戦争行為を糾弾するというところにそのモチーフがあったが、今ひとつの見方として、そういう歴史的・具体的な背景を越え、戦争が持つ普遍的な害悪に対する憎悪が表明されたものと捉えることも可能である。〈代替不能の個人の命〉を奪うものとして、戦争一般を糾弾するところにこの詩集の中心を置くと、この詩集はまた別なるものとなる。

はなばなしい戦争は、大量な『死』によつて成り立ち、／死を怖れない精神で支へられる。／（中略）／／人間は『死』にむかつて生きるより他のないのは事実にしても／それにしても　死ぬことは、あまりありがたいことではないし、／死への最短距離をいそぐことは、生まれてきたかひの少いことだ。／（中略）／ジャングルや、泥湿地で　ゲリラの獲物になつたり、黒水病にかかつたりして、／えたいのしれない死にざまをさらすのは、感心できたことではない。

（「――インキ壷のなかから」部分）

戦争とは、たとえ戦勝国と敗戦国、攻める側と攻められる側に分けることが出来たとしても、何れの側にも大量の命の犠牲が付きまとうものであり、「どちらをむいても、死、死、死　死でぎつしりつまつてゐる」（「――インキ壷のなかから」）というのがその実相である。そして、イデオロギーや国家の思惑の前では、これらの死は不可欠の犠牲として捉えられ、個々の死者の固有性が顧みられることはない。

金子はこの個々人のかけがえのない一回限りの生にこそ着目し、生が無闇に中断されること、そのことに対して異議申し立てをするのである。生と死は対であり、ここに記した詩に見るように、人間は「『死』にむかつて生きるより他のない」存在であるということを金子は強く認識している。そして、その「『死』にむかつて生きる」という権利自体を奪われ、早々と死ななければならない状況を作り出すのが戦争であるが故に、戦争は否定されねばならないわけである。「死」とは、「『死』にむかつて生き」た後の、その帰結としてあるものであるとするのが金子の把握であるが、戦争はそういう死生観を成り立たなくさせる。

五　「写真に添へる詩七篇」

前節に見たような、ベトナム戦争という個別を越え、〈代替不能の個人の命〉を奪うものとしての戦争一般を糾弾しようとする姿勢は、後半のパートである「写真に添へる詩七篇」に引き継がれる。

「写真に添へる詩七篇」は、雑誌『太陽』通巻2号（一九六三・八）の"WAR AND PEACE"という企画で「大地の怒るときとほほえむとき」と題され、伊奈信男が選んだ世界各国の写真家の戦争関連の写真に金子が詩を添えたというものである。[3] これらの詩は写真とのコラボレーションであり、一般的なメディアに書かれた詩であるが故に、アジア・太平洋戦争時に書かれたような韜晦的なものとは違って非常に平易に書かれている。企画の始まりのページでは、ヘルメットの横に倒れた兵士の手だけが写されたユージン・ジョーンズの写真と、二羽の鳩が水たまりで水を飲むエルンスト・ハースの写真に、次の詩を対応させている。

　あまりに多く死に、あまりに多く悲しみ、そして、多くを失つた。／歎きのために、ニオベは、石になつた。／（中略）／平和をまもることのとりわけむづかしいこと。／ああ。忘却の甘さに、微笑の苦さをまぜとかした青い空間を、いまも、／おちつきのない羽搏きで　追はれるやうに旋回する鳩の群。／眼にさはるもののない上空の、みえない高さを。／しづかに鷲が、舞つてゐるのだ！[4]

「大地の怒るときとほほえむとき」（『太陽』）

中略した詩の前半部分では、平和をとり戻すのに「なんとながい時間がかかつたことか」と慨嘆し、それに続いて平和をまもることの困難さを記している。青い空には常に「鳩の群れ」を狙って鷲が舞っているというように、ある面では平和の継続の不可能性を指摘した極めて絶望的な心境の現れとも読み取れるが、やはり、取り戻した平和の継続を願望し「平和をまもることのとりわけむづかしいこと」その一点を訴え、人間の持つ身勝手な「忘却」能力に警告を発していると解釈すべきであろう。“WAR AND PEACE”という企画の冒頭に置かれたこの詩は、具体的・政治的なメッセージが表明されたものでも、強い口調で戦争を批判するものでもないが、世界に遍在する戦争を前に、アジア・太平洋戦争から一八年経たその時点における切なる思いを反映したものと言えよう。

ロバート・キャパ撮影のスペイン内戦時における、「崩れ落ちる兵士」の写真には次のような一節で始まる詩が添えられる。

いつ、どこの街角からでも戦争ははじまり、／場所の好き嫌ひなどなく、屍体はころころころがる。／マドリッドで、アルジェで、朝鮮で、／この地上のどこかで、銃声のたえた日とてはない。／今日も　また、明日も重たい兵器を、人ははこぶ。

このように世界には戦争が遍在するというのが実態であり、第7章でみたように金子には、戦争とは常に我々の身近に潜むものであり、戦争状態は特別な状態ではなく人間の歴史における普遍的な現象の一つであるという歴史認識がある。しかし、そういう大局的な歴史観を所持するからといって、現実の戦争が肯定されるわけではない。無論、戦争状況から隔絶された世界が形成されることを希求するのであるが、金子の場合、そういう世界を造りだそうとする際の方法論に独創がある。

この引用に続く一節を読むと、戦争を遠くに追いやる方途をイマジネーションの問題から考えようとしていることがわかる。

味方の道理で、敵の正義をおしきるために暴力しか、もはやたのみにならないといふのか。／敵の父や、夫や、息子たちのなま身を破壊する／兵器をはこぶ。味方の父、夫、息子達が。／じぶんたちが生きのこるためには、／敵もおなじ人間だと考へることはゆるされないのだ。／人間どもの堕落のはじまつたのは、／けだものや、艸木よりもじぶんが、選ばれたものだと思ひ込んだ、その時からだ、／瓦礫のあひだ、草叢のうへで、敵も、味方も死ぬ。

「敵もおなじ人間だ」というのは極めて自明な論理であるが、その理屈が破綻するのは、自らを「選ばれたものだと思い込んだ」人間の驕慢が原因だとこの詩では言う。人間がこの奢りを所有してしまった以上、生きるか死ぬかの戦時においては、自らを選良だと自覚する者が敵を殺すという行為は避けられないことになる。しかし、その時には、敵も自らを選良だと自覚し、自身の生命を守るためにそのまた敵を殺そうとしているのである。従って、論理的に考えるならば、そのぶつかり合いの果てには「敵も、味方も死ぬ」という結末しかないことになる。金子がアジア・太平洋戦争下で書いた「戦争」(『蛾』)という詩には「敵の父親や/敵の子供については/考へる必要は毛頭ない。/それは、敵なのだから。」というアイロニックな一節があるが、ここでも「敵もおなじ人間だ」という自明な論理を忘却させてしまうところから戦争の無惨が始まることを示している。そして、殺戮の場面をイメージする時、「味方の父」が「敵の息子」を「破壊する」という、親と子の関係を通過させてその酷さを訴える所は、家族愛の中で疎開生活を生き抜いた金子の思いが透けて見える。先に引いた「写真に添へる詩七篇」の最初の詩では、多くの悲しみからくる嘆きを「ニオべは、石になつた」と記し、ギリシア神話から子を射殺されて石に変じたニオべの例を引いているが、金子にとっては、子を失うというのは戦争が持つ悲惨な現実の中でも格別の意味を持つもの、いわば戦争の持つ諸悪の象徴と考えられていたに違いない。自身が子を持つ者が、敵の子を破壊する前に、子を失う敵の親の心情をイマジネーションするならば、「敵もおなじ人間だ」という論理に気づくはずである。そのようなイマジネーションを敵も味方も同時に共有するとき、自らの子も敵の子も同時に助かるという道が開けるのである。そういう個々人の心性・イマジネーションを頼り、そこに戦争回避の方途を求めようとするのが金子の方法なのである。そして、このように個々人の想像力の問題として解決しようとし、運動性・政治性を欠くところに一つの特色を見ることができる。

しかし、ここで確認したいのは自らの子の命の救済が、同時に敵の子の命の救済ともなるという方途が考案されているということである。息子の徴兵に際し、「戸籍簿よ。早く焼けてしまへ。／誰も。俺の息子をおぼえてるな。／／息子よ。／この手のひらにもみこまれてゐろ。／帽子のうらへ一時、消えてゐろ。」（「富士」、『蛾』）と歌ったように、金子の反戦の論理にはエゴイズムに発する部分があるが、第2章で論じたように、こういう判然とした意思表示が他にも広がっていくことを期待する連帯の志向こそにその根源的な思考方法はあった。我が子の生命を愛おしむ思いと行為はそこでとどまるのではなく、敵をも含む他人の子にまで広がっていくのである。

未刊詩集『泥の本』の今ひとつのモチーフは、根拠無く個人の「生」を途絶させる戦争というものを等し並に糾弾するところにあったのである。

六　死に対する恐れ

詩集『泥の本』は『定本金子光晴全詩集』に収録されたものの、その後計画が深められずに未刊に終わってしまったという事情もあり、今日注目度の低い詩集に終わっているが、金子自身はこの詩集にはそれなりの位置を与えていたと思われる。「定本」と銘打たれたこの「全詩集」は、それ以前の刊行・未刊の詩集をほぼ網羅するものであり、成立の古いものを後に置くという構成で、概ね降順に配列されている。『泥の本』はその巻頭に置かれているのであるが、これは結果的にそうなったというのではなく、『泥の本』を巻頭に置くという意図の元にこの「全詩集」が計画されたと見た方がよい。(5) ベトナム戦争のただ中にあって、「反戦詩人」と銘打たれた詩人がその戦争を他人事として済ますわけにはいかず、時事的事項に即しながら、今一度戦争をテーマに詩を書こうとしたのは必然で、それを「定本」とする「全詩集」の冒頭に置こうとしたのも、その時点における総決算の意味合いがある。こうしてみると、『泥の本』はアジア・太平洋戦争下で書かれた『落下傘』『蛾』『鬼の児の唄』を補完し、金子の戦争に対するスタンスを見るのには絶好のものとして、再考されてもよい詩集であると思われる。

しかし、やや早急に詩編がまとめられた嫌いがあるせいか、詩に推敲の不備を感じたり、未完成な印象を持つ部分があったりすることや、編集の中途半端さが気になるということも事実であり、論じられることが少ないのはそのあたりも原因していることが考えられる。何より、見てきたように「ひとりごと」と「写真に添へる詩七篇」とでは、主題の揺れといったものも指摘できるのである。

また、評者によっては、多くの点からこの詩集を批判することもできるだろう。自国である日本に対する認識の甘さが露呈し、ベトナム戦争観が一面的な見方に終始しているというのもその一つである。なぜなら、「ひとりごと」はアメリカの戦争行為や西洋のアジア諸国への侵略行為を批判するものであったにも関わらず、アジア・太平洋戦争での日本のアジア諸国への侵略は全く相対化されず、日本を被害側としてのみ扱うという、偏った認識から作品が成っているからである。『泥の本』が載った『定本金子光晴全詩集』が刊行された翌年には、家永三郎の『太平洋戦争』（岩波書店、一九六八・二）が出版され、中国侵略の開始から戦争の進展、あるいは「大東亜共栄圏」の実態などが批判的に考察されたが、金子には戦後二〇余年を経た時点にあっても、日本をアジア・太平洋戦争の加害側として捉える視点が欠けていたと批判することもできるわけである。あるいは、沖縄の米軍基地からアメリカの爆撃機がベトナムに向けて飛び立つという「戦闘のための補給廠」[6]の役割を日本が担っていたということや、ベトナム特需で日本経済が潤うという構造を批判的に見据える視点が欠けていたとして批判することもできるだろう。

また、ベトナム戦争批判の理論と具体的な抗議行動を合わせ持つ「べ平連」運動と比すとき、一九六〇年代後半の政治の季節を生きる若者に訴える力を持ち得たのは、実りを伴う活動に繋げた「べ平連」の方にあったはずで、金子の詩は実効性を伴わない空疎な言葉にしか映らなかった可能性もある。[7] かつて息子の徴兵を拒む詩を書き実際行動にも出た金子ではあったが、「イントレピッドの四人」の脱走を手助けした「べ平連」の活動（一九六七年一〇月）などとは異なり、金子は行動の人たり得なかったと批判することも可能である。

しかし、『鮫』（人民社、一九三七・八）の詩人が日本帝国主義を批判する視点を忘れるはずはなく、これらの視点からの記述をなさなかったのも、戦争を取り巻く実態を〈生と死の諸相〉に収斂させ、そこから戦争の持つ害悪をあぶり出そうとせんがためであったと思われる。こういうノンポリ性は確信犯的であり、むしろ、積極的に余分な状況・関係性を消去したと考えるべきで、そのことは詩集後半においては一層はっきりしたものとなる。「――インキ壺のなかから」の一節である「はなばなしい戦争は、大量な『死』によって成り立ち、／死を怖れない精神で支へられる。」という戦争の根源的な属性を糾弾する視点は、後半の「写真に添へる詩七篇」に引き継がれ、テーマを一つの所に導いていく。先にこの詩集は金子の戦争に対するスタンスを見るのに絶好のものだと述べたのはここで、政治的実相を通してではなく、戦争がひとえに〈代替不能の個人の命〉を奪うものとして捉えられ、それ故にそれは忌避され糾弾されねばならないという視点が示されていくのである。そして、戦争回避の方法もそこには提示されていた。戦争が「死を怖れない精神で支へられる」とするならば、戦争回避の条件は〈死を恐れる精神〉を所有するということになるわけで、世界中の各人が〈死に対する恐れ〉をイマジネーションしてみるという、心性に訴える方法が示されたのである。

第7章・第8章で確認した通り、金子は戦後、年齢を重ねるに従い、『人間の悲劇』（創元社、一九五二・一二）や『ＩＬ』（勁草書房、一九六五・五）などの詩集で、それぞれの年代に応じての「生」に向き合う姿勢を示したが、そこでの死すべき者としての人間が一回限りの

「生」を生きるという姿勢の提示は、『泥の本』で示された〈死を恐れる精神〉にも通底している。この〈死を恐れる精神〉とは、人間は「『死』にむかって生きるより他のない」存在であり、「死」に至るまでは「生」に執するという精神のことである。『泥の本』で示された戦争批判とは、翻って、「生」に対する執心を示すものと捉え直すことができるのである。そういう観点から戦中において書かれた〈反戦詩〉と呼ばれる一連の詩を読み返すとき、それらも「生」を希求する悲痛な叫びであったことがわかる。このようにみると、巷間〈反戦・抵抗〉と称される詩人ではあるが、その戦中・戦後の詩に通底する姿勢を見ることができ、〈生の詩人〉とも言い得る詩人像が浮き彫りになるのである。

注

(1) 『太陽』では詩は八編掲載されている。タイトルはいずれにもないので、『定本金子光晴全詩集』(筑摩書房、一九六七年)では「――鉄兜のそばに投げ出された手と、鳩の写真に」という具合に、写真の内容がタイトル代わりにして記されている。

(2) 『べ平連ニュース』(一九七二年七月一日号)に載ったものであるが、この記載は用字・行分け・句読点などの表記上の厳密さを欠くようであるので、ここでは吉川勇一氏から送付して頂いたテクストに拠った。なお、場合によって各連の初めの行頭を一字空けて書き出すのは金子独特の表現方法であるが、ここでのそれは原稿に忠実であるのか、転記の誤り等によるのかは定かではない。

(3) 本文中で取り上げた写真家以外では、石川光陽、カス・オールトハイス、土門拳、アンリ・カルティエ＝ブレッソン、渡辺義雄、マルク・リブー、デーヴィッド・シーモア、エリオット・アーウィット、東松照明の写真が掲載されている。

（4）「写真に添へる詩七篇」の諸編については『太陽』と『定本金子光晴全詩集』のものには異同がある。何箇所かの書き換えがあり、仮名遣いと行分けの違いも見られる。『太陽』のものは写真中心の割付であり、詩としての行分けよりもビジュアルな体裁を優先しての行分けとなっている。ここでの引用は、推敲されより詩として整っている『定本金子光晴全詩集』のものに拠る。

（5）『定本金子光晴全詩集』の「書誌」の項には『泥の本』について、「「ひとりごと」、「写真に添へる詩七篇」の二部にわかれているが、とくに前者は昨年雑誌に発表の体裁をとつたものの、この詩集収録のために書き下ろされた」とある。

（6）トーマス・R・H・ヘイブンズ（吉川勇一訳）『海の向こうの火事　ベトナム戦争と日本 1965—1975』（筑摩書房、一九九〇年）一一四頁。

（7）当のべ平連の側に位置する若者が金子をどう捉えていたかということを以下に付記する。吉岡忍は「六十年代後半から私はベトナム反戦運動に参加していたんですが、そのなかで、誰がいいだしたというのでもなく、金子光晴を読み出した」と記し、「ベトナム人が毎日何を食べ、どんなことを喜びや悲しみとして感じながら生きているのか」、そういうことを知るよすがとして読んだということを証言している（「金子光晴の『南洋』体験」、日本アジア・アフリカ作家会議編『戦後文学とアジア』毎日新聞社、一九七八年、一八二〜一八三頁）。彼らは〈ベトナム戦争という時代〉の中で、反戦詩を読み出したのでも詩人としての金子を発見したのでもなく、アジア放浪の先駆としての金子の位置に注目したのである。それ故、彼らが読むのは『こがね蟲』でも『鮫』でも『落下傘』でもなく、「南方詩集」を含む『女たちへのエレジー』や自伝三部作であり、ことに開高健絶賛の『マレー蘭印紀行』であった。また、ベ平連の若者と金子の接点について吉川勇一氏に伺ったところ、吉岡忍氏・井上澄夫氏にも連絡を取った上、丁寧な返事を頂いた。それによると、山口文憲氏・室謙二氏・阿奈井文彦（穴井展彦）氏らも、当時金子の本をよく読んでいたということであるが、むしろ、ベ平連が解散（最後の定例デモは一九七三年一〇月六日の第97回定例デモ）した後、それより若い世代の者がよく読んでいて、本を片手に東南アジアを歩き回る者が多かったということである。金子光晴全集出版の時期に当たり、その意味でも関心が持たれていたのではないかと言う。また、ベ平連の若者たちにはかなり自由な男女関係があり、金子の女性問題での率直な記述も共感を呼んだ原因だったのではないかと推測されている。

第10章 「国民詩人」としての金子光晴

一 「国民詩人」という位置

『花とあきビン』（青娥書房、一九七三・九）は、金子光晴の生前最後の詩集である。この詩集に収録されることになる「あきビンを選る人の唄」（『ユリイカ』一九七二・五）が発表された年、『ユリイカ』（一九七二・一二）誌上における対談で、清岡卓行はこの詩に対して「今年の最高傑作」という評価を下した。一方、鮎川信夫はその詩のうまさを認めながらも、「みんなにちやほやされ」ているという当時の金子に違和を表明し、吉本隆明も同様の見解を示した。この二人は「結果について自分で説明ができなければ、嘘だ」（吉本）、「詩論によってバックアップできない詩や歌は駄目だ」（鮎川）と発言し、いわば、共に詩論の必要性を主張したのである。清岡はそれとは逆に、詩論に立脚することなく天分として詩を書くことができるが故に金子を高く評価した。

　孫娘への愛情を吐露する『若葉のうた』（勁草書房、一九六七・四）によって新たな読者を得た金子は、一九七〇年前後の時代には、自由人としての生き方や党派性から独立したスタンスが若者からの共感を呼び、一般的な詩の読者の枠を越えてもてはやされる状況を

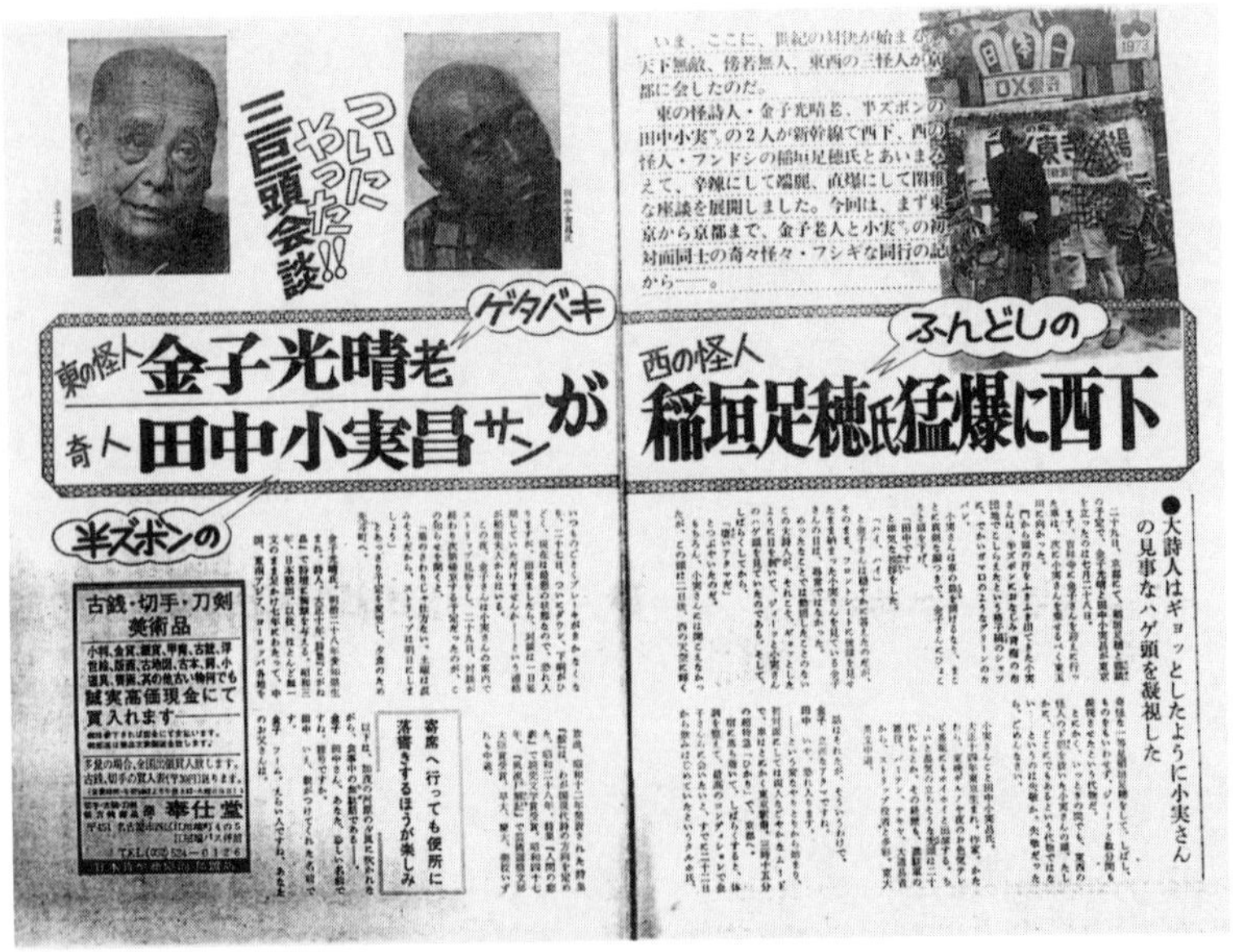

三巨頭の会談は、A感覚にお化けにと三週間に及んだ。
『週刊読売』（1973年８月25日）

作り出していたが[1]、鮎川・吉本にとっては、そういう金子の姿は職人的な手慣れた詩を社会的・政治的状況と隔絶した場から発信し、大衆と馴れ合うエンターテイナーに過ぎないと映っていたのかもしれない。高澤秀次は、詩壇における金子のそのような位置を「国民詩人」と規定し、鮎川・吉本の金子に対する違和は「「国民詩人」的なるものへの、抜きがたい嫌悪感に発していたのではなかっただろうか」との見解を示した[2]。

なぜかヤングにモテモテ
したたか人生
“老人ご三家”の
金子光晴
植草甚一
串田孫一
卑俗の仮面の下に筋金入りのゲリラ魂
放浪の人生で培った反骨
金子光晴

ヤングにモテモテ“老人ご三家”
『週刊朝日』（1975年6月13日）

清岡と鮎川・吉本による二つの同時代評の差は、高澤が規定した金子の「国民詩人」という位置をどう評価するかという問題に置き換えられよう。以下は評価が分かれた「あきビンを選る人の唄」である。

吸ひかけの巻煙草を耳に挟んで／数へるひとは／ビンを選りわけ、／割れを　片寄せ、／／　出生のおなじものを／一列にならべる。／なかま同士は／かちゃかちゃとふれあひ、／／　どぶ川がしたをながれる／あぶない河岸っぷちに立って、／もう一度／点呼を待つ。／／　これからなにごとが始まるのか、／これで　なにかが終ったのか、／ビンは知らない。／人間とおなじやうに。／／　ビンはビンづれと／一口に言っても／となりあふことは／とかく鬱陶しい。／／　ぱっとしない人間と／つきのよくない人間とが／袖すりあっても／ことばもかけたくないとおなじで／　ビンとビンとがふれあって、／立てる音さへいまいましく、／こん畜生！／割れてしまへ、　とおもふ。／／　ビンが敵《かたき》の末のやうに／互ひにあたりちらすのは／形がよく似たうへに／辿ってきた運命もおなじだからだ。／／　けふも　空地の日だまりの／薊《あざみ》蒲公英《たんぽぽ》の根がしがみついた／石炭殻を捨てる空地の崖ふちに／あのビン、このビンの勢揃ひ。

（「あきビンを選る人の唄」後半）

この詩では、いくつかの人生の終焉が使い古された「あきビン」とのアナロジーによって、重々しさを持つことなく巧みに表現されていくが、『花とあきビン』の諸編は文字通り「花」と「あきビン」の叙述と比喩によって、人の生と社会が虚無と皮肉の中に叙されていく。ことさら「あきビン」に拘ったのは、詩集の最後で「僕の小便が入ってゐる」「あたたかい体温が通ひあふ柔いビン」を引き出そうとするプランがあったからかもしれないが、詩集全編を「あきビン」によって書き切る必然性はない。秋山清は金子について、「大工道具でも街路樹でも」「きっかけと動機さえ得たら」書いただろうと論じているが[3]、「メートル原器」でも「鋏」でも、お題によってあらゆる物を詩へと変じた谷川俊太郎[4]と同じように、この時期の金子もアルチザン的資質を所有していたと言えよう。アジア・太平洋戦争末期においては、自身の存在証明として詩を必要とし、発表の機会のあてのないまま詩を書き続けたわけであるが、晩年の金子にはそれに相当する書かねばならぬという直接的な動機は見あたらない。それにもかかわらず、死ぬまで詩を書き続けたわけであるが、この書き続けたという行為の意味についてはもう少し考える必要があると思われる。日本の近代詩人において、六〇年に垂んとする創作キャリアを有するのは稀有で、それは単に寿命の問題にのみ帰するものではないだろう。はたして、「国民詩人」という場から大衆により沿う位置で詩を書き続けた、晩年の創作から何がみえてくるのだろうか。そして、それらの詩作品は戦前・戦中の詩とどう関わり、金子の詩業全体の中ではどのように位置づけされるべきものなのだろうか。

二 〈生の一回性〉——「生」への未練

一人息子である森乾は、「父がマスコミにのったのはせいぜい死の十年前くらいからで、それまでの父は、前半生と同じく文字通りの赤貧の連続だった[5]」と述懐しているが、その「死の十年前」にあたる一九六五（昭和四〇）年には二冊の書物が刊行されている。詩集『IL』（勁草書房、一九六五・五）と評論『絶望の精神史』（光文社、一九六五・九）がそれであるが、このころから、自らの晩年の生を意識した詩境と警世的な文明批評が目立ってくる。

『IL』では、老年となってなお生に固執しようとする意思が表明されているが、そういう姿勢は『花とあきビン』においても同様である。「今日も僕は、トーストの耳を手にもちながら、死よりも生きることを考へてゐる。」（「短詩（三篇）」）というように、死を控えるが故により強く生が自覚されていくのである。この生の自覚は、天性の詩人である金子において、生きることと同義な詩を書くという行為として示されていく。かつては「よほど腹の立つことか、軽蔑してやりたいことか、茶化してやりたいことがあつたときの他は今後も詩は作らない」（「自序」、『鮫』）と嘯いた金子だが、結局は、死ぬまで陸続として詩を書き続けることとなり、そのことで自らの生を証した。次に挙げる詩二編は、死を間近に予感せざるを得ない中で書かれたもので、最晩年の思いがよく現れ、その死生観の一端がかいま見られるものとなっている。

本人の俺は、いま、木の端くれ。／見せ場もなしに、死を待つ身柄、／さうなってもまだ、未練はつきず、／／　忘れる筈の永遠を追ひかけて、／杖を忘れては　呼吸もつづかず、／汗と　なみだで　眼先もみえず、

（「そろそろ近いおれの死に」部分）

利息のやうな日々なのだから、／遠慮勝ちに生きてればいい筈なのだが、／若いもののつもりでなくては気に入らない。

（「八十代」部分）

これは共に、死後の刊行となった詩集『塵芥』（いんなあとりっぷ社、一九七五・八）に収録されたもので、生に対する未練、即ち〈一回限りの生〉への愛おしみと、未来に向ける眼差しが隠すことなく記されている。また、タイトルポエムの「塵芥」では自らとは何かと自問し、それに対して「金子光晴といふ名がついてゐるが、要するに、歴史の塵芥で蜈蚣《むかで》や蛆《うじ》の

繁殖の場だ」という答えを導き、人間存在が虚無のただ中に成立していることを示した。しかし、そういう人間存在の虚無の中にあってもあくまでも生を愛おしみ、それを手放すまいという姿勢が詩集全体にはあり、最晩年の金子の思いが反映されている。また、『若葉のうた』は「孫ぼけになってよんでほしい」（「詩集のあとがき」）と読者に呼びかけた通り、全編が孫ぼけの詩であるが、そこでもやはり、随所に生を虚無として認識する冷めた目とそれ故にこそ生を惜しもうとする姿とが表れている。

『若葉』を僕が抱くやうに、／おなじやうに僕を抱いて／あそんでくれた誰かがあったはずだ。／／　まぼろしにもうかばないその人たちを／水にもうつらないその俤を、／教へてくれる人は猶更ゐない。／／　僕が二歳で、その人たちが／七十歳であったとしても／その瞬間を　同時に生きてゐたのに。

（「ぶらんこ」最終部分）

孫娘への愛情を気恥ずかしいまでエゴイスティックに歌った『若葉のうた』にも、もう一方では、生の空しさを知るが故に生命を愛おしむという詩境が表明されていたのである。そして、それは生が持つ根源的な属性である、〈生の一回性〉というところから発する感慨であろうと思われる。

『こがね蟲』（新潮社、一九二三・七）から『鮫』（人民社、一九三七・八）の詩人へと転じ、そして『落下傘』（日本未来派発行所、一九四八・四）・『蛾』（北斗書院、一九四八・九）等においては、戦時下で孤立する精神と時代状況への抵抗を歌った金子であったが、晩年に至ってまた一つの風貌を見せたと言ってよい。初期においては耽美的であり、その後、反戦抵抗の詩人として世評を高めた詩人も、晩年にはそれらの詩境を脱ぎ捨て、生に対する愛おしみの情を万人に分かる平易な表現で大衆に向かって発信したわけである。このようなテーマや詩法の受け入れ易さと読者層の大衆化といった様は、確かに金子を「国民詩人」と呼び得るような位置に引き上げた／下ろしたと言えるのかも知れない。

三 〈唯一者〉の希求

このように晩年の金子は、「生」が一回限りのものであるが故に残り少なくなった自身の「生」を惜しみ、その「生」に強く拘ったのであるが、「生」のただ中にありわざわざそれを意識する必要のない若き日においては、自身の〈唯一性〉、即ち代替不能の自己というもののへの強い拘りを見せていた。この二つは現象面での相違があるにせよ、個別性というものに深く関わるという点で共通するものである。金子は、〈唯一の自己〉が〈唯一の生〉を生きることの宿命を強く認識していたと言えよう。

僕は少年の頃／学校に反対だつた。／僕は、いままた／働くことに反対だ。／／僕は第一、健康とか／正義とかが大きらひなのだ。／健康で正しいほど／人間を無情にするものはない。／／むろん、やまと魂は反対だ。／義理人情もへどが出る。／いつの政府にも反対であり、／文壇画壇にも尻をむけてゐる。／／（中略）／／僕は信じる。反対こそ、人生で／唯一つ立派なことだと。／反対こそ、生きてることだ。／反対こそ、じぶんをつかむことだ。
（「反対」部分）

第一詩集『赤土の家』（麗文社、一九一九・一）以前の作であるこの詩には、他者からの隔りを求め、意固地なまでに自己に拘泥しようとする信念が表明されていて、金子の資質がよく出ていると思われる。いささか偏頗な決意だが、自己存在の根拠を自らの〈唯一性〉のみに置くというこういう極端な態度は、若さに由来するものというよりも、もっと本質的なものに由来していると考えるべきであろう。「反対」で「他者」との画然たる相違に自らの存在意義を置く立場を表明した後も、そのようなスタンスに立脚する内容の詩文を書き続けたことが、そのことを証明している。

端的に言えば、詩集『鮫』も「反対」のモチーフの系譜と見てよい。その中の一編である「おっとせい」では、「反対をむいてすましてるやつ。／おいら。」と自らの立場を「おっとせい」に仮託して俗衆への嫌悪を示したが、これは「反対」における直截的な物言いとしてではなく、それと同様な思いを巧みな比喩を駆使し詩的表現へと昇華したもので、「反対」とモチーフは同じであろう。また、「鮫」は軍国主義の足音が近づく時代風潮から孤絶した単独者として、自身の立場を思想的に整理し直した詩であると見なすことが出来る。戦時下において「一億二心」を標榜し、「一億のうち、九千九百九十九万九千九百九十九人と僕一人とが、相容れない、ちがった心を持っている」（『詩人』平凡社、一九五七・八）と豪語したことも、直接的には戦時下において「自己」を喪失し「軍国の民」へと回収されてしまった大衆を批判したものであるが、そういう状況如何に関わらず、自らの拠って立つ位置を表明したものと広く捉え直した方がよいだろう。若き日の金子は、このように一つ限りの「自己」、即ち〈唯一者〉を強く希求した。マックス・シュティルナーに由来する〈唯一者〉への信奉が若き金子には存在したわけであるが、考えてみれば、この〈唯一者〉となるということは、かけがえのない生を生きようとする時、その必要条件となるはずのものである。なぜなら、〈唯一者〉の存在という前提があり、その〈唯一者〉が自身の〈一回限りの生〉を充実させた時に初めて、〈唯一な生〉が成立するからである。

このように〈唯一者〉という自身の立脚点に拘る金子は、確かに実人生において他者との同一歩調をとることを拒むことが多かった。例えば、金子は生涯にわたって極めて多くの詩誌に参加したが、詩史におけるグループの中に配置することは難しく、無理に括りをつけるとするならば、『歴程』の近くにいた詩人とでもまとめるしかないだろう。また、政治的・思想的なスタンスにおいても党派的な立場から独立した場にいたし、市民運動的な行動への接近もないというところにその特色はある。ベトナム戦争当時、それに関連する詩はいくつか書いているし、前章で見たように「べ兵連」の集会にも詩を寄せたりしたが、それは運動集団の中における一環した行動としてではない。常に単独者として思考し行為するというところにその特徴を見ることができ、自身の個別性というものには極めて敏感であったと言わねばならない。

四　晩年の詩境

さて、今一度、晩年に戻りその詩境について整理してみたい。

『赤土の家』出版以降、アジア・太平洋戦争を挟んでの長い昭和の時代を休むことなく詩を書き続けた金子だが、先の一人息子乾の文にあったように、その前半生は決して多くの読者を持つわけではなく、一般的な知名度を持つ詩人とは言い難かった。それが、昭和四〇年代では「国語」教科書において定番の位置を占め[6]、マスコミへの露出も増え、その名は大衆にも広がっていった。ことに『若葉のうた』を出した後には、なお一層名を広め、詩壇の内外において取りざたされる存在となっていった。また、詩壇においては西脇順三郎と共に長老格として遇される立場ともなり、詩人としての位置も確たるものになっていった。鮎川信夫や吉本隆明は、言わばこのような「国民詩人」的な状況を呈するようになった金子を取り巻く状況自体を嫌い、そういう金子が書くような詩に退化を見たのだろうと思う。

しかし、『若葉のうた』や『花とあきビン』などの昭和四〇年代に出版された詩集の詩は、平明さとゆとりの精神にあふれていて、力を抜いた遊び心があり、それまでの詩集とは異なる新たな詩境が開かれたものとしてその広がりを評価するという見方も出来よう。『愛情69』（筑摩書房、一九六八・一〇）の「跋」に「うたよみはへたこそよけれあめつちのうごきだしては、たまるものかは」と引いた通り、金子には「すぐれた芸術家は、」「反古にひとしいものを書いて、／永恒に埋没されてゆく人である。」（「偈」、『屁のやうな歌』思潮社、一九六二・七）という、シニカルな芸術家観がある。そして、自らを戯作者に擬し、「平中のやうなやから」（「跋」）として、来る一九六九年を前に遊び半分の気持ちから楽しく詩作したのが『愛情69』であった。どうやら、晩年の金子にとっての詩とは、「孫ぼけ」宣言であり、言語を駆使した戯れであり、『まだ生きて書いてゐますよ』（「後跋」、『花とあきビン』）という存在証明であったようで、それだからこそ飽くことない創造を続けられたのだと言える。

そして、こういう晩年の詩で書かれた内容が、誕生した若き命を讃える詩であり、哀切に満ちた性の謳歌であり、生に執する老人の姿であったのである。社会情勢とも政治状況とも全く隔絶された場で、極めて普遍的な人間の実相を具体的な個人の場から歌うという所にこの期の詩作の特徴はある。「人を感動させるやうな作品を／忘れてもつくつてはならない。」（「偈」、『屁のやうな歌』）と嘯いた金子は、結果的には詩の素人である大衆に感動を与えてしまったのであるが、これには晩年の詩の多くが人間の誰しもに関係し、それぞれの読者がそれぞれの立場から読み味わうことが可能な、人間の〈生・性・死〉という普遍的な問題に迫っていたということに原因があろう。

五　金子光晴の詩の大衆性

〈唯一者〉として生きんとする姿勢と、晩年における〈一回限りの生〉を生きんとする意欲を確認してきたが、金子の詩作品と実人生との中に一貫して存する立脚点として、こういう〈個々の生〉の尊重とでも言うべきものと、〈生の讃歌〉とでも呼び得るものがあると考える。一部を見てきたように、こういう特性は晩年のみならず、戦前・戦中・戦後の詩を通してあちこちに見られるものであるが、そのことは各の詩集のテーマとして集約され前面に露呈するわけではない。しかし、いくつかの詩集の中から共通してこういう特色を抽出することが出来るというところに、詩人の核《コア》なるものを感じるのである。

金子に〈反戦・抵抗〉というラベルが貼られて久しいが、その根底にもこのことが関わっている。たとえば、『鮫』には時代状況および日本社会への厳しい批判と抵抗が存在するが、帝国主義批判にせよ、天皇制に抗するにせよ、各人のかけがえのない個別的な自己を侵し

〈個々の生〉を侵犯するものに対し、その批判精神は向けられている。また、戦時下で書かれた詩の多くは、結果的には「反戦」というものに繋がるものの、観念的に「反戦」を言挙げするためにではなく、もともとは〈死に対する忌避〉というところに主意はあり、自らのひ弱な感情とやり場のない気持ちを吐露しようとするところから発している。次の詩も国家の意向を前になす術をなくした一国民の嘆きから発せられている。

癩の宣告より／百倍もいやなものに、／けものたちのまねきに、／／不承知な拉致のまへに、／世界を鬱陶しくする／帽庇のかげに／死の誓約、／うりわたされる魂どもの／整列にまぢつて／ボコは立たされる。／／（中略）／かるい喘息のいたつきあるボコを／盗まれたらかへのない／たつた一人きりのボコを、／ボコなくては父親が／生きてゆく支へのないそのボコを／父親は喰入るやうにみてゐる。／そしてボコのかつて言つた言葉を／ボコの脊がさゝやくのをきく。／――僕は助かりつこないよ。／あのてあひときたら全く／ヘロデの嬰児殺しみたいにもれなしで／革命議会《コンベンション》の判決のやうに気まぐれだから。

（「詩」部分）(7)

一昨年（二〇〇七年）、戦時下で作られた『三人』という手書きの手作り詩集が発見され話題になったが、これはその詩集の冒頭に置かれた詩（『蛾』所収の「子供の徴兵検査の日に」の元となった詩）である。この詩で歌われたのは、あくまでも自分自身の子「ボコ」（一人息子乾の愛称）が召集されることに対しての嘆きとやり場のない怒りで、子が召集されてしまう際の親の気持ち一般ではない。仮にボコ以外の青年が「うりわたされる魂どもの整列」に並ぶことがあったとしても、ボコだけはその列に「立たされる」ことがあってはならないという、親子間の密な愛情の中でのみこの詩は成立している。しかし、当事者たる金子／ボコという具体的個別的な親子関係も固有名を置き換えることによって、他者の親子関係に共通する思いとなるわけで、この個別に徹した詩は、翻って普遍性を持つこととなる。そして、結果的に親が子に向ける肉親の情という、極めてわかりやすい普遍的な道理の中で強制兵役の悲惨が訴えられることとなる。

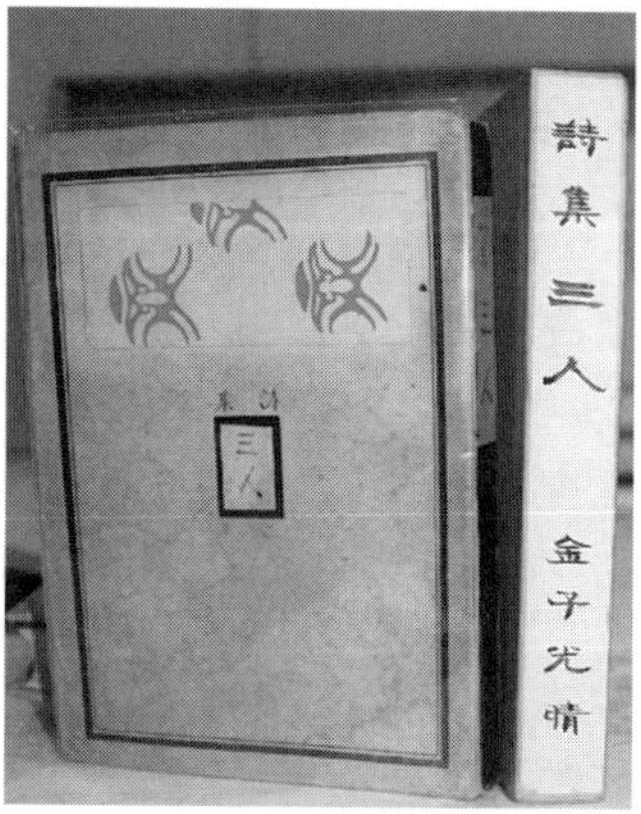

『詩集 三人』表紙・函

この詩は、こういう個別に発した帰納的論理として徴兵忌避の心情が訴えられるのである

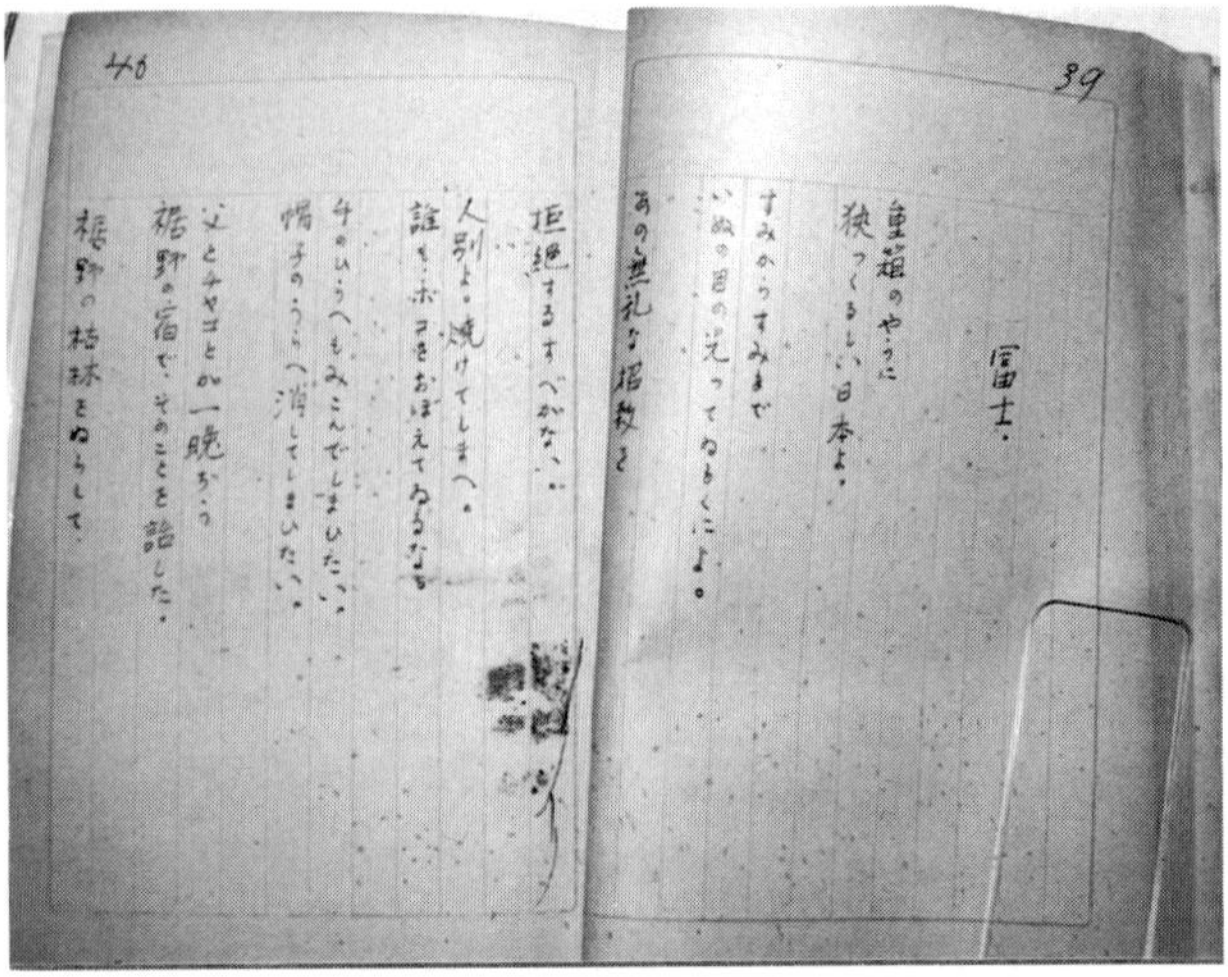

『詩集 三人』に載る「富士」
『蛾』に収録された「富士」の原形

が、そこに強い抵抗姿勢が現れているわけではない。確かに、あきらめかけた息子ボコの意思とは別に、金子は息子の召集に対して父親としての反乱を実際に企てたが、この詩ではそういう抵抗の姿勢よりも、戦争の持つ不条理にひれ伏さざるを得ない一国民の無力さと言いようのない苦しみが表現されている。そして、ここで直接的に書かれたこととは、かけがえのない一人息子のボコを失いたくはないという〈死に対する忌避〉の気持ち、即ち〈一回限りの生〉を中断させるものから息子を逃れさせたい一心の親の気持ちであり、ここには晩年の〈生に執する姿勢〉と同根の意思が存在している。

そして、こういう〈生に執する姿勢〉や『若葉のうた』に見られるような〈生を讃える姿勢〉は、もっと遡って、詩を書き始めた最も初期の段階から始まっていたと考えることができるのである。

おゝ／美くしい、狂暴な白さぎら！／／生きよ！／生きよ！／耀いて生きよ！

（「白鷺」最終部分）

金子保和の名で出版した『赤土の家』のほぼ最後に配置されたこの詩は、「金あみの中」に閉じこめられた「白さぎ」が泥鰌の餌をついばむ場面を歌ったもので、「白さぎ」の不自由さを思いやりながらも、泥鰌をむさぼり喰うその姿に野生の本性と自由さを見いだし、動物の生を讃えようとしている。ヴェルハーレンの「鷺の歌」から触発された詩であろうが、そこでの漁夫が打つ網から逃れて天高く自由に羽ばたいていこうとする鷺は、ここでは「金あみの中」へと閉じこめられている。しかし、ここでの「白さぎ」は、飛ぶことの自由さとは引き換えに、生きることの原点である「喰う」という行為を獲得していて、優雅に羽ばたく様子以上に動物の根源的な生を読者にイメージさせる。また、檻に閉じこめられた動物というモチーフは、高村光太郎の「ぼろぼろな駝鳥」（『銅鑼』一九二八・三）と同種の趣があり、共に大正ヒューマニズムという時代思潮との関わりが指摘できるが、駝鳥への哀れみと動物を抑圧する人間への怒りを訴える光太郎の詩に対し、「生きよ！／生きよ！／耀いて生きよ！」という一節で詩を結んだ金子の「白鷺」の方は、哀れみ・怒りの情よりも、動物の生への讃美という点に主旨を移行させている。

若き日の金子がホイットマンやカーペンターの洗礼を受けたことや、ヴェルハーレンの詩に多くを学んだことは[8]、自伝的な事項として自身が書いていることであるが、デモクラシーという思想や象徴詩という技法以外に、この双方からは人間の生命讃美という面からも影響を受けていたはずで、「白鷺」はそのことを示している。既に劉建輝は、金子がヴェルハーレンから学んだものは「詩の形式と手法」が主なものだが、「生に対する驚歎にみちた絶大な信用」も大きな影響を及ぼさないわけにはいかなかったとの見解を示し、後者の視点に着目することの必要性を論じていたが[9]、こういう視点から金子を捉え直そうという動きは潮流とはならなかった。『赤土の家』は等閑視されてきたし、ホイットマンやカーペンターとの関わりなどもさほど重要視されてこなかった嫌いがあるように思う。しかし、今少し注目すべき事項であり、これらのことは鈴木貞美によって提唱された「大正生命主義」という時代思潮との関連から金子を読み直すという問題にも繋がっていくように思う。これらのことは今後の課題としたい。

さて、晩年に至って生に執着する姿勢が発生したのではなく、それは常にその詩のなかに遍在し、既に詩的出発の時点からそういう一つの典型があったということを見てきた。翻って言うならば、「白鷺」での「生きよ！／生きよ！／耀いて生きよ！」という基調を変奏させていったのが、その後の金子の詩業の一面であったとも言い得るのである。そして、そこには難解な詩語や晦渋的な詩的技法とは異にした、平易で万人に通じる詩法と詩語があった。『こがね蟲』での耽美主義、そして、『鮫』における抵抗と一連の戦争詩における反戦姿勢、それらの一方には、こういう泥臭い詩作態度と大衆への分かり易いメッセージが存在していたのである。こういう大衆性を持った金子の側面を評して「国民詩人」と呼ぶのが適切かどうかは別にして、時に、芸術よりも大衆と寄り添う姿勢を選択し得たというところに詩人金子の面目はあったのではなかろうか。

注

（1） 拙稿「晩年の金子光晴――六〇年代後半から七〇年代にかけての受容のされ方――」（『研究紀

要』第22集、愛知県立瀬戸高等学校、一九九五年三月）参照。
（2）高澤秀次「西脇順三郎への一歩前進、二歩後退」（『言語文化（明治学院大学）』二〇〇二年三月）一〇六頁。
（3）秋山清「後記」（『金子光晴全集』第五巻、一九七六年）四三九頁。
（4）谷川俊太郎『定義』（思潮社、一九七五年）。
（5）森乾「父と母の想い出に」（『ポエム』一九七七年一〇月）九〇頁。
（6）拙稿「教科書に採択する詩教材について」（『解釈』第五十巻第五・六号、二〇〇四年六月）参照。
（7）金子光晴・森三千代・森乾『詩集「三人」』（講談社、二〇〇八年）に拠る。
（8）ヴェルハーレンを集中的に読み込んだのは、『赤土の家』出版直後に渡欧した際（一九一九年二月〜一九二一年一月）のブリュッセルでのことである（『詩人』平凡社、一九五七年）。
（9）劉建輝「金子光晴における「生」と「死」」（『「生命」で読む20世紀日本文芸』一九九六年二月）二二一〜二二三頁。「生に対する驚歎にみちた絶大な信用」の文言は、金子が『ヴェルハァレン詩集』（新潮社、一九二五年）の「緒言」でヴェルハァレンを説明する際に用いたもの。

III部

第11章　〈鱗翅目《レピドプテラ》〉の詩学

一　金子光晴と中原中也

金子光晴と中原中也との間には、およそ接点らしいものがないと考えるのが一般的であろう。『四季』派の中核詩人としての中原と、戦後「反戦詩人」として名を成す金子とでは、その感性において大きな隔たりがあると考えるのは当然であろうし、活躍の時期も微妙にズレているので同時代の詩人という捉え方も馴染まない。また、金子は一八九五（明治二八）年生まれ、中原は一九〇七（明治四〇）年生まれという、一回りの年の差では世代を共有したとも言い難い。しかし、二人の人間形成に影響を与えた時代の空気は偶然にも一致しているのである。海外放浪をするなど長い青春の期間を過ごした金子と早熟・早世の人生を歩んだ中原とでは、自ずと人生における時間の重みに差異があるわけで、生き急いだことになる中原は、ある時点で金子が経た人生の質に追いついたと考えることができる。今、仮にその時点を大正末期に置いて考えてみると、共通して関東大震災の時期が重要な意味を握る時代であったことがわかる。第2章で見たように、金子は「関東大震災後」の虚無感の中で後の思想に大きく影響を与えることとなったマックス・シュティルナーに出会っているし、中原は高橋新吉の『ダダイスト新吉の詩』（中央美術社、一九二三・二）に邂逅している。また、金子が森三千代と交際を始めるのも、中原が長谷川泰子と同棲を始めるのも、震災翌年の一九二四（大正一三）年のことであった。こうして見ると、金子と中原は年齢の差はありながらも、同時代的な状況の下、この時期似通った体験をしていたと言える。その上、恋愛に関連して、その後の二人が共にコキュとして精神を疲労させることになるというのも似ているし、[1]ランボーやボードレールへの関心などにおいても二人のそれは共通している。二人は「関東大震災後」という共通の時代的状況を生きたと同時に、恋愛面での苦悩やフランス象徴詩からの影響など、精神形成や詩的修練の面においても、近似の道程を歩んだ詩人だと考えることができる。

こう考えると、今まで遠い関係であった中原と金子を併置して何らかのことを考えてみるというのも、あながち唐突とも言えないのではなかろうか。本章ではその試みの一端として、〈鱗翅目〉を接点として〈中原における蝶〉と〈金子における蛾〉について検討してみることとする。中原は「一つのメルヘン」で「蝶」が飛来し消え去る様を象徴的に描き、金子は詩集の名称自体に「蛾」という昆虫名を当てたように、二人は共に重要な詩編に蝶や蛾という〈鱗翅目〉に当たる昆虫を使用し、それに象徴的な意味作用を持たせた。以下では、中原と金子が二種の〈鱗翅目〉のそれぞれの属性を如何に生かしたか、昆虫である〈鱗翅目〉を如何に詩的表象へと昇華させたかについて考察してみたい。

二　「一つのメルヘン」における「蝶」の表象

てふてふが一匹韃靼海峡を渡つて行つた。　（「春」[2]）

日本の近代詩において、詩を成立たらしめるに当たって蝶が巧みに生かされたのは、安西冬衛のこの一行詩「春」（『軍艦茉莉』厚生閣書店、一九二九・四、所収）と中原の「一つのメルヘン」（『在りし日の歌』創元社、一九三八・四、所収）が双璧ではなかろうか。(3) この二つの詩における蝶は、蝶の持つ属性の中でもとりわけ「飛ぶ」という属性に関係してそのイメージが生かされている。「春」における蝶は、広大な海上とそこを飛び続ける小さな蝶の健気さという対比として描かれ、それは「韃靼海峡」と「てふてふ」という字面の違いを生かしてイメージ化された。ここでは、蝶や海が実体として提示されていると同時に、蝶や海を示す「てふてふ」「韃靼海峡」という活字までが視覚として実体的に認識されている。詩集の頁に「てふてふ」「韃靼海峡」という活字が刻印され、読者の脳裏には広く荒涼たる海上に一点の形あるものとしての蝶が明瞭に刻まれる。このモダニズム的な蝶の扱いに対して、「一つのメルヘン」で登場する蝶は実体としてではなく、彼方の幻影の中に現れ消滅する、幻想世界の存在として現れる。まさに「メルヘン」と題される所以であるが、このメルヘンの中に現れ消え去るものをとりわけ蝶とせねばならなかったのは何故だろうか。

秋の夜は、はるかの彼方《かなた》に、／小石ばかりの、河原があつて、／それに陽は、さらさらと／さらさらと射してゐるのでありました。／／陽といつても、まるで硅石《けいせき》か何かのやうで、／非常な個体の粉末のやうで、／さればこそ、さらさらと／かすかな音を立ててもゐるのでした。／／さて小石の上に、今しも一つの蝶がとまり、／淡い、それでゐてくっきりとした／影を落としてゐるのでした。／／やがてその蝶がみえなくなると、いつのまにか、／今迄流れてもゐなかつた川床に、水は／さらさらと、さらさらと流れてゐるのでありました……

（「一つのメルヘン」(4)）

この詩は中原得意のソネット形式によっているが、前半と後半にはっきり区分でき、四つの連の関連が明瞭な「起承転結」という構図で書かれていることに特徴がある。前半と後半、第三連と第四連はそれぞれ時間軸によって区分けされ、時間の流れに沿ってこの詩の場面は転換していく。その最も確とした転換点が第三連冒頭の「さて」という接続詞による場面の転換であり、唐突な蝶の登場である。ここでの蝶は、前半と後半を切断し架橋するものとして登場し、まさにこの詩の「蝶番《ちょうつがい》」的な役割を担っていると言ってよい。「一つのメルヘン」とは極めて意識的に構造化された詩であり、前半で描かれた光景と後半のそれとの対比的なありように鑑賞の鍵はあると言える。そして、第三連での蝶の飛来は、第四連の「やがて」という語で時間的経過が示され蝶がいなくなる場面と対応して、第三連と第四連との間にも対照的な関係が創り出されている。この詩の構造を図式的に示すならば、〔A〕

↑↓〔B（a↑↓b）〕ということになろうか。

この極めて意識的に構造化された詩において前半と後半を接続し、第三連から第四連へと詩を進めていくための契機となる素材として、第三連で唐突に現れ、第四連で消え去るという性質を持つ事物が要請された。それには飛び来たり飛び去る、「飛ぶ」という属性を持つ存在が必要であったが、その役割を担うものとして選択されたのがこの場合蝶であったのである。それは飛ぶものとしては、小鳥であっても蟬であってもよかったのかもしれないが、蝶がみえなくなると同時に「今迄流れてもゐなかつた川床に、水は」「流れてゐるのでありました……」という、中原が創り出した幻影・幻想の心象風景を現前させるには、静寂な世界を舞台として設定する必要があったからであろう。即ち、ここで蝶が使われたのには「飛ぶ」という属性と共に、〈啼かないもの〉〈音声を所持しないもの〉としての蝶の属性が必要とされたのである。

音が聞こえないこの詩では、第四連に至って初めて乾燥した世界に「水」が流れ出し、水音という音声が流れ出した。確かに第二連では、太陽光線が「さらさらと」かすかな音をたてて射すというように表現され、はっきり「音」が明記されてはいるが、これは放散する光線が「個体の粉末」となってぶつかり合うイメージから「かすかな音」が導かれたのであり、聴覚的に把握されたのではなく光線という個体を幻視する映像的なイメージが先行していると見てよいだろう。また、この「さらさらと」という表現は、第一連に引き続いて、乾燥した「個体の粉末」として感知される光線の射す様子の擬態語として誤読され易く、読者の耳には明瞭な音としては届いてこないのではなかろうか。いずれにせよ、第二連の「さらさらと」というオノマトペからは極めてか細い音しか聞こえはしないのであり、第四連になって、水無川に水が流れ出すのをきっかけとして初めて音声が発生したと言える。しかし、これとても単調で静謐な響きでしかなかった。

このように考えると、夜の陽の光がかすかな音をたてながら水無川に射しているという幻視された光景から、水が音を立てて流れ出すという現《うつつ》に近い世界へと読者の意識を誘う契機として機能したのが、蝶の消失であった。蝶が視界から消え去るという現象を合図にするかのようにして、水が流れ水音が発生したということは、蝶の出現と同時に、その消滅にも大きな象徴的な意味合いがあると考えるべきだろう。この問題は次節で考えることとして、ここでは「やがて」という副詞が示す、蝶が飛来してから消え去るまでの一定の時間の幅に注目したい。蟬や鳥や蜻蛉などを音が発生することの記号としては使わず、蝶の喪失という記号を用いたのは、蟬や鳥や蜻蛉が持つスピード感ある直線的な飛び方では、見る側がその行き先を意識して追いかけてしまい、去っていった経路までを記憶してしまうからであろう。これが蝶であるならば、蝶を幻視する主体がわずかに意識を逸らした隙に、河原の小石の辺りをひらひらと舞っていた蝶の行方を見失ってしまうということに繋がる。蝶が消失してゆく時の様は、小石の辺りをちらちらと舞うように飛んでいた蝶が、ある瞬間に異次元空間に吸い込まれるかのようにして視界から失せてゆくというイメージであり、遠方に飛んでいったからいなくなったというのではない。視界からのこのような消え方は、一直線に飛び去っていくのではなく「ちらちらひらひら」と羽を翻しながら舞うような蝶の飛び方に関連するイメージで、羽を翻したその一瞬に蝶は消え、別の世界が出現したのである。

「一つのメルヘン」において、光景を一転させる契機にことさら蝶が選択されたのは、蝶が持つ音声を発しないという属性と、直線的に滑空する飛翔ではなく「ひらひら」と羽を翻し遊びながら躊躇しながら舞うような、その独特の飛び方に理由があったのではなかろうか。(5)

三 「蝶」の持つ象徴性と「蝶」の消失の意味するもの

さて、突如水瀬川に水が音を立てて流れ出すという光景を出現させるきっかけとして機能したのが、蝶の飛来とその消失であったが、はたしてこの蝶とは一体如何なる象徴的な意味合いがあったのだろうか。中原の詩において蝶が登場するのは、他に「秋」(『山羊の歌』文圃堂、一九三四・一二、所収)と「秋日狂乱」(『在りし日の歌』所収)の詩編があるが、とりわけ「秋」は中原が蝶というものをどのようにイメージしていたかがよく現れた詩であり、「一つのメルヘン」での蝶の役割を考えるのに好適の材料である。以下では「秋」の詩における蝶の象徴性を確認しながら、「一つのメルヘン」での蝶の意味について考えてみたい。

草がちつともゆれなかつたのよ、/その上を蝶々がとんでゐたのよ。/浴衣《ゆかた》を着て、あの人縁側に立つてそれを見てるのよ。/あたしこつちからあの人の様子　見てたわよ。/あの人ジツと見てるのよ、黄色い蝶々を。/お豆腐屋の笛が方々で聞えてゐたわ、/あの電信柱が、夕空にクツキリしてて、/――僕、つてあの人あたしの方を振向くのよ、/昨日三十貫くらゐある石をコヂ起しちやつた、つてのよ。/――まあどうして、どこで?つてあたし訊《き》いたのよ。/するとね、あの人あたしの目をジツとみるのよ、/怒つてるやうなのよ、まあ……あたし恐かつたわ。//死ぬまへつてへんなものねえ……

(「秋」最終部分)

中村稔は、「秋」の詩において「蝶が、死と生との媒介者、仲介者」としての存在として出てくることを踏まえて、「一つのメルヘン」とは「蝶を媒介とした、死の世界から生の世界への再生、あるいは復活の祈り」、「そういう願いをうたったのではないか」と論じた。[6] 確かに中原が蝶を確たる形ある事物として描きながらも、一方で「淡い影」として描写したことは、蝶が幻と現、あの世とこの世の双方の性質を併せ持っていることを示している。また、民俗学的にも古来から蝶を「死霊の化身」と見る考えがあったことが報告されており、[7] 日本人のそのような心性に照らしてみても、「一つのメルヘン」における蝶を冥界とこの世との通信者としてイメージするのは順当であろう。「一つのメルヘン」より早い時期に書かれた「骨」（『在りし日の歌』所収）でも、あの世の側からこちらの岸を見返すという視線が提示されていたことからもわかるように、中原には冥界・死者の側に自らを接近させるという傾向、言い換えれば〈死への親近〉を志向する気持ちが存在していた。メルヘンと題された詩を限定して捉える必要はないが、中村のように「一つのメルヘン」における蝶を「死と生との媒介者」として捉え、この詩を〈生と死〉の問題を基軸として読むのは一つの読みとして有効であろうと思われる。

しかし、蝶が消え去り水が流れ出すことを以て、「生の世界への再生」と読むのはやや対比的図式的であり過ぎはしないだろうか。なぜなら、第四連で「さらさらと、さらさらと流れ」出た水は、あくまでも清浄で無垢な水であり、ここからは依然として無機的な世界しかイメージできず、ここに猥雑さを併せ持つ強い生命の匂いを感じとることは困難であるからである。川崎洋も「蝶はそのまま詩から飛び立って死の世界へ帰り、川はわたしたちの生の世界へ静かに注ぎ始めます」(8)と解説し、中村とほぼ同様な見解を示しているが、このような「生の世界への再生」を読み取る見方は読者の願望に牽引された解釈であり、中原の早世を既に知る読者が、その晩年は生への期待に満ちていたと思い込みたいがための、美しい読み方であり過ぎるように思われる。蝶が消え去った第四連は、蝶によって吸引されかかった死の世界から日常的な現実空間への帰還としてのみ考えた方がよいのではなかろうか。あくまでも「死」の側からニュートラルな位置、倦怠の待つ日常の世界へと戻っただけで、決して「生の世界」の側に傾斜する志向が暗喩されていたわけではないと思われる。「一つのメルヘン」の詩編全体が示す静謐で無垢な世界からは、生へのベクトルではなく、穏やかな〈死への郷愁〉にも似た心象風景が伝わるのである。

四　金子光晴「蛾」を巡って

中原に存在する〈死への親近〉〈死への郷愁〉に満ちた志向を反映したのが「一つのメルヘン」における蝶の存在であったとするなら、金子が「蝶」ではなく「蛾」を暗喩として使用することには、如何なる志向が潜在していたのであろうか。詩集『蛾』（北斗書院、一九四八・九）の「あとがき」には、「この詩集は、僕の皮膚の一番感じ易い、弱い場所で、例へばわきのしたとか足のうらとか口中の擬皮とかいふところに相当する」とあるように、これは戦争末期の金子の偽りのない心情を吐露したものである。詩集の内容は、「蛾」「薔薇」「三人」「美女蚕」の四部から成るが、詩集名が「蛾」に拠っていることからもわかるように、最初に配置された「蛾」の持つ意味はとりわけ大きい。また、詩集の表・裏の見返しには、田川憲によって赤茶けた大きな蛾の絵が描かれていて[9]、この詩集において蛾が占める位置の大きさを視覚的にも印象づけている。詩集の最初に配置された「蛾」は十編の詩から構成されていて、その中の八編が「蛾Ⅰ」から「蛾Ⅷ」として並べられてある。この八編において蛾が象徴するものはそれぞれまちまちであるので、蛾の象徴するものを一義的に限定することはできない。しかし、全体をとおしての蛾のイメージには、野村喜和夫が指摘するように「戦争一色に塗りつぶされた夜の時代を耐えている詩人自身の姿[10]」が投影されていることは間違いない。なぜなら、同じ〈鱗翅目〉に分類される蝶と蛾の相違点に着目すると、昼行性の蝶に対して夜行性の蛾という特色が浮かび上がり、金子が蛾に託した根源的な意味に「蛾＝夜」という連想に関することがあるとわかるからである。

詩集『蛾』においては蛾は様々に表象されたが、以下ではその中のいくつかを見ることを通して、中原が蝶によって示したものとの差異を考えてみたい。

『蛾』表紙　題字は田川憲

蛾はとぶ。月のふぶきのなか。——月はむらさき。月がかざり立てる樹氷。／月にとけこんだ夜のしづかさ。蛾のやはらかい翼ども、ふれあふ騒擾の無言のにぎやかさ。／／鏡にふりつもるお白粉のやうに、蛾がふるひをとす鱗、紛々たる死よ。／蠟よりもすきとほつて千年もかはることのない若さの肌。

（「蛾II」冒頭部分）

蛾が「月のふぶきのなか」を飛び、月が樹氷をかざり立てるという過剰な月光の描写は、中原の蝶がメルヘンの中で飛んだのと同様、蛾は金子の心中に降り注ぐ月光の中で舞う心象風景としてあることを示している。田中清太郎は「「蛾がふるひおとす鱗」が「死」であるならば、「蛾」は生を表わすと考えられる」[11]と論理的に解釈したが、「一つのメルヘン」が〈生と死〉を巡る問題軸によって分析することができたのと同様、この詩もまた、虚無的な状況下にあっての〈生と死〉を巡るイメージをもとに成立したと捉えることができよう。その場合、鱗粉をふるい落とし透明な羽となった蛾は、中原の蝶とは対照的な生の表象として理解できるが、元来の鱗粉を纏ったままの蛾とは、生の中に死を併せ持つ存在として表象されたことにもなる。この〈生と死〉が一体となった蛾とは狭義では戦時下の人間の暗喩となるが、広義にはまさに我々人間の普遍的な姿を現していると考えられる。このように金子は、そもそも人間とは〈死への親近〉の中で生きていくしかない存在であることをよく知っていたと言えるが、はたして、死を内包している生に対して、どのように向き合おうとしていたのであろうか。

蛾は月に透いてゐる。翼一ぱい吸ひこんでゐるのは無ではない。光だ。／蛾は、裸をみられてゐるのを意識して、はづかしさうにあゆむ。……音はない。近づくけはひだけ。／／灯をそつと吹き消すやうな音を立ててすり寄り、消える前の焔がゆらぐやうに翼をうち、／蛾は、その影とともに人の心の虚におちこみ、そこにやすらふ。／蛾は、数ではない。負数なのだ。／／蛾のうつくしさ。それはぬけ殻ではない、ひ剝がれた戦慄なのだ。／汚され、破られ、すてられ、ふみにじられたいのちの、最後のさびしい火祭なのだ。／／僕らの生きてゐるこの世界の奥ふかさは、恥となげきのうづたかい蛾のむれにうづもれ、／木格子を匍ひのぼり、街燈を翼で蔽ひ、酒がめにおちてもがき、／濠水に死んでうかんでゐるあの夥しい蛾のむれに。

（「蛾VI」）

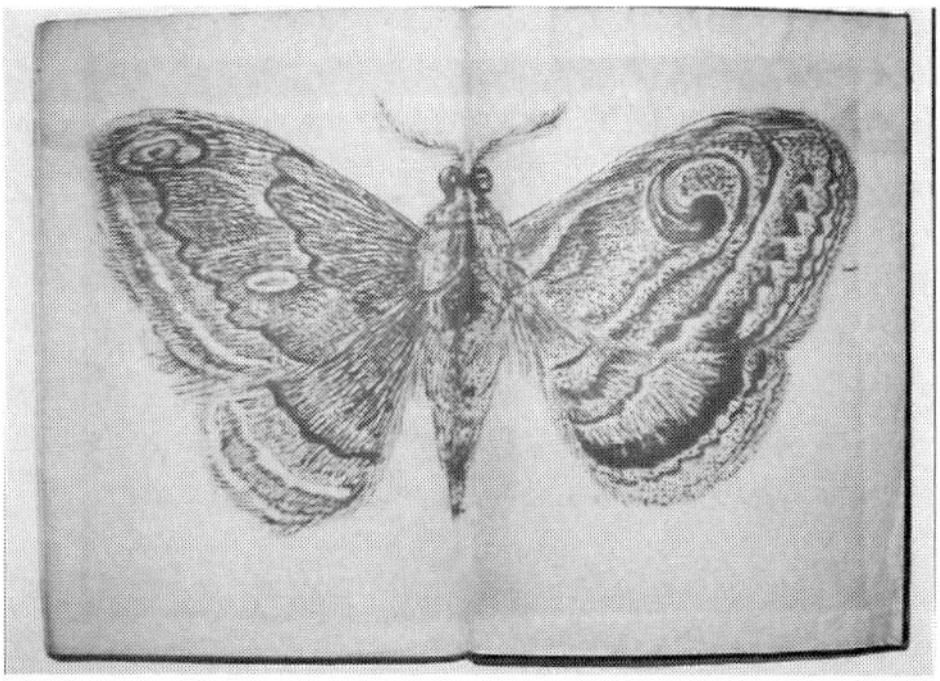

『蛾』見返し　絵は田川憲

この詩では、描写される蛾と描写する側とが渾然一体なものとして存在し、蛾は金子に見られていると同時に金子そのものでもあり、また、普遍的な人間のありようをも示している。ここで蛾によって暗喩された人間存在のありようとは、生とは「負数」であり、「汚され、破られ、すてられ、ふみにじられ」ながらも、なおかつ「もがき」「匍ひのぼ」るものでしかないということではなかろうか。即ち、人間の生とは、多くの死の群れに囲まれ各人が常に死に接近しながらも、そこにこそ「世界の奥ふかさ」とうつくしさがあるということをこの詩は示している。

金子によって示された蛾には、この世が死の氾濫した世界であること、人間が死に接した存在であること、それらを自覚しながらも、死の世界に吸引されるのではなく、それに抗い泥臭くもがき続ける人間の様が暗喩されているのではなかろうか。蛾には、夜の闇に通ずる時代性や、人間の生に潜む暗さと生きにくさを暗示する効果があったのだろうが、死に対峙しながらもそこに引きずり込まれないために抗うという、人間のみっともないまでの生へのあがきを示すには、美しさとは縁遠い赤褐色の薄汚い蛾こそが絶好のシンボルだったのである。

五　〈死への親近〉……その二つの位相

中原と金子は、ともに〈鱗翅目〉である蝶や蛾を巧みに詩世界に持ち込み、その昆虫の特徴を生かしながら独自の表象にそれを使用した。それは、いずれも〈生と死〉に関わる問題を含むものとして象徴され、暗喩化されたと考えられるが、そこに込められた二人の詩人の〈生と死〉に関わるベクトルは全く対極的な位相を持つものであった。端的に言えば、中原も金子も〈死への親近〉という意識を自らに潜在させながらも、中原は蝶によって死の世界へと吸引されるような生のありようを無意識の中に選び取り、金子は蛾によって示された生に拘泥するという生のありようを求めたとして、二人を対照的に捉えることができる。これは、中原の人生が短くはかなく終わってしまったことと、金子のそれが、中原が「茶色い戦争」として回想としてでしか描けなかった戦争というものを直に経験し、極めて多くの紆余曲折をたどりながら八〇年の人生を生ききったという実人生とも対応している。

せめて死の時には、／あの女が私の上に胸を披《ひら》いてくれるでせうか。　（「盲目の秋」部分）

汚れつちまつた悲しみは／倦怠《けだい》のうちに死を夢む（「汚れつちまつた悲しみに……」部分）

ホラホラ、これが僕の骨――／見てゐるのは僕？　可笑しなことだ。（「骨」部分）

中原にはこのような詩編に見られるように、一貫して〈死への親近〉の情と死者の側からの視線というものがつきまとっていた。『在りし日の歌』という詩集自体が極めて異色な命名であるのだが、このことは「一つのメルヘン」自体が冥界からの視線で眺められていたもう一つの「メルヘン」であったことを示唆しているのかもしれない。「一つのメルヘン」の前半は、あたかも「賽の河原」[12]のような現世とは異なる空間を思い起こさせたが、それは想起された世界ではなく、その世界に現に存する者として見ている光景の描写でもあったのである。身内の死を多く経験せねばならなかったという不幸と自分自身の夭折は、偶然の結果であるに過ぎないが、そこに中原の持つ〈死への親近〉の意識を併せ置くと、あたかも自身の運命を知るが故の意識であったのではないかと思えてくる。中原は死に囚われた詩人であった。

一方金子は、第13章で述べる「大腐爛頌」やII部で論じた『人間の悲劇』（創元社、一九五二・一二）などに見られるように、死すべき者としての人間存在を自覚し、生に対する虚無から出発しながらも、徹頭徹尾、死に抗い生にしがみつき、虚無的人生観の背後に生への意欲を潜在させた。人生における最晩年に至るまでの性への関心は、蓋し、生への執着の具現であろう。詩集『蛾』の一編である「富士」は、所謂「反戦・抵抗詩」として息子の徴兵忌避への思いを吐露した詩として著名であるが、これらの詩も生への執着という観点から読むことはできないだろうか。

戸籍簿よ。早く焼けてしまへ。／誰も。俺の息子をおぼえてるな。／／息子よ。／この手のひらにもみこまれてゐろ。／帽子のうらへ一時、消えてゐろ。

（「富士」部分）

勿論、この詩が戦争に対する厭悪の表明であることには違いないが、何故、戦争が忌避されねばならないかと言えば、息子の命が奪われることになるかもしれないからである。金子の「反戦詩」とは、観念的な反戦思想から出発したものではなく、自身の命や息子の命を奪われたくはないという極めて具体的な願いから発せられたものなのである。従って、「戦争」に反対するというより「死」に対しての反対を宣言した詩と考えるべきで、これらの詩はる。

「生」に対する執着、「生」を全うすることを希求するものとして読み直すことが可能であ

今宵かぎりの舞台といふので蛾は、その死顔を妖しく彩つた。／刑具のやうな重たい腕環、首かざりなど、はれの装ひをことごとく身にあつめて。／／（中略）／／蛾はきりきりと廻る。底のない闇の、冥府の鏡のなかにくるめくその姿。／悔と、驕慢と、不倫の愛の、一時に花さく稀有なうつくしさ。

（「蛾Ⅷ」部分）

夜の闇の中に無様な最期をさらす蛾。蝶のような晴れやかさを欠き、赤褐色の羽を「きりきりと」羽ばたかせ鱗粉に紛れながら、生を全うしてゆく蛾。ここには金子を含む我々人間の〈生と死〉のありようが暗喩されているに違いない。金子はやがて来るだろう死すべき日までの時間を愛おしみつつ、最後まで生に執した詩人であった。それ故に、「「死」にむかって生きるより他のない」（「インキ壺のなかから」、『泥の本』）という人間の宿命を中途で切り上げさせるもの、即ち理不尽な死を強要する戦争を強く憎悪したのである。

中原と金子が詩の中に登場させた二種の〈鱗翅目〉の相違とは、二人の詩人の〈生と死〉

を巡る姿勢に対するベクトルの違いを示すものだったのではなかろうか。

注

(1) 一九二八(昭和三)年九月、金子が妻森三千代を伴い、足かけ五年の東南アジア・ヨーロッパ行に旅立ったのは、三千代と土方定一との関係を清算させたいとの思いからでもあった(『詩人』平凡社、一九五七)。また、中原は長谷川泰子が一九三九(大正一四)年一一月に小林秀雄の元へ去った後も、泰子を挟んでの小林との奇妙な三角関係に苦しむことになる。

(2) 『安西冬衛全集』(宝文館出版)に拠る。

(3) 蝶を素材とした詩を挙げれば枚挙に暇がないだろうが、他では三好達治の「郷愁」や「土」が印象的であるし、北村透谷のいくつかの詩編や、萩原朔太郎「蝶を夢む」、西条八十「蝶」などが思い浮かぶ。

(4) 『新編中原中也全集』(角川書店)に拠る。以下の中原中也の引用もこれに拠る。

(5) もっとも蝶の種によっても飛び方は異なり、丈夫な翅と筋力を備えたタテハチョウ科などの蝶は、直線的な活力ある飛翔力を持っているので、この詩に登場する蝶のイメージには合わない。従って、「一つのメルヘン」において登場し消え去った蝶は、強い飛翔力を持たない蝶ということになり、静謐な詩世界の色彩感覚から合わせみても、ひ弱で清楚なシロチョウ科に属す蝶がふさわしく思われる。

(6) 中村稔「「一つのメルヘン」と「蛙声」」(『中原中也研究』第4号、一九九九年)二三頁。

(7) 今井彰『蝶の民俗学』(築地書館、一九七八年)一三八〜一四二頁。

(8) 川崎洋『教科書の詩をよみかえす』(筑摩書房、一九九三年)一五一頁。

(9) 田川憲は『蛾』において題字と挿画を担当し、表・裏の見返しに大きな蛾を描いている(表・裏は同一の絵）。それは、左右の翅の文様が非対称で架空の蛾と考えられるが、蝶にはない櫛状の触角が描かれていて、いかにも蛾らしい絵として仕上げられている。この蛾独特の櫛状の触角はオスのもので、夜間、メスのフェロモンの分子を感知するために特化したもので、特に毒蛾に多く見られるものである。田川の描いた蛾の絵は、夜行性という蛾の特色や、蛾が所有する妖しげなイメージを喚起させるのに多いに役立っていると言えよう。また、黒地の表紙の中央の白い空間に「蛾」と一文字書かれた装幀も、蛾の舞う夜の闇をイメージさせるものであり、詩集全体の雰囲気をよく捉えている。田川については第7章、注(14)参照。なお、金子の書籍の装幀等にあたった者としては、他に、宇留河泰呂・駒井哲郎の仕事が印象的である。

(10) 野村喜和夫『金子光晴を読もう』（未来社、二〇〇四年）一六九頁。

(11) 田中清太郎『金子光晴の詩を読む』（国文社、一九八二年）九九頁。

(12) 中村稔『言葉なき歌　中原中也論』（角川書店、一九七三年）一九一頁。

第12章 〈骨〉の詩学

はじめに

前章においては金子光晴と中原中也という一見異質な二人の詩人を俎上に載せ、それぞれの詩に現れた蝶と蛾という〈鱗翅目〉の表象の違いを手がかりに、それぞれの〈生と死〉に関わる意識について検討してみた。本章ではその延長として、村野四郎「骸骨について」を交えながら、中原の「骨」と金子の「骨片の歌」という二編の詩について比較検討することを通して、両者の〈生と死〉に関わる意識の違いについての考察を深めようとするものである。

一 〈見られる骨〉……中原中也の「骨」

ホラホラ、これが僕の骨だ、／生きてゐた時の苦労にみちた／あのけがらはしい肉を破つて、／しらじらと雨に洗はれ、／ヌックと出た、骨の尖《さき》。／／それは光沢もない、／ただいたづらにしらじらと、／雨を吸収する、／風にふかれる、／幾分空を反映する。／／生きてゐた時に、／これが食堂の雑踏の中に、／座つてゐたこともある、／みつばのおしたしを食つたこともある、／と思へばなんとも可笑《おか》しい。

（「骨」前半[1]）

「骨」（『紀元』一九三四・六、『在りし日の歌』創元社、一九三八・四、所収）は結婚から五ヶ月後の一九三四（昭和九）年四月の制作であるが、新たな生活を開始した直後にもかかわらず生活感以前に生の実感そのものを欠く内容であり、中原の「生」に対する希薄な意識を如実に示す一編となっている。そもそも死後に自らの霊魂が自らの骨を眺めるという構図の設定自体が特異であるが、死後の側から生前のありようを見返す際に、それを「生きてゐた時の苦労にみちた／あのけがらはしい肉」と表現したように、生活や肉体という現実を否定的に捉える所に中原の「生」に対する恬淡とした独自の意識が表れている。この詩を「「生」に対する彼の嫌悪感や虚無感があらわれている[2]」とする村野四郎の指摘はまさに正鵠を得たものと言えよう。

しかし、このような「生」に対する虚無的な見方は青春期における一時的な姿勢として時に現れるもので、中原のみに限ったものではない。ここでの中原の特色は、「生」＝「肉」を嫌悪すべきものとして捉えたのと対照して、その対極に雨によって汚らわしさを洗い落とした「骨」を措定したことにある。中村稔はこの作品について、「肉体が否応なしに背負っている生の醜悪さをすっかり洗いながしたかのような、その上で生をふりかえっているような、一種の祈りとある種の可笑しさがある[3]」との感想を記しているが、この詩の要諦とは単に死の側から生前の様を思い返すという所にあるのではなく、〈生という実体〉を「醜悪」として捉え、それをそこから逃れた〈骨という形骸〉と比較して、生前の様が振り返られたという所にあるのではなかろうか。「肉」と「骨」とは形態的には接続してあるものだが、この詩においてはそれらは分離し相対照する性質を持つものとして捉えられているのである。

ホラホラ、これが僕の骨――／見てゐるのは僕？　可笑しなことだ。／霊魂はあとに残つて、／また骨の処にやつて来て、／見てゐるのかしら？／／故郷《ふるさと》の小川のへりに、／半ばは枯れた草に立つて、／見てゐるのは、――僕？／恰度《ちようど》立札ほどの高さに、／骨はしらじらととんがつてゐる。

（「骨」後半）

今見たように、この詩においては「肉」と「骨」は乖離した対極的なものとして把握されているのであるが、無垢となった「骨」が汚らわしい「肉」を批判して語るのではない。この詩において語るのは「僕（霊魂）」であり、「僕（霊魂）」が「骨」を見ることによって「骨」を覆っていた肉体が喚起され、ひいては生前のありようが「僕（霊魂）」によって振り返られたのである。即ち、この詩は単に「骨」と「肉」との二項的な構造としてではなく、「骨」「僕（霊魂）」「肉体」という三項の構造として関係づけられているのである。ここでは主体は「僕（霊魂）」であって、消え失せた「肉」は無論のこと、「骨」も意思を持つものではなく、骨となった事実に逆らうことはしない。「骨」は黙って「僕（霊魂）」に見られているだけで、どうしたいのかを意思表示するわけではない。また、主体である「僕（霊魂）」は、肉をそぎ落とし骨となってしまった自身のなれの果ての姿を極めて冷静に眺めるのであるが、肉体を所持し生きていた頃への郷愁は薄く、せいぜい「みつばのおしたしを食つたこと」が回想されるだけである。つまり、「僕（霊魂）」には失われた生に執着し追い求める姿勢はなく、生の終結という事実に対する諦観めいた受容があると見なされるのである。そして、その事実を確認するかのごとくにして「僕（霊魂）」は「骨」を眺め、「骨」もその事実を受け入れるかのようにしてひたすら〈見られる骨〉に留まるのである。

これを中原独特の〈生の喪失感〉としてのみ理解するのはあまりにも単純であろうが、少なくともこの詩に漂うのはスタティックで希薄な生のイメージであり、生に対する執着を欠いたところから詩想が練られているということを確認することが出来るのではなかろうか。

二　〈触れられる骨〉……村野四郎の「骸骨について」

中原の描いた「骨」が生への執着を欠く「僕（霊魂）」によって見られるだけの存在であり、生の喪失そのものを象徴するかのような存在であったのに対して、村野四郎の「骸骨について」（『GALA』11号、一九五五・四、『亡羊記』政治公論社、一九五九・一一、所収）では、生前の行為の詰まった、生きた証として表象される。「骸骨」は生ききったその過程の果ての物象であり、それはいわば「生」の「化石」とでも言えるものとして認識される。

追いつめられて　逃げ場をうしない／思いあまった変身の／このかなしい無防備／もう渇きもせず／濡れることもない／叩けば音たてるだけの固い現在／それは貝でもない石でもない／あの顎骨を見たまえ　眼窩を見たまえ／あれが遠い日のぼくの面影だ／あらゆる意味と血を　そこに灼きつけ／笑いと歔欷を／愛とにくしみを　光と影を／一つの化石となしはてて／あの無限の圧力は遠くに去った／／いまは　からんとした石灰質の／果しなくなつかしい一つの物象《おぶじぇ》／／かれは墓場にいるとは限らない／ある時　ぼくの形而上学の中を／こっちに向いて歩いてくるのだ

（「骸骨について」[4]）

村野はこの詩に関しての自らの解説で「人間は、骨になったとき、はじめて触れられる物体になる」と説明し、不確かな生に対して「骸骨」を「永遠不可変」の確たる実在として把握している[5]。つまり、もう渇くこともなく濡れることもない不変の存在が骨であり、死によって初めて自我が不動のものとなるというのである。「骸骨」とは、いわば、その不動の自我の表象であるのである。それは逆に見るならば、不確かで確信が持てないというところに生前の自我の本質があるということでもあり、「笑い」「歔欷」し、愛し憎しむというもがきの中にこそ生の実体があるということを示している。村野は生前のそのようなありようを当てにならないものと認識し、「骸骨」に触れることでそこに確たる自我を確認するのだが、生のありようを否定しているわけではない。「骸骨」の中に「遠い日のぼくの面影」を見て、懐かしげに生前を振り返るような姿勢も見せているのである。確たる自我を示した骨とは、「渇き」「濡れ」、喜怒哀楽の一切を経た後の帰結としての「物象《おぶじぇ》」であって、それは「生」があって初めて存在できる物象なのである。ここでの「骨」は生きた人間に先行して存在することは出来ず、「生」という状況と繋がったところで初めて現れるものであり、「生」の「化石」なのである。中原の「骨」が死に抗うことなくそれを受容し、「生」と隔絶したところで存在する〈見られる骨〉であったとするなら、村野の「骸骨」は〈触れられる骨〉であり、触れられることによって生前の実存が確認されるようなものとして位置づけられている。

三 〈抗議する骨〉……金子光晴の「骨片の歌」

さて、中原・村野同様、金子光晴にも「骨」を歌った「骨片の歌」（『鱒』4号、一九四七・一〇、『鬼の児の唄』十字屋書店、一九四九・一二月、所収）という次のような詩がある（詩の末尾には「昭和一八・一〇・一〇」という制作日と考えられる日付が記されている）。この詩を含む『鬼の児の唄』の詩編については、第5章でも触れたので重複する部分もあるが、ここでは中原・村野との「骨」の表象の違いを確認してみたい。

骨よ。おぬしが人間の／最後の抗議といふものか。／なにを叩く。誰をよびさます。／その撥で／骨は、骨のうへで軽業しながら／骨になつた自由をたのしんで、／へうきんに踊りながら答へた。／――みそこなふなよ。俺さまを。／とつくりそばへよつて嗅いでみな。／／かびくさいのは二束三文の／張三の骨、呂四の骨。／（中略）／あかがねくさい政治家の骨。／きちがひ茄子のにほふのは、あれは／戦にひつぱり出されたものの骨。／だが、飛切上等の骨。／こいつを一つ嗅ぎわけてくれ。／気にいらぬ人生に盾ついて／おのれでおのれを処分したものの骨には／伽羅がにほふ。伽羅がにほふ。（「骨片の歌」部分）

これは生前の束縛から解放され自由になった「骨」が剽軽に踊っている情景を描く、特異な発想の詩である。各人が様々な人生を送ったそのなれの果ての骨が描写されるが、「気にいらぬ人生に盾ついて」「おのれでおのれを処分した」という、戦争状況に愛想づかしをして自死した者の骨だけが、他の骨とは異なって「伽羅がにほふ」ものとして特化されている。しかし、これは自死を美化し肯定したものではないだろう。自らの決断と選択で主体的に生を生ききることができぬ状況にあって、唯一の意思を示し得たのが皮肉にも自らの生の切断という行為であり、ここではこの主体的な行為をなし得た者として、そのなれの果ての骨が特化されているのである。「骨片の歌」には「——それよりいつそ自分が自分を片づけた方がました。少くともいつ、どんな風に死ぬかといふことがわかるし、それに、どこに穴をあけるか自分で場所をえらぶ自由もある」というツルゲーネフの一節がエピグラフとして付されている。これは戦時下における自由の抑圧を強く弾劾すると共に、自らの意思決定を肯定する金子の姿勢を代弁するものであり、ここにこの詩のテーマが存在することを示している。

しかし、この詩においては今一つ着目すべき点があるように思われる。それは「抗議」を行うものとしての「骨」というテーマである。中原の「骨」は全く意思することが無かったが、ここでは「骨」自体が意思する主体として位置付けられているのである。中原の描いた骨が〈見られる骨〉であり、村野のそれが〈触れられる骨〉であったのに比し、ここでは〈抗議する骨〉というさらなる位相が示されていると言える。それでは一体、この骨は何を抗議し、「誰を呼びさま」そうとしているのだろうかという問題が出てくるが、「人間の最後の抗議」とは、戦時下においてまっとうな「生」を送ることが出来なかったものがその生を奪ったものに対して向ける怨念であり、自らの「生」の奪還を求める行為であると捉えることができよう。この失われた生命を取り戻すというモチーフは『鬼の児の唄』において伏流するテーマであり、詩集の最後に置かれた「鬼嘯」においても繰り返されるのである。

ばらばらになつた骸骨も／この嘯にそゝられて、／いま一度抗議をいふために／骨と骨とがひかれあひ／わが骨　ひとの骨をかきあつめ／立ちあがつてみては／へたへたとくづれる。／／きこえるだらう。／あの声だ。あの声だ。／うつろから来て、うつろにきえる。／あの声だ。あの声だ。／「返してくれえ。／返してくれえ。」　（「鬼嘯」最終部分）

このような「骨片の歌」「鬼嘯」などにおける死者の側から生命の奪還を叫ぶというモチーフは、『鬼の児の唄』だけではなく、『落下傘』（日本未来派発行所、一九四八・四）に収録された「屍の唄」にも見られる。そこでは「なぜ、その人生を途中からすてねばならなかつたか。／誰のためだらう。どいつにそんな権利があるんだ。」「一度しかなかつた人生がなぜあんなによかつたのだらう。／誰も彼もなつかしくないものはない。」などと、強い口調で自らの人生と生命を奪ったものに対して抗議の声を発すると共に、消え去った人生への素直な郷愁を表明している。こういう「生」への執着とその生を中途で途絶えさせたものに対する反感は、金子の詩の一つの系譜と言ってよいのではなかろうか。

四　金子光晴・中原中也における〈戦争〉と〈生〉

喪失した生命まで奪還しようとする意思を持ち抗議する「骨」を描いたのが金子であり、そこには生命に執する姿勢が反映しているとすべきであろうが、それに対して中原の描く「骨」のあっけらかんとした様は極めて対照的である。この両者の相違は一体何に由来するのであろうか。

幾時代かがありまして
　茶色い戦争ありました
幾時代かがありまして

冬は疾風吹きました　　（「サーカス」冒頭）

この「茶色い戦争」が具体的にはいつのどの戦争を指すかは明確ではないが、(6)中原はこのように戦争を既に過ぎ去ったものとして俗謡口調で回想として歌った。確かにこの詩編が発表された一九二九（昭和四）年一〇月の段階では満州事変はまだ起きてはいず、やがてやってくる暗い歴史の埒外においてこれが発想されたとしても致し方ないのだが、極言すれば中原は人生を通して戦争に直面する場面がなかったと言ってもよい。中原にとっての戦争とは、日露戦争時の「旅順閉塞隊が、沈めた船のマスト」を「潜在記臆《ママ》」し（「一つの境涯」）、どこからともなく聞こえてくる「鄙《ひな》びたる軍楽」を耳にした（「朝の歌」）ように、戦争の記憶はいつも幻影の中にあったと言ってよい。確かに、小学生の頃には第一次世界大戦が起きているし満州事変も日中戦争の始まりも存命中のことであったが、中原の人生は、友人の大岡昇平をはじめ同世代の者達が凄絶な体験をしたアジア・太平洋戦争とは重なることのないものであった。長男文也の死から一年後の一九三七（昭和一二）年一〇月、中原は冥界の文也から誘われるかのようにして逝ったが、「大本営」が設置されたのはその翌月のことであったのである。即ち、泥沼化していく日中戦争も欺瞞に満ちた「大東亜戦争」の深まりも死後の出来事であり、中原の人生はアジア・太平洋戦争の激化とその結果としての敗戦という歴史を体験することはなかったのである。この一九三七（昭和一二）年一〇月死去という偶然は、今日ある中原像を作り出す必要条件であったのではなかろうか。仮にその人生がもう少し長ければ、ユマニストの高村光太郎が戦争詩を量産し、中原と同じ『四季』によった三好達治が『捷報いたる』（スタイル社、一九四二・七）の諸編を書いたような、時勢への合流から無縁でいられた保証はない。死去による詩業の停止は、中原を戦争や社会の現実から隔たったままの場に据え置いたし、家庭生活の葛藤を詩に潜り込ませることからも逃れさせたのである。

しかし、そうは言うものの中原が戦争から全く無縁の場に生きていたわけではなく、満州事変勃発に際しては次のような草稿をノート（「早大ノート」）に残している。

支那といふのは、吊鐘の中に這入《はい》つてゐる蛇のやうなもの。／日本といふのは、竹馬に乗つた漢文句調、／いや、舌ッ足らずの英国さ。／／（中略）／／日本はちつとも悪くない！／吊鐘の中の蛇が悪い！／／だがもし平和な時の満洲に住んだら、／つまり個人々々のつきあひの上では、／竹馬よりも吊鐘の方がよいに違ひない／／あゝ、僕は運を天に任す。／僕は外交官になぞならうとは思はない。／／個人のことさへけりがつかぬのだから、／公のことなぞ御免である。

この詩は「日本はちつとも悪くない！／吊鐘の中の蛇が悪い！」と言いながらも、個人的なつきあいの面においては中国の方がよいと言ってみたり、軍国的なるものを揶揄するような表現があったり、時代状況への中原らしい醒めた批評眼を示してはいる。しかし、近藤晴彦が「「あゝ、僕は運を天に任す」と傍観者の席を外すことはない(7)」と指摘したように、「僕」は社会と自己との関係性を欠き〈公のこと〉への無関心振りが際だっている。〈個人のこと〉へと関心が限定されているのは、「十五年戦争」が始まったばかりでまだ戦局が切迫していないからだろうが、戦争に関する詩でさえもこのように他人事のように歌ってしまうという所に中原の詩はあった。「茶色い戦争ありました」と半ば戯けるように歌った時と同じように、満州事変も自己とは全く関わらない他人事として捉えられていたのである。

一方、こういう中原とは異なり、金子にとっての戦争とは身に切迫するもの、自身と家族の生命に関わるものとして存在した。金子はアジア・太平洋戦争末期、山中湖畔の疎開先で次のように歌うことになる。

戦争とは、たえまなく血が流れ出ることだ。／そのながれた血が、むなしく／地にすひこまれてしまふことだ。／僕のしらないあひだに。僕の血のつゞきが。

（「戦争」第二連部分）

ここでは、フィジカルな肉体から「血が流れ」無念にも戦死させられて行くものとして死がイメージされているが、金子にとって戦争とはこのように人の命が奪われていくものとして認識された。そして、心ならずもそのような戦争によって生命が絶たれてしまった者たちの怨念のこもった叫びが表現されたのが「骨片の歌」であった。金子が一人息子乾を徴兵から逃れさせるために生松葉でいぶしたり、雨の中に立たせたという逸話は有名であるが、肉体から「血が流れ」「骨片の歌」を歌わねばならないのが一人息子乾であるという可能性も実際にあり得たわけである。この詩では、戦争という現実を前にして「死」は否応なしに想像せねばならぬ事態であり、当然、忌避すべきものとしてそれは想像されているはずである。それに対して中原が歌った「骨」では、自らの霊魂が自らの身体の残骸である骨を眺めているのを、わざわざ生存中の自分自身が想像するというものであり、そこには死後の状態を仕方なく想像せざるを得ないというのではなく、進んでその世界を覗き込もうとする中原の意識が反映している。「僕（霊魂）」の言動に見られる生命に執着しない恬淡な態度こそが、中原の意識に他ならないのである。

「骨」と「骨片の歌」で示された中原と金子の「死」に対する姿勢は、このように隔たりのあるものであったが、はたしてこの違いは両者の死生観のみに還元できるのだろうか。少なくとも「骨」と「骨片の歌」とが書かれた時期の違いを考慮しなければならないのではなかろうか。一九三四（昭和九）年四月制作の「骨」と一九四三（昭和一八）年一〇月制作の「骨片の歌」の間には、日中戦争の激化と太平洋戦争の開戦という歴史事項があり、この二編の詩が十五年戦争の始まりの時期とその最終段階の時期に書かれたという違いに着目する必要があるはずである。仮に中原があと何年か余分に命を与えられ、アジア・太平洋戦争による多くの犠牲を目の当たりにする状況下に置かれることがあったならば、余儀なく奪われ去る生命に対してどのような思いを抱くことになっただろうか。人間として受け入れざるを得ない自然死や病死ではなく、戦争による理不尽な死を目の当たりにするとき、他者の死を嘆き自らの生を愛おしく思う気持ちがわき、生命に執する思いが形成されたかもしれない。

とある朝、僕は死んでゐた。／卓子《テーブル》に載つかつてゐたわづかの品は、／やがて女中によつて瞬く間に片附けられた。／――さつぱりとした。さつぱりとした。
（「夏」最終連）

中原は、最晩年となる一九三七（昭和一二）年の夏にこう書いた。前年には長男文也の死もあり、心身共に疲れ果て帰郷を決心していたこの時期、この詩からは自己の新生を願うような気持ちも感じられるが、新生の前には一旦の死が前提されるはずであるし、他の多くの「死」に関わる詩を思い起こせば、これもまた死に吸引された心情を表したものと見なすべきであろう。中原はここでも「骨」同様に、自身の死を他人事のように歌っているのだが、これが空襲で街に死者があふれ、身内が徴兵にかり出されるという時代状況にあるときであるとしたら、死という現象に対してこのように「さつぱりとした。さつぱりとした。」と達観したように言えるだろうか。現実として死に対峙するのと、観念として死を空想するのとの相違は大きい。死に対する強制がなく、死を自然な現象としてそれに向き合うときには、未知なる死への関心から時にある種の死への憧憬めいた思いがかすめもするが、現実が具体的なものとして死へと傾斜する時代状況にあっては、傾きを戻そうと生を希求する思いがわき起こる。「骨」が書かれたのは前者の時代であり、長男文也誕生以前のことであったが、「骨片の歌」は後者の時代の直中で書かれ、その時、金子の一人息子乾は兵役への徴集対象の年齢であった。人生の中途で「坐つたまんまで、死んでゆくのだ。」（「わが半生」、『在りし日の歌』）と書く中原と、初老にさしかかった時期に「胸にはまだ、生じめりの「Revolt」がくすぼりつづけてゐる。」（『人間の悲劇』創元社、一九五二・一二）と書く金子との間には、根源的な生命力の差異が認められるのも事実であるが、二編の詩の間に存在するこのような具体的個別的な背景の差異も見逃すべきではないだろう。

おわりに

中原は、二人の弟の死を経験し、長谷川泰子との別れを経験し、死の前年には長男の死まで経験するという多くの不幸の中で三〇年の人生を生き、最後には「愛するものが死んだ時には、／自殺しなけあなりません。」（「春日狂想」、『在りし日の歌』）という心境にまで至った。中原晩年の時代は、まだ、このような「個人のこと」に関係して死への親近の情が形成される余地があったが、死後直ぐにやってきたのは戦火から逃れるのに一心にならねばならぬような、如何に死から遠ざかるかを問題とする時代であった。そのような「死」が遍在する中で、「死」を受け入れねばならなかった戦争犠牲者たちの生命の復活を切望する様を代弁したのが金子の「骨片の歌」や「鬼嘯」であった。それに対し中原は、生の側にありながらもわざわざ死を想像するという心情を「骨」の詩で表現したのだが、長男と自らの死を予定するかのようなこの死への親近の情は、惨たらしい死者に満ちあふれた現実を知ることのなかった所から招来した心情であっただろう。一九三七（昭和一二）年八月、金子は詩集『鮫』（人民社）を出版し、帝国主義・軍国主義に邁進していく日本国家を批判したのだが、その後、時代は一挙に軍国の方向へと傾斜していく。そして、『鮫』出版から二ヶ月後、太平洋戦争の開戦とそれによる惨状を知ることなく、中原は実際の死を迎えた。「ホラホラ、これが僕の骨――／見てゐるのは僕？」と歌う中原の死への親近と、死者の生命すら復活させようと願望する金子の生への執着は、両者の死生観の相違ではあるが、単に個人の資質に還元されるものではなく、戦争との接点が如何なるものであったのかという個別の事情が影響したものと考えるべきであろう。金子と中原は同時代の他の詩人達に比べて、とりわけ戦争との距離がその創作と詩人像の形成に影響を与えた詩人だったのではなかろうか。

そして、生前の実存が確認されるものとして「骸骨」を措定した村野の意識も、戦争体験と敗戦後の空虚感の中で生成した実存を希求する時代精神の現れであり、これもまた、戦争との距離の中で成立した詩編であったと言えよう。「骨」を巡る三編の詩は、それぞれ一九三四（昭和九）年、一九四三（昭和一八）年、一九五五（昭和三〇）年の制作であったが、戦前・戦中・戦後というそれぞれの時代状況を鋭く反映した詩編でもあったのである。

注

（1）『新編中原中也全集』（角川書店）に拠る。以下の中原中也の引用もこれに拠る。また、詩の制作年月はその「解題」に拠った。

（2）村野四郎『鑑賞現代詩Ⅲ』（筑摩書房、一九六六年）八四頁。

（3）中村稔『中也のうた』（社会思想社〈教養文庫〉、一九七〇年）一六八頁。

（4）『定本村野四郎全詩集』（筑摩書房、一九八〇年）に拠る。なお、初出『GALA』との異同は大きい。

（5）村野、注(2)前掲書、二四一頁。

（6）村野四郎は「日清、日露戦争のような旧式な戦争を指すものか」と説明している（村野、注(2)前掲書、七八頁）。

（7）近藤晴彦『中原中也――遠いものを求めて』（沖積舎、一九八三年）二六七頁。

第13章　〈腐臭〉〈腐爛〉への偏執

一　金子光晴と大手拓次

金子光晴と大手拓次はボードレールへの傾倒と感化の中で詩的営為を行った詩人であり、共にその嗅覚表象を継承している。しかし、両者の間には嗅覚が対象とする事物に相違があるだけでなく、匂いの表象方法、感覚を詩へと取り込む詩的作法における差異をみてとることが出来る。これらの違いは、二人の詩人が匂いの表象を通して何を書こうとしたかに由来すると思われるが、本章は金子の嗅覚表象の特色とその拠ってくる根源を探ることで、新たな読みのパースペクティブを提示しようとするものである。

銀の鐘をうちたたく音《おと》、／銀の匙《さじ》で白い砂糖をかきまはす心地、／銀の小皿に白葡萄をのせた趣き、／ばうばうとむらがりとぶパンヤの実、／つつましく頭巾をかぶる冬の夜の女の顔。

（「ヘリオトロピンの香料[1]」）

大手はこのように、香料を色彩という視覚面や聴覚・触覚を通して捉え、嗅覚以外の感覚を使用して言語表現したことから、ボードレールが「万物照応《コレスポンダンス》」などで示した〈共感覚《シネステジア》〉に強く惹かれていることがわかる。しかし、大手にあってはボードレールが興味を示したような広範な匂いへの関心はなく、〈腐敗した匂い[2]〉を言語化することはない。大手の嗅ぐ匂いの対象は香料の芳香に限定されていると言ってもよく、それぞれの持つ芳香の特質を他と区別し、その特徴を嗅覚以外の感覚を通過して言語に置き換

金子によるボードレールの翻訳が載る
『近代仏蘭西詩集』（紅玉堂書店、1925年８月）と
『日本未来派』45号（1951年６月）

えようとするところに特徴がある。種々の芳香が漂う大手の詩と金子の詩における嗅覚表象の差を見てみると、両者の感覚の違いは明瞭になる。

淫婦のやうに両足をふんばりはだけ、／腐爛で崩れ、毒汁が流れつたひ、その屍は、／鼻もちならぬくさい腹を、／ふてくされ、勝手にしろとさらしてゐる。／／（中略）／悪臭の劇しさに、君は、目もくらみ、／気を喪つて、叢のうへに倒れるところだつた。／／金蠅の唸で渦巻く横腹へんから、／黒々とした蛆が這ひいだし／いのちのはしくれだつた肉《にく》襤褸《ぼろ》をつたひ、／濃い血膿の塊となつてどろどろと流れる。

（「腐屍」部分[3]）

大手とは異なり、このようなボードレールにおける〈腐敗した匂い〉への嗅覚と、湿り爛れた触感をことさらに表現することを継承したのが金子であると言える。以下では、大正期の「大腐爛頌」「秋の女」に現れた〈腐臭〉〈腐爛〉への偏執を見ることを通して、そこに潜在する〈死生〉と〈エロス〉に関わる問題を考えてみたい。

二　「大腐爛頌」における〈腐臭〉への郷愁

今まで金子の詩に現れた感覚はどのように捉えられていたかを概観してみると、「皮膚感覚」だとか「内臓感覚」というような言われ方で触覚的な感覚を中心に論じられてきたことがわかる。[4] 例えば、嶋岡晨は、皮膚感覚が「平凡な美意識が回避する醜悪なもの・不快なもの」を「積極的にくわえこんで」ゆくとして、金子の詩に現れる醜悪で不快なものに関する興味の根源としての皮膚感覚に注目した。[5] また、立松和平は金子の詩文は「触手のいっぱいついたヌメヌメとした」「内臓感覚」によって書かれたと指摘しているし、[6] 新谷行は『人間の悲劇』（創元社、一九五二・一二）の最終箇所に置かれた「えなの唄」で示された感覚を皮膚感覚と捉え、金子の敗戦後の意識について「時代とのかかわりをあくまでも皮膚感覚で保とうとする」と説明した。[7] しかし、これらの評者も、皮膚感覚・内臓感覚と表裏に存する肉体から発せられる臭気というものを中心に論じているわけではない。確かに立松は、内臓感覚ということを説明する際に、例として「おっとせい」の詩における「そのいきの臭えこと。／くちからむんと蒸れる。」という一節を挙げ、内臓から出た息のイメージだと述べていることから、内臓感覚には臭気が付随するということを認識してはいるのだが、臓腑から発せられる臭いそのものを詩の鑑賞の中心に置き解釈することはしていない。また、母と子が臍帯を紐帯として繋がるという様を敷衍させ、人類全体が順に連なりあう人間の連帯を希求した「えなの唄」を、新谷は「皮膚感覚的」とか「内臓感覚的」と表現したのであるが、「えな」から漂う臭いについて特に論じてはいない。

このように立松や新谷は、金子が外界や他者、社会や時代と関わるときに「ヌメヌメとした」臓腑的な感覚が媒介となるという触覚的な感覚については指摘するものの、皮膚感覚・内臓感覚と表裏に存在する生臭い臭気を特に重要視して捉えているわけではない。従来、金子の詩を論じる際に、嗅覚表象を中心に論じるということはなかったわけであるが、ここでは嗅覚という感覚を特化し、肉体から発生する臭気や腐爛によって引き起こされる腐臭を手がかりに金子の詩を読んでみたい。(8)

金子の詩で最も早く〈腐臭〉が現れたのは「大腐爛頌」である。

すべて、腐爛《くさ》らないものはない！／／渓のかげ、／森の窪地、／うちしめつた納屋の片すみに、／去年の晴衣《モード》はすたれてゆく。／骨々した針の杪《こずゑ》を、／餓ゑた鴉が、／一丈もある翼を落して／わたる。／／ものの腐つてゆくにほひはなつかしい。／どこやら、強い酒のやうだ。

（「大腐爛頌」冒頭）

「大腐爛頌」は未刊詩集『大腐爛頌』の一編であるが、『大腐爛頌』は『金子光晴詩集』（創元社、一九五一・四）に一部が発表された後、『金子光晴全集』第一巻（書肆ユリイカ、一九六〇・七）に全編が収録された。これらの作品は元々、一九一九（大正八）年～一九二一（大正一〇）年の一回目の洋行時にベルギーに滞在したときの創作で、『こがね蟲』（新潮社、一九二三・七）の詩編とほぼ同時期に書かれていたが、帰国後、作品ノートを電車の中に置き忘れ、記憶をもとに再度制作し直したという事情のものである。(9) 従って、これらの詩の創作時期を単純にベルギー滞在時とすることは出来ないし、後にまとめた『大腐爛頌』が当初予定していた内容をどの程度復元できたかも不明である。(10) しかし、元々『大腐爛頌』というタイトルが用意されていたことから示唆されるように、腐臭と腐爛をモチーフとして構想されていたということは間違いがないであろう。

冒頭のこの場面では、腐爛の対象となったのは森の動物達ではなく人間の死体であったという所にこの詩の特異性はある。即ち、ここでの死者は文化的に葬られるものとしての人間ではなく、生物として生き死んで無に帰してゆくヒトとして認識されているのである。詩における「私」は森の窪地の屍同様に、自らの肉体もやがては朽ち果て腐爛し無に帰すということを自覚しているが、それだからといって虚無的な感慨に陥るわけではない。詩は次のように続く。

星かげ一つないくらいま夜なかに、／ねられないまゝに起き出し、冷えきつた囲炉裏に、そだをくべる。／蛍光の焔の舌に照されて、／私のさしかざす掌。／ばらいろに透く指の股、／その血の赤さも、いつかは黒くさびつき、／壁にをどる私のおどけた頭の影。／そのかたちも、いまのうちなのだ。／／（中略）／／あゝ、しかし、こゝろ怯れ、虚しさのためにむかしの賢人、見者《けんじゃ》たちを真似て、／人生を、最後の用意のために味気なく費やすのは馬鹿気た話だ！／むしろ、この大腐爛のなかを、こゝろの住家として、／虫どもの友となり、愚かな今日を、昨日のやうに、また明日も、／よろこび迎へ、かなしみ送りたいものだ。

（「大腐爛頌」第一章部分）

こうして、「私」自らもやがては死し腐爛する存在であることを自覚しながらも、蛍光の焰に掌をかざすと赤い血が透き通る、そういう生ある今をこそ生きようとする意思が示されるのである。そして、第二章・第三章では次のように展開する。

くさつてゆく。くさつてゆく。／萌黄に、／紅に、／虹色に、わが地球も、林檎のやうに熟れて、／にほひかんばしくくさつてゆく。／／（中略）／私にとつて、腐臭も、血泥も、膿汁も、／あの人を愛着するはじめから／計算のなかに入つてゐるのだ。

（「大腐爛頌」第二章部分）

思想も、自由も、モラルも、愛も、／すべて、老いざるものはなく、／また、腐爛し、朽ちはててゆかないものはない。／／おゝ。日夜の大腐爛よ。／／私が目をふさぐと、腐爛の宇宙は、／大揚子江が西から東にみなぎるやうに／私達と一緒にながれる腐爛の群の方へ、／轟音をつくつてたぎり立ち、／目をひらけば、光洽《あまね》く、目もくらみ、／生命の大氾濫となつて、／戦ひの旌旗のやうに、天にはためくのだ！

（「大腐爛頌」最終部分）

このように「大腐爛頌」では、人の屍も「地球」も「思想」もすべてが腐爛《くさ》りゆくものとして捉えられるのだが、腐爛も腐臭も積極的な意味を担わされていることに特徴がある。「目をふさ」いだとき拡がっていた「腐爛の群」が、「目をひら」くことによって一転「光洽《あまね》く」「生命の大氾濫」へと変貌するという描写は、腐爛が同時に新たな「生命」の契機ともなることを示している。従って、腐爛や腐臭は忌避されるべきものではなく、今ある生を生きることだけが重要な課題となるのである。

また、この詩においては嗅覚は他の感覚から独立して存在し、五感の中でも特化された位置が与えられていることにも注目すべきである。大手が五感の融合という〈共感覚《シネステジア》〉として香りを表象したのに比し、金子には〈共感覚《シネステジア》〉という感覚はなく、ボードレールの感覚の中でも嗅覚に対する鋭敏な感覚のみを受け継いだのである。そして、その嗅覚においても女の髪の匂いや香料を甘美に表象するということではなく、腐敗し爛れゆく淫靡な匂いへの関心を継承し、ボードレール同様それらに積極的な意味を与えたのである。「大腐爛頌」の世界は、生ある者が死し肉体が腐敗し朽ち果ててゆくという「腐屍」のモチーフの延長線上にあり、描写された世界は金子独自の感性に由来するものではないと考えるのが妥当であろう。

また、「血泥」や「膿汁」という病み爛れたものや、そこから発生する臭気を肯定として捉える感性も「膏薬をはがすと蛆虫がうようよしていたが、そこから馥郁と香りが漂いだした。膿汁もよい匂いがし、吐瀉物も快い香りを放った」（『腐爛の花　スヒーダムの聖女リドヴィナ』[11]）というユイスマンスの感覚に近いものがあり、ここでも、腐爛臭を芳しくなつかしいと捉える感覚が金子一人のものではないことを示している。

大正末期の日本の詩に目を転じてみても、坪井秀人が「腐臭を一つの美へと造形し」た例として「艶めかしい墓場」を挙げ、その先駆的な詩の試みを評価した[12]ように、萩原朔太郎の『青猫』（新潮社、一九二三・一）の詩業を忘れるわけにはいかない。『青猫』では、「魚のくさつた臭ひ」に「哀傷のにほひ」を嗅ぎ取ったり（「艶めかしい墓場」）、「すえた菊のにほひを嗅ぐやうに」恋人の「あやしい情熱」を嗅ぎとったり（「薄暮の部屋」）するなど、通常の嗅覚を逸脱した新たな感覚を提示した。このような『青猫』での朔太郎の嗅覚は、「くさつた蛤」の息をあくまでも「くさつた息」として同語反復的に嗅ぎ取るしなかった『月に吠える』（感情詩社・白日社、一九一七・二）での尋常な嗅覚[13]を越え、腐臭やすえた臭いを〈臭さ〉とは異質の匂いに転化させ、〈臭さ〉に新たな積極的な意味を持たせたものとして特記されるべきものである。

このように内外の詩を併置して考えてみると、「大腐爛頌」はヨーロッパ滞在中の読書から得たであろう一九世紀末のフランスの文学に現れた感性や、帰国後に触れただろう朔太郎ない。

の感受性などを通過する中で、徐々に完成度を高めていったものと捉えるべきなのかもしれない。

しかし、本来腐爛する物ではない「地球」や「思想」「自由」「愛」などという概念までを、その腐爛の対象としたという所には、金子における独創と個性を見なければならない。「大腐爛頌」ではすべてのものが変遷し流動し〈無常〉であるとする世界観が提示されたが、変遷し流動するダイナミズムが頌えられ肯定されていることにその要諦はある。それらの事物と事項が消失・喪失することが頌えられたのではなく、それは「老い」「腐爛し」「朽ちはて」るという、やがては〈無〉に帰すであろうその過程自体が頌えられたということに留意すべきである。即ち、ここでは消滅の美学が示されたのではなく、「人生を、最後の用意のために味気なく費すのは馬鹿気た話だ!」という一文が明瞭に示すように、〈無〉へと移行するその一刻一刻が頌えられたと考えねばならない。そして、一つの「思想」や「愛」というものが新たに発生・成立し、それ以前に存在していた「思想」や「愛」が衰微していく様が、「老い」「腐爛し」「朽ちはて」ていくという、本来生命体に対して使用する語によって擬人的に表現されていることにも着目すべきである。このことは「大腐爛頌」においては、腐爛するものの対象とした「すべて」のものの中でも、とりわけ生命体としての自己の問題が大きく意識されていたことを示すのではなかろうか。この一刻一刻毎に「老い」「腐爛し」「朽ちはて」ていく肉体とは、命あるものとしての肉体のはかなさを示すものに他ならないが、一方で、そのことは爛れゆく肉体が放つエロスのイメージにも接続する。腐敗臭に偏執するという金子の感覚の特異性が最も発揮され、腐爛体とその腐臭の持つエロス的美への妄想を展開したのが次の「秋の女」である。

三　「秋の女」における〈腐爛〉への憧憬

全身的な発疹が、女の裸体をとりまいて、それが、神々しいほど聖く、美しい。さうした女の姿ばかりが、彼の心にうかんできて、悲愁《かなしみ》と、憧憬に悩み乱れた。／『お、、わが疾患あるマドンナ！』

（「秋の女」部分）

『水の流浪』（新潮社、一九二六・一二）の中の一編である「秋の女」は、掌編小説にも似た物語性を持った散文詩である。その概略は病院の付属標本室で種々の症例の「蝋模型《らふざいく》」による標本を作製する貧乏な男が恋をし、その女の疾患ある裸体を仮想するが、現実の健康で若々しい肉体を目の当たりにして失望を感じるというものである。
「大腐爛頌」での腐爛臭への偏執は、ひとまずは、先天的・個人的な嗜好がボードレールへの親近を通して増幅したものと捉えてよいだろうが、「秋の女」で腐爛体を殊更に希求する男の感性は、アラン・コルバンがボードレールの嗅覚表象の背後にその時代と世相を見たように、大正末期の社会・世相から形成された時代的な感覚が強く影響していると思われる。[14]
『水の流浪』は『詩人』（平凡社、一九五七・八）に拠れば、関東大震災のために東京を離れざるを得なくなり、名古屋・大阪の友人宅等を転々とする中で作品が完成したということであるが、執筆時期とその事情を勘案すると、『水の流浪』成立には関東大震災とその前後の時代状況が大きく関わったと考えなければならない。羽鳥一英（羽鳥徹哉）は大正末期について「この時代ほど、「死」が、一般化された時代はなかった」と捉え、その背後に第一次世界大戦・関東大震災によって人々が大量の死を経験した出来事を置き、心霊科学の流行や太陽冷却説・地球滅亡説などが話題になった世相の影響も指摘している。そして川端康成が関東大震災で感じたものは「みな自分同様死に向かいあわされねばいけなくなった」という事実がもたらす「不思議な心のたかぶり」だったとし、川端が吉原の池に死骸を見に行き一週間も焼跡を歩きまわった逸話を紹介している。[15]実は金子も川端と同じように吉原の池で溺死した娼婦の屍体を見に廻っているし、[16] 新谷行は金子を訪ねたときの話題に「震災の話がくり返えして出た」こと、「死体の話ばっかりであった」ことを証言している。[17] 大正半ばには一九一八（大正七）年から翌年にかけてのスペイン風邪の流行[18]があったが、この出来事やそれに続いての関東大震災の悲劇は、このように文学者達に〈死〉を目の当たりにさせたのである。この詩集は関東大震災という災害を見聞する中での時代的感性が潜むものとして理解されなければならない。腐爛する肉体は観念としてではなく現実のものとして存在し、町には腐臭がたちこめていたのである。

このように「秋の女」の背後には日常的に腐爛する死体を目の当たりにし、時代自体が〈死〉と接近しているという世相があるが、ここで注目すべきは腐爛する女の裸体を「聖く、美しい」と空想し、美しい腐爛体に「鼻を突込んで接吻をしてやりたい」と妄想する特異な感性である。このような〈腐爛〉〈腐臭〉への憧憬とそこに美を見るという感性は、すでに「大腐爛頌」において発揮されていたものであり、その点で「秋の女」は「大腐爛頌」に接続するテクストと捉えてよい。また、今日ある「大腐爛頌」はベルギー滞在時に書かれたオリジナルの「大腐爛頌」とは別なものとして、先に見たような『青猫』的感性の受容と同時に、関東大震災での見聞を経る中で〈腐爛〉と〈腐臭〉のモチーフをより鮮明な具体的なものへと深化させた別物だと捉え直すことも出来る。実際、『定本金子光晴全詩集』（筑摩書房、一九六七・六）の跋には、「大腐爛頌」について「下書きや、頭のなかにある意想をもとに、「水の流浪」以後に書いたもの」と回想されていることから、「大腐爛頌」と「秋の女」は収録された詩集こそ異なるものの、近似のテクストとしてそれらを併せて捉えることが可能となる。この双方のテクストには大正末期における虚無的な心情だけではなく、根底には腐爛体に触発された若き日の金子の〈死生〉に関する思いが込められていたのではなかろうか。

四　〈死を内包する生〉……青年期の金子光晴

「秋の女」で標本作りを生業とする内気な男は、自らの恋の相手の肉体に対して「潰瘍の局部ほどめざましい美観《ながめ》はない」、「この雪白な皮膚が解体しはじめたら、どんなに美しいであらう？」、「全身的な発疹が、女の裸体をとりまいて、それが、神々しいほど聖く、美しい」などと妄想し、女をひたすら「わが疾患あるマドンナ！」としてイメージする。男は、女の若々しく健康な肉体ではなく、「壊滅の表象《シンボル》」としての爛れた肉体を妄想し願望するのである。しかし、現実の女が所有していたのは「幸福さうなうす桃色の若い肉体」であり、「つぎ目のないすべ〳〵した一つの皮膚で蔽はれた健康な肉体」であった。男は「完全な皮膚には、生気はある。が、精神《スピリット》がない」、「健康な身体には動物的ないけない誘惑ばかりがみちみちてゐる」と感じて絶望することになる。男の認識によるならば、健康な若い男女の交わりは動物的肉体としてのまぐわいの意味しか持たず、精神性を欠くということになるが、ここで男が言う「精神《スピリット》がない」とはアガペー的な愛の欠如を言うのではなく、エロス的観念の不在を意味するのであろう。

輝く肉体を否定するこの男には金子が考える〈生〉と〈エロス〉に対する思いが仮託されていると見るべきであろうが、そうであるならば青年期の金子にとっては、〈生〉とは壊滅の表象《シンボル》たる腐爛を潜在させたものでなければならなかったということになる。このような腐爛・壊滅へと繋がるものとしての〈生〉の把握は若さに由来する死やデカダンへの憧憬から来る認識ではなく、「健康な肉体」を誇りそこに安住することに対する嫌悪であり、〈死〉を意識もせずに生きてゆくことへの疑問からくるものであって、破滅や〈死〉を願望することとは異質である。そもそも〈生〉とは、その帰結としての〈死〉と対になって初めて捉えられるものであり、青年金子には〈死を内包する生〉としてそれは認識されていたのではなかろうか。ことさら、腐爛する肉体に美を見ようとするのは、滅びゆく存在、死すべきものとして人間を捉え、それ故に〈死〉に至る前段階としての〈生〉を肯定的に捉えようとする感覚故である。「壊滅」に美を見たのではなく、それは「壊滅の表象《シンボル》」に対してであったということは留意すべきで、ここで賛美されたのはあくまで〈死を内包する生〉の現前にあったはずである。これは、「老い」「腐爛し」「朽ちはて」ていくという、〈無〉へと移行するその一刻一刻が頌えられた「大腐爛頌」にも通ずるものである。

ここで『悪の華』に目を向けると、その巻末の「死」と題された諸編の中の「愛人たちの死」が思い出される。

青とばらいろに溺れる神秘な夕ぐれに、／私らは、なににも換へがたい瞬間を互ひにさゝげあはう。／さながら別れがたい別離か、ながいすすり泣きのやうに。

（「愛人たちの死」部分）

恋人たちはいずれは訪れるであろう死を意識し、泣きながらも「なににも換へがたい瞬間」を愛し合う。ボードレールの描く恋人たちは、二人共が死し、腐爛し、白骨化し、やがてはそれさえも消え失すということを自覚しながらもそれ故に愛し合う。腐臭を嗅ぐことのみならず、金子とボードレールとの間には、人間の〈生〉を〈死を内包する生〉として認識するという類縁の志向があったと捉えるべきである。

さて、フィジカルなものとしての「健康な肉体」にではなく、「大腐爛頌」「秋の女」で描かれたような、じくじくと糜れゆく肉、そこから発せられる肉の腐りゆく臭い、肉体が腐爛し肉襤褸《にくぼろ》へと変容していく過程そのもの、それらの中にこそ〈エロス〉は漂う。そう考えると、「秋の女」が男から否定されたのは女が単純に死の匂いを欠いていたからではなく、死の匂いとエロスの匂いの双方を欠く存在であったからだと捉え直すことが出来る。「秋の女」における男と同じように、青年期の金子にとっても〈死〉と〈エロス〉の観念は、〈生〉の傍らに寄り添って存在するものとして重要な意味を持つものであったはずである。

五　〈死を見据えた生（性）〉……晩年の金子光晴

「大腐爛頌」では人間の肉体のみならず、「すべて」のものが腐り爛れゆく様が頌えられたが、それらが「老い」という擬人化によって示されていることを先に確認した。それは「大腐爛頌」のテーマが腐爛するものの当事者として人間の老いや死の問題へと収束していくことを暗示しているかのようである。そして、「秋の女」においては、腐爛は人間の肉体の問題へと限定されていった。

三〇歳前後という青年期の直中で書かれた「秋の女」では、「健康な肉体」や「動物的ないけない誘惑」を忌避する思いを観念的にうたいあげたが、自らの「健康な肉体」を喪失させた晩年の金子は、それとは逆に「健康な肉体」を他者に求め、それを詩の素材とした。しかし、それは「動物的ないけない誘惑」にとらわれた行為というよりも、肉と肉との接触行為を通して自らの〈生〉を確認するような行為としてであった。

S・S嬢よ、／その卵のやうなお尻を／すこしばかり／さすらせておくれ／／ ほんのすこしばかり／君が気にならぬほどでいいのだ。／ゆめゆめエロティスムなどと／いふやうなものではないのだから。

（「愛情4」部分）

尻にさはつても格別平気で、／女は、ただ、僕をふり返り、／／ 海豚《いるか》のやうな眼で／にやりとみるだけだ。／／（中略）／／ とりわけ、とりわけ／このごろのくたびれかたでは、／／ 神経ではりはりしたお嬢さんなど／お茶一ぱいのつきあひも、命がちぢむ。

（「愛情20」部分）

これらは、金子七四歳の時の出版になる『愛情69』（筑摩書房、一九六八・一〇）所収の詩である。「健康な肉体」を失い老年となった金子にとっては、「このごろのくたびれかた」と自覚するように青年時に意識していたであろう〈死を内包する生〉という観念はもはや具体的な現実として認識されるものになっていたはずで、その時には青年期とは逆に「完全な皮膚」が強く憧憬されたのである。腐爛しつつあるものの中に「美」と「精神《スピリット》」を見るという青年時の妄想は既に妄想としてではなく、自らの身体に直接関係する現実へと変化した。その時には〈生〉の確認のための象徴的な行為として、「疾患ある」肉体ではなく「生気」ある肉体に触れるということが切望されるようになる。エロティスムが不要な

『愛情69』函・表紙　表紙絵は金子光晴

ものとして認識されるのは、自身が所有する爛れゆく肉体、死にむかって崩れゆく肉体の中に既にエロティスムが潜在しているからであり、切望されるものは他者のフィジカルなものとしての肉体であった。

青年期の金子の〈腐爛〉〈腐臭〉への偏執が、その深奥に〈生〉の中に〈死〉を見ようとする死生観を潜在させたものであるとすると、晩年の「生気」ある肉体に惑溺するそれは、〈死〉を直視するが故にそれに至るまでの〈生〉に強く拘泥しようとする、その極めて根源的な行為であったと考えられる。若き日の〈死を思い《メメント・モリ》〉つつ生きるという考えと、晩年の行動とその詩作品に示された、老年だからこそ〈生（性）を愛しむ〉という考えとは、同根の死生観が表裏となって現れたものだったのではなかろうか。晩年の金子が嗅ごうとした匂いは、青年期に求めた肉体が腐りゆく腐爛臭ではなく、「ねぢれた君の束髪の、和毛のそよぐ生えぎはに、／われを忘れて嗅ぎ廻る。／麝香、瀝青《ちゃん》、椰子の油の、つきまぜた強い薫香を。」（「髪」）というボードレールが求めたもう一つの匂い、健康な女性の肉体から発せられる甘美な薫香であった。

　じぶんのからだの一部となつて、／つながつたこひびとのからだを／なでさすりいと

ほしむエゴイズム。／／　じぶんのむささがわからぬ程に／あひてのむささがわからね
ばこそ、／／69《ソアサンヌフ》は、素馨《ジャスミン》の甘さがにほふ。

（「愛情60」部分）

「大腐爛頌」「秋の女」で嗅いだ腐爛臭も、「愛情60」で嗅いだ素馨《ジャスミン》の甘い匂いも、共に、死を思い生に執するという金子の〈死生観〉が嗅がせたものだったのではなかろうか。

注

（1）原子朗編『大手拓次詩集』（岩波文庫、一九九一年）に拠る。

（2）福永武彦はボードレールについて、「万物照応」以降は嗅覚がその感覚の中心に据えられるとの認識を示し、「そこでは単に香気としての快い薫りだけでなく、「腐敗した匂」、即ち病める花々にも似た匂までが、重要な契機となる」として、その嗅覚の独自性と「腐敗した匂」の重要性を指摘した（「詩人としてのボードレール」、『ボードレール全集』Ⅰ、人文書院、一九六三年、五一頁）。

（3）金子光晴訳『悪の華』（『金子光晴全集』第十四巻、中央公論社、一九七六年）に拠った。以降のボードレールの引用もこれに拠る。

（4）後に例示した以外にも、野村喜和夫『金子光晴を読もう』（未来社、二〇〇四年）、鈴村和成・野村喜和夫「死を生きる詩人と「鮫」のゆくえ」（『すばる』二〇〇五年七月号）が皮膚感覚に着目して論じている。また、ねじめ正一は「洗面器」の詩を例に挙げ金子の聴覚に着目し「耳の詩人」と捉えた（『ＮＨＫ人間講座　言葉の力・詩の力』日本放送出版協会、二〇〇一年）が、これは「洗面器」一編に関しての見方に過ぎず、金子の感覚の特性を捉えたとは言えないであろう。

（5）嶋岡晨『金子光晴論』（五月書房、一九七三年）二一五頁。
（6）長谷川龍生・渋沢孝輔・立松和平「金子光晴の内臓感覚」（『現代詩手帖』思潮社、一九九五年三月号）二二一頁。
（7）新谷行『金子光晴論――エゴとそのエロス』（泰流社、一九七七年）二一〇七頁。
（8）詩以外の散文では、南明日香が、いわゆる自伝的三部作『どくろ杯』『ねむれ巴里』『西ひがし』に関して「臭いにまつわる表現」に着目して論じている（「金子光晴『どくろ杯』『ねむれ巴里』『西ひがし』の汎アジア・汎ヨーロッパ」、『国文学』一九九九年一月）。
（9）金子光晴『詩人』（平凡社、一九五七年）一二六頁。
（10）『詩人』（前掲）には「四、五篇は、下書があったり、おもい出して書き直したりしたが、おおかたは、長い詩のせいもあって、どんなに考え出そうとしても元通りのものができなかった。この詩集を失ったことは、今日考えてみても残念なことだった」とある。また、『定本金子光晴全詩集』（筑摩書房、一九六七年）の跋には「原稿を一まとめにして紛失したため一部ノートにのこつてゐた下書きや、頭のなかにある意想をもとに、「水の流浪」以後に書いたもの」であると回想されている。
（11）J・K・ユイスマンス（田辺貞之助訳）『腐爛の花　スヒーダムの聖女リドヴィナ』（薔薇十字社、一九七二年）五六頁。原著書名は *Sainte Lydwine de Schiedam* 1901 であるが、一九一九～一九二一年にかけての洋行時に金子がこれに出会ったかどうかは不明である。
（12）坪井秀人「嗅がれるべき言葉へ――嗅覚表象と近代詩その他――」（『感覚の近代――声・身体・表象』名古屋大学出版会、二〇〇六年）一九三頁。
（13）無論「くさつた蛤」自体を詩の素材に用いるという、個性的な感性と先駆性については言うまでもない。

(14) アラン・コルバン(山田登世子・鹿島茂訳)『においの歴史　嗅覚と社会的構想力』(藤原書店、一九九〇年)二六七〜二七九頁。

(15) 羽鳥一英「川端康成と万物一如・輪廻転生思想」(『日本文学研究叢書　川端康成』有精堂、一九七三年)二六九〜二七〇頁。

(16) 金子光晴「公娼と私娼(遺稿・昭和三十八年頃)」(『あいなめ　金子光晴追悼号』さかえ書房、一九七〇年)五六〜五七頁。

(17) 新谷、前掲書、一九〜二〇頁。

(18) 川端康成『伊豆の踊子』(金星堂、一九二六年)では、「私」が下田港での乗船に際し、「土方風の男」から婆さんと三人の孫を託されるという箇所で、三人の子供達の両親が「今度の流行性感冒て奴」で亡くなったという設定をしている。

金子光晴の研究動向

金子光晴は一九六〇年代後半から一九七〇年代にかけて、広範な読者層を持つ当代の人気詩人であった。一九七五（昭和五〇）年の死後、その詩業を振り返る作業がなされ、新谷行『金子光晴論――エゴとそのエロス――』（泰流社、一九七七・一二）・米倉巖『金子光晴・戦中戦後』（和泉書院、一九八二・一二）・田中清太郎『金子光晴の詩を読む』（国文社、一九八二・一二）・中野孝次『金子光晴』（筑摩書房、一九八三・五）という金子に関する単行書が著され、研究も活況を呈した。そういう状況の後、一九八六（昭和六一）年三月に「金子光晴の会」が発足し、機関誌『こがね蟲』（第1号、一九八七・三～第10号、一九九六・三）が刊行され、その後の研究に大きく寄与することとなる。また、この年には原満三寿『人物書誌大系15　金子光晴』（日外アソシエーツ、一九八六・一〇）が成り、書誌的事項がまとめられたのも、その後の研究発展に果たした役割は大きい。金子の研究動向については『昭和文学研究』第8集（一九八四・一）で、それ以前の概略が示されているので、以下ではそれ以降の金子研究の動向を概観してみたい。

単行書としての成果は、堀木正路『金子光晴――この遅れてきた江戸っ子』（沖積舎、一九九一・九）・石黒忠『金子光晴論――世界にもう一度Revoltを！』（土曜美術社、一九九一・一〇）・牧洋子『金子光晴と森三千代　おしどりの歌に萌える』（マガジンハウス、一九九二・六）・船木満洲夫『金子光晴・吉田一穂論』（宝文館出版、一九九二・八）がある。堀木のものは前著の増補版であるが、金子の最も近くにいた氏による人間金子への洞察を踏まえた論で、その業績を近代日本の精神史の中で捉えた。石黒の著書は主にその抵抗の本質を問うもので、それは意志や思想のレベルではなく、肉体の生理的反応のレベルでの抵抗であるとし、主体的リアリズムと措定した。

生誕百年となった一九九五（平成七）年の前後には、未発表であったものが『フランドル遊記・ヴェルレーヌ詩集』（平凡社、一九九四・一二）として刊行されたり、『現代詩手帖』（一九九五・三）で特集が組まれたり、「金子光晴の世界――反骨とエロスの詩画展――」（武蔵野市主催、一九九五・九～一〇）が開かれたりなどして、金子再読の機運が醸成された。その後の単行書には、今橋映子『金子光晴旅の形象　アジア・ヨーロッパ放浪の画集』（平凡社、一九九七・三）・原満三寿『評伝　金子光晴』（北溟社、二〇〇一・一二）・森乾『父・金子光晴伝　夜の果てへの旅』（書肆山田、二〇〇二・五）・鈴村和成『金子光晴、ランボーと会う――マレー・ジャワ紀行』（弘文堂、二〇〇三・七）・野村喜和夫『金子光晴を読もう』（未来社、二〇〇四・七）などがある。今橋の著書はベルギー滞在中の水彩画を発掘し公表したもので、詩画展同様、金子の画業にも注目すべきことを教えた。原の著書は初めての評伝で、金子の詩業全般に渡って網羅的に解説がなされている。長年に渡る氏の金子研究の集大成であり、必須の文献である。

以上が単行書における金子研究の概略であるが、以下では学会誌等に発表された論文を内容毎に順を追って見ていきたい。金子は戦後「反戦・抵抗詩人」として評価が定着していったが、やはり依然として『鮫』及び『落下傘』『蛾』『鬼の児の唄』を対象とする考察が多い。小野隆「金子光晴『落下傘』」（『国文学』一九八四・一二）は、抵抗三部作とされる三つの詩集の収録作品は制作年代によってではなくモチーフで分けられたということを論じ、『落下傘』を権力に対する批判からではなく「俗衆から浮いてただよう孤独な詩人」というところにテーマを置いて読み解いた。松下博文「不便な肉体……戦時下の金子光晴と山之口貘」（『叙説』一九九一・二）は、両者の戦時下の詩を「ファシズムの嵐の中にあって」「自己の負い目を鋭く抉り取りながら痛烈な批評を自身に浴びせ」たものと捉えた。米倉巌「「蜆の歌」・「湖水」（金子光晴）――「生存感情」としての反戦詩人――」（『講座・現代の文学教育』一九八四・五）・丸山義昭「金子光晴「くらげの唄」の教材研究」（『国語研究（新潟県高等学校教育研究会）』一九九四・三）は、教材研究としての作品分析であり、授業展開の方法論であるが、金子の詩が教科書から消えつつある今日の状況では、この種の論は今後姿を消していくと思われる。拙稿「金子光晴の「連合」への夢――疎開中の詩とマックス・シュティルナーを手がかりに――」（『国語と国文学』二〇〇四・六、本書所収）は、金子の詩とシュティルナーの「連合」概念との関わりを解析し、金子の詩には戦時下の一億一心の構造を越えることへのヒントと、今後それと同じ道のりを歩まないための、我々の精神と行為のあり方が提示されているとした。

他の詩集を対象とするものやアプローチを異にするものとしては次のようなものがある。谷口新一「金子光晴の第一詩集について――自分へのこだわりということ――」（『兵庫教育大学近代文学雑誌』一九九一・一）は、『赤土の家』の中に「自分の身を傍観者にしない」という姿勢を読み取り、後年「金子光晴の名を高からしめた作品を生むに至るもの」が既にそこに存在していたという見解を示した。荒木潤「金子光晴『赤土の家』再考――「生の不安」の観点から――」（『文月』一九九三・三）も同様に金子の出発点としての『赤土の家』の重要性を指摘した。劉建輝「金子光晴における「生」と「死」」（『「生命」で読む20世紀日本文芸』一九九六・二）は、生涯の各時期に現れた生命観・死生観の変遷をたどり、「抵抗詩人」と呼ばれるもととなった戦時下での詩編を「「生」を求める、「死」からの抗議の声であり」、「生命のおののきそのものを歌ったものである」と捉え直した。ジェームズ・R・モリタ「『人間の悲劇』論」（『こがね蟲』一九九五・三）・「人間の悲劇」（『日本現代詩歌研究』一九九六・三）は、『人間の悲劇』の中にアンガージュの姿勢を見出し、その題名にもかかわらず虚無を止揚するものとしてこの詩集を読み解いた。米倉巌「金子光晴『水の流浪』試論」（『江古田文学』二〇〇〇・一〇）は、『水の流浪』を詩的言語の新鮮さ、象徴化（比喩）の巧みさ、発想意志の新鮮性などから評価し、「『鮫』への媒介項として重要である」と位置づけた。中原豊「水のニヒリズム——金子光晴『水の流浪』」（『近代文学論集』二〇〇一・一二）は、『水の流浪』において《茂木、長崎にて》の諸編が大きな比重を占めるとし、ここで描かれる海は「虚無性を有しつつも、生命感に溢れていることが特徴的」であり、「日常生活の汚れをきれいに洗い流し、根源的な生へと立ち帰らせる力を有している」と論じた。中島美幸「自虐的自己愛と女性支配——「敗者」金子光晴」（『買売春と日本文学』東京堂出版、二〇〇二・二）は、「自虐的になり「敗者」の位置に立つことで、自らのエゴや男の面子を保った」のが金子であり、「「女」のジェンダーに収斂させようとの志向」があると論じた。

外国の詩との関連から論じられたものとしては、坂本正博「金子光晴の連詩「蛾」とボードレール」（『月刊国語教育』一九九五・一）・渋谷豊「金子光晴とランボー」（『比較文学年誌』二〇〇四・三）・岡本さだこ「ホイットマンと金子光晴――境界線を越える〈デモクラシー〉――」（『ホイットマン研究論叢』二〇〇五・一二）がある。坂本は「連や行の内部でイメージが対比され」るという構成や詩想面においてボードレールからの影響を探った。その後も坂本は金子とボードレールとの関係についての考察を重ね、その論考を『金井直の詩　金子光晴・村野四郎の系譜』（おうふう、一九九七・一一）にまとめている。渋谷は『水の流浪』の詩編のいくつかにランボーに倣ったと思われる表現や着想があるということや、「愛情47」「舌」がランボーを踏まえているということを指摘し説明した。岡本は「ホイットマンの詩による〈デモクラシーの洗礼〉」が後の「抵抗詩へと結びついていく重要な原点」になったとし、ホイットマンからの影響の大きさを指摘した。

修辞に関する論考も散見される。福田益和「象徴辞の用法をめぐって――金子光晴の詩の場合（一）／（二）」（『長崎大学教養部紀要』一九八四・一／一九八五・七）は、金子の詩に使用された擬音語・擬態語を二八種に分類し、その特色と使用方法の時代的変遷を追った。手島安基「現代詩の比喩論的考察……金子光晴・谷川雁・天沢退二郎の詩を中心に……」（『国際学友会日本語学校紀要』一九八九・六)では、「おっとせい」の比喩のメカニズムを緻密に分析した。拙稿「『こがね蟲』から『鮫』へ――金子光晴の動植物語彙使用と〈写実的象徴主義〉」(『文学・語学』二〇〇七・三、本書所収)は、金子の詩に多用される動植物語彙の使用方法の変遷をたどり、『鮫』に至って〈写実的象徴主義〉とでも呼べる方法が確立したとした。

散文に関したものとしては、小説『風流尸解記』を論じるものなどもあるが、『マレー蘭印紀行』及び自伝的三部作と位置づけされる『どくろ杯』『ねむれ巴里』『西ひがし』を考察の対象とするものが多い。杉山游「金子光晴の無惨――小説「風流尸解記」を巡って――」(『静岡近代文学』一九八六・九)は、「この小説の原質やイメージ」が「『こがね蟲』につながっている」と指摘し、「戦争直後の瓦礫の街を彷徨する幻想譚」ではあっても最終章は新たな時代の予兆をはらみ自己の転生が賭けられていると論じた。東昌宏「アジアの書き方――『マレー蘭印紀行』――」(『日本文学論叢』一九八七・五)は、一人称の〈私〉の使い方・扱われ方に関して考察した。加茂弘郎「『マレー蘭印紀行』論」(『こがね蟲』一九八八・三)は、書誌的調査を踏まえ初出との異同を明らかにするなどの緻密な手法を採りながら、この書を植民地政策及び「それを生み出した資本主義文明の非を提言するもの」と捉え、詩集『鮫』の散文版と位置づけた。加茂は金子の南方ものに関する論考を多く書いているが、「梟首の紋章「エルヴェルフェルトの首」について」(『こがね蟲』一九九二・三)では、ジャワの民族運動に対する金子の関心を指摘し、見せしめとしての梟首を抵抗のシンボルへと反転させた金子の気概について論じた。松本道介「金子光晴『マレー蘭印紀行』論」(『近代日本文学論』一九八九・一一、後に『近代自我の解体』勉誠社、一九九五・五)は、この紀行には「〈眼の人《アオゲン・メンシュ》〉としての面目が躍如としており」、金子は「本質的には散文家あるいは散文詩の人ではなかったか」と評した。瀧本和成「金子光晴とマレー・ジャワ・スマトラ――『マレー蘭印紀行』を中心に――」(『作家のアジア体験』世界思想社、一九九二・七)は、金子がマレー人たちの生活に共鳴すると同時に「そうした生活を奪取するものの根源を先進諸国の文明主義による植民地化にあると認識してい」たと論じ、加茂と同じ観点からこの紀行を捉えた。土屋忍「金子光晴『マレー蘭印紀行』論序説――紀行文批評のために――」(『国際文化研究』一九九八・一二)は、帝国列強が群雄割拠する現実の状況を、旅情や感傷を排し象徴的な言語で表現しようとする形式自体にこの作品の価値を見出した。

晩年の『どくろ杯』『ねむれ巴里』『西ひがし』に関するものには次のようなものがある。今橋映子「「徒花の都」――金子光晴『ねむれ巴里』論――」(『文学』一九八九・五、後に『異都憧憬 日本人のパリ』平凡社ライブラリー、二〇〇一・二)は、金子のパリ体験について、日本人が共通に持つパリへの憧憬自体を否定し、乖離でも内面化でもない方法でパリと向き合い「徒花」と認識していたと論じた。塚本康彦「金子光晴をめぐる感想」(『古典と現代』一九九〇・九、後に『文学論集　逸脱と傾斜』未来社、二〇〇二・三)は、「三部作は容易に滅びがたい、或いは人類の衰亡まで遺る」とその文芸としての質を評価し、三部作に関して細部にわたる所見を展開した。一方、城殿智行「モダニズムの反復——金子光晴と「詩人」の回想——」(『日本近代文学』一九九七・一〇)は、旅を介して自己形成されたという読みを否定し、『詩人』やこれらの自伝的な紀行による回想記とは「「モダニズム」に遅れてきた詩人」が自己を捏造する作業を介して「言説における「近代性」の構造を演じ直」したものであると論じた。南明日香「金子光晴『どくろ杯』『ねむれ巴里』『西ひがし』の汎アジア・汎ヨーロッパ」(『国文学』一九九九・二)は、「むせ返る悪臭」の中で「どこまで性的欲望《セクシュアリティ》が国境を越えて生と死のはざまを表現しているか」という点に注目して論じた。

このように昨今の研究動向の特色の一つとして『マレー蘭印紀行』及び『どくろ杯』等の自伝的三部作を対象とする論考の増加がある。多くは金子のアジア認識や思想形成を探るテクストとして位置づけられるが、城殿・土屋のようにそれとは全く異なったアプローチからの論もあり、今後これらのテクストがどのように捌かれるかについては興味深い。また、近代中国との関わりから論じようとする視点も多く見られるようになった。陳淑梅「文学者が見た近代中国（一）――金子光晴と天津――」（『明治大学日本文学』一九九六・六）は一九三八（昭和一三）年に書かれたエッセイ「没法子――天津にて」について、「否定的ニュアンスで描かれる日本人と肯定的ニュアンスによってとらえられる中国人」という対比の構図の中に「侵略戦争への批判精神」が読み取れると論じた。他に、石崎等「異境の詩学II――金子光晴と上海・北京――」（『立教大学日本文学』二〇〇四・一二）・金雪梅「金子光晴の上海――みずから向かう「泥沼の底」――」（『近代文学論集』二〇〇五・一一）などがある。また、趙怡「夫が描いた中国人女性、妻が愛した中国人男性――金子光晴と森三千代――」（『比較文学研究』二〇〇八・六）・「森三千代の「髑髏杯」から金子光晴の『どくろ杯』へ――森三千代の上海関連小説について――」（『駿河台大学論叢』二〇〇八・七）は、金子夫婦と中国人文化人との交流や夫婦での中国人像の異同などを論じ、森三千代の上海関連小説も発掘している。研究の手薄だった森三千代に焦点を当てるこれらの作業の今後の進展が待たれる。

さて、櫻本富雄が抵抗詩人としての金子像に異を唱えてから、金子の詩業を批判的に捉え直そうとする視点も増えている。谷田部伸彦「金子光晴の反逆と敗北――『鮫』から『人間の悲劇』まで――」（『上越教育大学国語研究』一九八九・二）は、詩集『鮫』を「抵抗詩としての限界を持っている」と捉え、一九二五（大正一四）年から一九四一（昭和一六）年にかけて書かれた童話についても戦争協力の物語だとして批判した。また、『落下傘』『蛾』『鬼の児の唄』に収録された作品がすべて戦争中の作品であると明記されているということについて「虚像の捏造」があるとし、「ヒロイックな抵抗の詩人に自らを仕立てあげている」と批判し、「反戦・抵抗の詩人」という「虚像のヴェールを剝ぎとることによって、金子光晴研究も新しい一歩を踏み出す」と論じた。馬渡健三郎「表現者の責任──金子光晴における「童話」の位置──」（『国学院雑誌』一九九一・二）は、童話に共通するテーマとして「〈人間愛〉を基盤としての〈愛国心〉や〈祖国愛〉」があると指摘し、それらが主題となることは問題ないが、「それらが表出されてくる〈時空間〉が、〈戦争〉や〈戦場〉」であることに問題があると批判した。鶴岡善久「離反と放擲──金子光晴の〈責任〉、その他」（『現代詩手帖』一九九五・三）も、『マライの健ちゃん』をはじめとするいくつかの作品を引き合いに出し、金子の戦時下での欺瞞を突き「自らの戦後処理を行うべきであった」と批判した。また、前田均「全集未収録・「反戦詩人」金子光晴の戦争翼賛文──『少年倶楽部』別冊付録所収「見よ、不屈のドイツ魂」──」（『天理大学学報』一九九七・七）は、新発見の資料を提示し、金子が少国民に戦時下の耐乏生活・軍需工場で働く覚悟・空襲に対する備えを説いていると批判した。

一方、このような金子批判に対する再批判も多いが、ここでは櫻本に対しての反論としての柴谷篤弘「「表現の隠蔽」と「隠蔽の表現」――金子光晴の「反戦・抵抗詩」の意義」（『文学史を読みかえる4　戦時下の文学』インパクト出版、二〇〇〇・二）を挙げておく。柴谷は、櫻本が戦争推進と反対のいかようにも読めるような「ルビンの盃」だとして批判した金子の詩法を、「隠蔽の表現」として積極的に評価した。被抑圧者や表現の自由を奪われた者がいかに抵抗の姿勢を表現するかということに関し、柴谷は金子の詩の中に現在にも通じる少数者《マイノリティ》・弱者の行動原理を見出したと言えよう。

金子の詩の翻訳に関しては、岡田秀穂「金子光晴と草野心平の詩各一篇の英訳　既発表稿の補遺・修正を含む」（『英文学』一九八四・三）・「金子光晴の詩二篇の英語訳『女たちへのエレジー』より」（『英文学』一九八五・二）や蘆田孝昭「日本現代詩與中國大陸」（『早稲田大学大学院文学研究科紀要（文学・芸術学）』一九八九・一）がある。

その他、金子と「世間」の関係を考察することを通して我々の「世間」との関係を問いかけ続けた阿部謹也や、金子をシュールレアリズムとの関わりで捉えようとした清岡卓行などの視点もある。金子の遠縁にあたる桑山史郎はその家系を調査し「金子光晴の家系を訪ねて」（私家版、二〇〇一・六）にまとめた。また、一〇号で途絶えてしまった『こがね蟲』に替わり、「関西・金子光晴の会」からは機関誌『蛾』が刊行され始めたが、現時点ではエッセイ中心の編集である。金子の死後、三〇余年を経た今、研究の先細りを防ぐためにもこの機関誌が研究の拠点として成長していくよう期待したいものである。

以上、金子研究の多様性を視野に取捨選択したつもりであるが、触れ得なかった論文は多く、遺漏に対してはご寛恕願いたい。

金子光晴　略年譜

一八九五（明治二八）年
一二月二五日、愛知県海部郡津島町字日光（戸籍は別）に、大鹿和吉、りゃうの三男として生まれる。本名、保和（安和）。父和吉は米・味噌・酒などを扱う「米林」を営んでいたが、やがて商売は傾き、光晴誕生の翌年、一家は名古屋市小市場町の沢田むめ方へと転居する。

一八九七（明治三〇）年　二歳
色白の赤ん坊は沢田むめに女装させられることが多く、その稚児振りが建築業清水組名古屋出張店主任の金子荘太郎の若い妻須美の目にとまり、金子夫婦の養子となる（戸籍上の養子縁組は明治三四年）。

一八九八（明治三一）年　三歳
八月、弟秀三（詩人・小説家、大鹿卓）生まれる。

一九〇一（明治三四）年　六歳
五月、義父荘太郎、清水組京都出張店主任となり、一家は京都市上京区東竹屋町へ転居。翌年、京都市立銅駝尋常高等小学校入学。

一九〇六（明治三九）年　一一歳
義父荘太郎が東京本店勤務となり、東京に転居。浮世絵師小林清親に日本画を習う。

一九〇八（明治四一）年　一三歳
四月、暁星中学校へ入学。二年生の頃より校風に反発し、西洋よりも東洋に興味を抱き、『十八史略』『史記』から『老子』『荘子』まで漢籍を読み耽る。一方、読本・黄表紙・洒落本など江戸の小説類にも親しみ、活字本では飽きたらず原本を収集する。

一九一四（大正三）年　一九歳
三月、暁星中学校卒業。四月、早稲田大学高等予科文科に入学。

一九一五（大正四）年　二〇歳
二月、早稲田大学退学。四月、東京美術学校日本画科に入学するが八月に退学。九月、慶応義塾大学文学部予科に入学するが、肺尖カタルで三ヶ月ほど休学。

一九一六（大正五）年　二一歳
六月、慶応義塾大学退学。保泉良弼・良親兄弟の勧めで詩作を始める。

一九一八（大正七）年　二三歳
カーペンター、ホイットマンを読み、デモクラシー思想に共鳴。この頃、富田砕花、井上康文、佐藤惣之助らとの交遊が始まる。

一九一九（大正八）年　二四歳
一月、第一詩集『赤土の家』刊行。二月、第一次洋行に出発。イギリスを経てベルギーに渡り、根付け収集家イヴァン・ルパージュの厚遇を得る。ベルギー滞在時にヴェルハーレンに心酔。また、高踏派・象徴主義の詩人たちの詩に学ぶ。このブリュッセル郊外での勉学と思索は『こがね蟲』『大腐爛頌』へと結実し、その後の創作活動の基礎を形成する。

一九二一（大正一〇）年　二六歳
一月、帰国。一〇月、『日本詩人』創刊。筆名金冠氏として訳詩を載せるなどこの詩誌に関わる。

一九二三（大正一二）年　二八歳
七月、詩集『こがね蟲』刊行。九月、関東大震災。名古屋・西宮などの友人宅等に寄宿。マックス・シュティルナー、クロポトキンなどを読む。流浪のさなかに出会ったシュティルナーの思想は光晴に大きな影響を与える。

一九二四（大正一三）年　二九歳
七月、東京女子高等師範学校在学中で吉田一穂と恋仲にあった森三千代と結婚。

一九二五（大正一四）年　三〇歳
四月、谷崎潤一郎の紹介状を持ち夫婦で上海に赴く。一月ほど滞在し、魯迅・郭沫若・田漢・内山完造らと親交を結ぶ。

一九二六（大正一五・昭和元）年　三一歳
一二月、詩集『水の流浪』刊行。

一九二八（昭和三）年　三三歳
一一月、三千代と共に長崎より上海へと旅立つ。長い旅が始まる。

一九二九（昭和四）年　三四歳
上海・香港・シンガポールを経て、七月、バタビア着。八月、ピーター・エルヴェルフェルトの梟首を見る。一二月、シンガポールからマルセイユへと出発。

一九三一（昭和六）年　三六歳
一月、「偽善の街」としか捉えられなかったパリを離れ、ルパージュを頼りブリュッセルに行く。以後、ブリュッセルに滞在。

一九三二（昭和七）年　三七歳
「鮫」のモチーフを得ることになるマレー半島の旅行を経て、五月に帰国。足かけ五年に渡る旅の往路・復路に立ち寄った東南アジアでの体験が光晴にもたらしたものは大きく、詩作活動においての転機ともなる。

一九三三（昭和八）年　三八歳
六月、山之口貘に会い、交友が始まる。

一九三五（昭和一〇）年　四〇歳
九月、中野重治の推薦で「鮫」を『文芸』に発表。「鮫」を読んだ『中央公論』編集者の畑中繁雄が詩を依頼に来る。以後、「燈台」「落下傘」など『中央公論』が発表の場となっていく。

一九三七（昭和一二）年　四二歳
八月、詩集『鮫』刊行。一二月、日中戦争の現場を自らの眼で見るため、夫婦で中国へ赴く。

一九四〇（昭和一五）年　四五歳
一〇月、『マレー蘭印紀行』刊行。

一九四三（昭和一八）年　四八歳
一二月、『マライの健ちゃん』刊行。

一九四四（昭和一九）年　四九歳

一一月、一人息子乾に一回目の召集令状が届くが、生松葉でいぶしたり雨中に立たせたりして気管支喘息とし召集を免れる。翌年の二回目の召集も同様にして免れる。一二月、山中湖畔の平野に一家で疎開。発表の当てのない詩編を書きためる。

一九四六（昭和二一）年　五一歳

四月、秋山清らと詩誌『コスモス』創刊。

一九四八（昭和二三）年　五三歳

三月、大川内令子との恋愛関係が始まる。四月、詩集『落下傘』刊行。九月、詩集『蛾』刊行。

一九四九（昭和二四）年　五四歳

五月、詩集『女たちへのエレジー』刊行。一二月、詩集『鬼の児の唄』刊行。

一九五二（昭和二七）年　五七歳

一二月、詩集『人間の悲劇』刊行。

一九五七（昭和三二）年　六二歳

八月、自伝『詩人』刊行。

一九五九（昭和三四）年　六四歳

一〇月、評論集『日本人について』刊行。一二月、評論集『日本の芸術について』刊行。これ以降、評論の執筆が増え、『絶望の精神史』（一九六五年）・『日本人の悲劇』（一九六七年）・『残酷と非情』（一九六八年）など評論集の出版が相次ぐ。

一九六五（昭和四〇）年　七〇歳

三月、大川内令子と森三千代とで入籍・離婚を繰り返していたが、三千代と三度目の婚姻届を出し、森姓で入籍する。五月、詩集『IL』刊行。

一九六七（昭和四二）年　七二歳

四月、詩集『若葉のうた』刊行。広く一般にも知られるようになる。六〇年代後半以降、徐々に雑誌などマスコミへの登場が増え、「イレブンPM」ではボクシングチャンピオン輪島功一とも対談する。

一九六八（昭和四三）年　七三歳

一〇月、詩集『愛情69』刊行。

一九七一（昭和四六）年　七六歳

五月、『どくろ杯』刊行。以後、自伝的な三部作として『ねむれ巴里』（一九七三年）・『西ひがし』（一九七四年）を続いて出版。

一九七三（昭和四八）年　七八歳

九月、詩集『花とあきビン』刊行。

一九七四（昭和四九）年　七九歳

七月、自身が関わる最後の詩誌となる『いささか』を茨木のり子らと共に創刊。七月より半年間、『面白半分』の編集長となる。最晩年は「エロ爺さん」として人気を博す。

一九七五（昭和五〇）年　八〇歳

六月三〇日、気管支喘息による急性心不全で自宅にて死去。七月二日、密葬。棺にはボードレール『悪の華』と杖が納められる。七月五日、無宗教・無戒名の告別式。パリの岸恵子から電話による弔辞が寄せられる。一〇月、『金子光晴全集』（中央公論社）の刊行が始まる。

一九七七（昭和五二）年

六月二九日、森三千代死去、七六歳。

二〇〇七（平成一九）年

戦時下に手作りした『詩集　三人』が発見され、話題となる。

＊『金子光晴全集』（中央公論社）に載る原満三寿氏編の年譜などを参照に作成した。

初出一覧

各章ともに初出時のタイトルを記した。また多くの章で加筆・修正を施した。

第1章 「『こがね蟲』から『鮫』へ――金子光晴の動植物語彙使用と〈写実的象徴主義〉」(『文学・語学』第一八七号、全国大学国語国文学会、二〇〇七・三)

第2章 「金子光晴の「連合」への夢――疎開中の詩とマックス・シュティルナーを手がかりに――」(『国語と国文学』第八十一巻第六号、東京大学国語国文学会、二〇〇四・六)

第3章 「『エムデン最期の日』を読む……金子光晴の「抵抗詩人」評価を巡って」(『TEXT20'01』No1 表現者の会、二〇〇四・四)

第4章 「金子光晴における〈反帝国主義〉と〈大東亜共栄圏〉――「鮫」から『マライの健ちゃん』へ――」(『昭和文学研究』第52集、昭和文学会、二〇〇六・三)

第5章 「金子光晴『鬼の児の唄』にみる「亡鬼」の叫び」(『名古屋大学国語国文学』98号、名

古屋大学国語国文学会、二〇〇六・七）

第6章　「『人間の悲劇』の構想から成立へ」（『解釈』第五十巻第七・八号、解釈学会、二〇〇四・八）

第7章　「金子光晴『人間の悲劇』における世界観と積極的ニヒリズム」（『名古屋大学国語国文学』95号、名古屋大学国語国文学会、二〇〇四・一二）

第8章　「金子光晴『ＩＬ』における〈老年の生〉」（『解釈』第五十二巻第七・八号、解釈学会、二〇〇六・八）

第9章　「金子光晴における〈戦争〉と〈生〉――未刊詩集『泥の本』を視座として――」（『宇宙詩人』第七号／第八号、宇宙詩人社、二〇〇七・一〇／二〇〇八・四）

第10章　「「国民詩人」としての金子光晴」（書下ろし）

第11章　「〈鱗翅目《レピドプテラ》〉の詩学――「一つのメルヘン」と金子光晴「蛾」をめぐって」（『中原中也研究』第10号、中原中也の会、二〇〇五・八）

第12章 「〈骨〉の詩学——中原中也・金子光晴における〈戦争〉と〈生〉」（『中原中也研究』第11号、中原中也の会、二〇〇六・八）

第13章 「金子光晴における〈腐臭〉〈腐爛〉への偏執——「大腐爛頌」「秋の女」を中心に——」（『文学・語学』第一八四号、全国大学国語国文学会、二〇〇六・三）

「研究動向　金子光晴」（『昭和文学研究』第55集、昭和文学会、二〇〇七・九）

あとがき

毎年、金子の命日である六月三〇日前後に「金子光晴の会」主催によって「光晴忌」が開かれる。いつも趣向を凝らした企画が用意されるのだが、吉祥寺で開かれたある年のそれは、金子が最も虚心に交友できた山之口貘の一人娘、山之口泉さんを招いてお話し頂くというものであった。身内ならではの視点から見た山之口貘の人柄や金子の想い出などを話して頂き、有意義なひとときを過ごすことができた。いつもは高齢者が目立つ会であるが、その年の「光晴忌」はいつになく年令の若い顔ぶれが混じっていた。一人の青年に話を聞くと、どうやら高田渡の歌によって山之口貘に強い関心を持ったようで、山之口泉さんの講演を目当てに会に参加したということのようであった。

高田渡を経由して山之口貘や金子光晴が読まれるという新しい動きは、無論、ごく一部の現象に過ぎないのだろうが、限定された詩の読者層を拡大し、新たな読者を獲得するという意味において歓迎すべきことであろう。近代詩史において金子の占める位置がどれほどのものなのかはさておき、私には、今少しその読者が少なすぎるのではないかという印象がある。確かに金子には固定した読者が存在し、その文学と生き方へのファンも多い。しかし、そういう金子の読者は現在既に高齢となった者がほとんどで、四〇代半ば以下の読者はさほど多くはないという現状がある。生前の金子を知り同時代を共有しながら読んだ世代と、そうでない世代との間には一つの溝があるわけである。

それは金子の文学が時代状況や社会状況と密に絡み合って受容されてきたということであり、同時代を共有した読者との共鳴の中で読まれてきたということを意味する。そしてまた、人間金子の強烈な個性とその文学が対になって理解され読まれてきたということも意味するだろう。つまり、金子が生きた時代を共に生き、その言動と人間性に対して常に注意を払ってきた者こそが、その読者の主流たり得るという構造があったのである。これは金子文学の受容に関する大きな特色でもあり、一つの不幸でもある。なぜなら、金子という人物と時代を共有できなかった読者は、ある種の後ろめたさと共にその文学に対することにもなりかねないし、その文学の受容の幅を狭めかねないからである。

しかし、本書では、そういう時代性や個別の条件を越えたところで成立する金子文学の普遍性を書いたつもりである。そして、今、金子を読むということについても書いたはずである。これからは、先の青年のような読者こそが金子文学を拡大していくことになるだろう。ある面で金子の理解と受容には閉鎖性があったというのがこれまでの状況であったが、今後、このような新たな読者を得て、その文学の読みを更新していくことが重要であろう。しかし、その前には、いわば遅れてきた読者とでも言う、新たな読者を獲得することが必要になってくる。そうしなければ、従来の金子読者の高齢化に伴って、いずれはその読者すらも失ってしまうだろうし、金子の詩業までも雲散霧消してしまうことになりかねない。

そう考えると、高田渡の歌から山之口貘や金子の詩に興味を持ったという先の青年の例などは、新たな読者の獲得と新たな読みの発見の可能性を秘めたものであろう（残念ながら、再ブレークを果たした高田渡も既にいない）。文庫の装幀を一新して売り上げを伸ばしたという例や『蟹工船』の復活に見られるように、一つのきっかけで近代文学は現代に蘇る。金子の詩文を個別の時代状況と条件の中に収束させるのではなく、その普遍性と今日性の中に再生させるならば、金子の詩業はまだまだ光芒を放つ余地を有しているはずである。

本書は名古屋大学大学院文学研究科に提出した博士論文をもととし、一部の章の削除と追加、及び若干の加筆修正を経て成ったものである。社会人院生として過ごした数年間は、働くことに比べ学ぶことがいかに楽しいものであるかを痛感することのできた月日であったが、その両立が成ったとは言い難い。まるでイソップのコウモリといった状態にあったと言ってよい。そんな私をご指導して下さったすべての先生方に感謝とお礼を申し上げたい。ことに博士論文の審査をしていただいた塩村耕先生、坪井秀人先生、高橋亨先生にはひとかたならぬお世話になり、深くお礼申し上げる。

多くの先学諸氏の研究から学んだが、劉建輝氏、加茂弘郎氏の論文からはことに多くの啓発を受けた。お名前を記し感謝の意に代えたい。そして、金子への関心へと私を導いて下さった「野暮用の弟子」堀木正路氏、貴重な資料を閲覧させて頂くなどお世話になった原満三寿氏、楽しい時間を与えてくれた「金子光晴の会」の皆様にお礼を申し上げる。また、本作りに関してお世話になった笠間書院の橋本孝氏にも感謝申し上げる。

レヴィー＝ストロースで卒業論文を書いて以来、登山と昆虫採集ばかりに多くの時間を費やした私だったが、晩学にしてようやく一書を成すことができた。この一書を二人の老親に捧げたく思う。

二〇〇八年八月八日

中村　誠

金子光晴《かねこみつはる》
〈戦争〉と〈生〉の詩学

2009年4月30日
初版第1刷発行

【著者】
中村《なかむら》 誠《まこと》

1954年　名古屋市生まれ
立命館大学文学部哲学科卒業
名古屋大学大学院文学研究科博士後期
課程修了、博士（文学）
現在、愛知県立春日井南高等学校教諭

【装幀】
椿屋事務所

【発行者】
池田つや子

【発行所】
笠間書院
www.kasamashoin.co.jp

〒101-0064
東京都千代田区猿楽町2-2-3　NSビル
Tel.03-3295-1331　Fax.03-3294-0996
落丁・乱丁本はお取り替えいたします
ISBN978-4-305-70470-2-C0092

【印刷・製本】モリモト印刷

【峠彩三さんの連絡先を探しています】

本書は写真家・峠彩三さん（本名・木村泰三）の写真を使用しています（『金子光晴散歩帖』（アワ・プラニング）より）。手を尽くして連絡先を当たってみたのですがわかりませんでした。どなたか御存じの方がいらっしゃいましたら、左記宛ご一報いただければ幸いです。よろしくお願いいたします。

〒101-0064　東京都千代田区猿楽町2-2-3
笠間書院　編集部　橋本孝
電話　03-3295-1331　Fax　03-3294-0996

人名・書名索引

本文中に出てくる「人名・書名」等を五十音順に配列し、ページを示した。ただし、本文中では表記等が異なる場合もある。

〔あ行〕

〔か行〕

〔さ行〕

〔た行〕

〔な行〕

〔は行〕

人名・書名索引

〔ま行〕

〔や行〕

〔ら行〕

金子光晴作品名索引

本文中に出てくる金子光晴の「書名・作品名」等を五十音順に配列し、ページを示した。ただし、本文中では表記等が異なる場合もある。

＊〔　〕は収録詩集名等の略記。
〔赤〕＝『赤土の家』〔こ〕＝『こがね蟲』〔大〕＝『大腐爛頌』〔水の〕＝『水の流浪』〔鱶〕＝『鱶沈む』〔老〕＝『老薔薇園』〔鮫〕＝『鮫』〔マ〕＝『マレー蘭印紀行』〔落〕＝『落下傘』〔蛾〕＝『蛾』〔女〕＝『女たちへのエレジー』〔鬼〕＝『鬼の児の唄』〔人〕＝『人間の悲劇』〔屁〕＝『屁のやうな歌』〔Ｉ〕＝『Ｉ Ｌ』〔泥〕＝『泥の本』〔若〕＝『若葉のうた』〔愛〕＝『愛情69』〔花〕＝『花とあきビン』〔塵〕＝『塵芥』〔三〕＝『詩集三人』

〔あ行〕

〔か行〕

〔さ行〕

〔た行〕

〔な行〕

〔は行〕

〔ま行〕

〔や行〕

〔ら行〕

〔わ行〕